KB217783

명탐정의 저주

명탐정의 저주

히가시노 게이고 지음

이혁재 옮김

재인

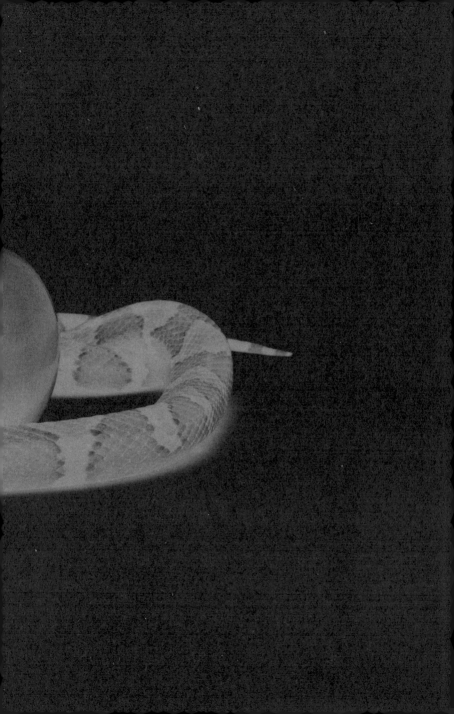

차례

프롤로그 —————————————— 7

1 기념관 —————————————— 23

2 자산가 —————————————— 71

3 소설가 —————————————— 145

4 위원회 —————————————— 231

에필로그 —————————————— 323

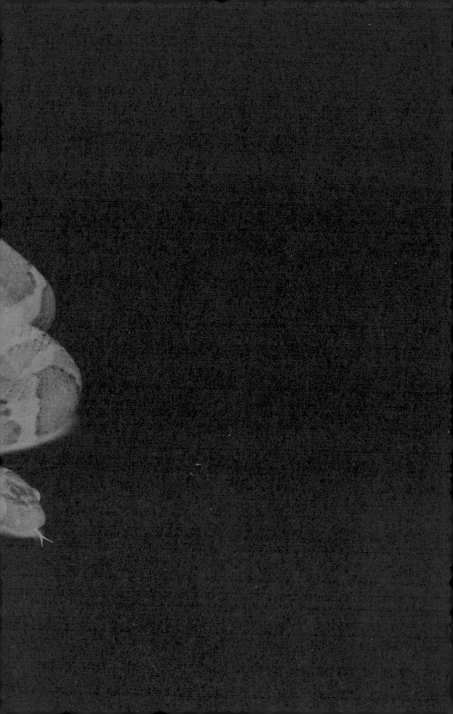

"결론부터 말씀드리자면, 선생께서 말씀하신 상황이 벌어지면 히로시마형 원자 폭탄의 5분의 1 정도의 위력으로 핵폭발이 일어날 수 있습니다. 과장이 아닙니다. 계산해 본 결과 그럴 가능성이 충분합니다."

"과학기술청 얘기로는 고속 증식로에서 순도가 떨어지기 때문에 핵무기의 원료가 될 수 없다던데요."

"냉전 시절 미국과 소련이 경쟁적으로 개발했던 수준 높은 고성능 핵무기는 만들 수 없다는 얘기죠. 진실은, 플루토늄 239를 이용해 핵폭발을 일으킬 수 있다는 겁니다."

"하긴, 인도 정부는 원자력 발전소에서 추출한 플루토늄으로 핵실험을 했지요."

"그렇습니다."

"알겠습니다. 큰 도움이 됐습니다. 궁금한 점이 있으면 다시 찾아뵙겠습니다."

여기까지 듣고 테이프 리코더의 정지 버튼을 눌렀다. 전원도 껐다. 그리고 컴퓨터 모니터를 보면서 녹취 내용이 정확한지 확인했다. 사소한 실수는 있었지만 크게 잘못된 부분은 없다.

테이프의 내용은 며칠 전 모 대학 원자로 연구소에 취재 갔을 때 녹음한 것이다. 상대는 연구소 소장을 겸하고 있는 원자력 공학과 교수였다.

나는 지금 '핵 잭(jack)'에 관한 소설을 쓰고 있다. 재처리 공장에서 나온 핵연료의 일부를 어떤 조직에게 탈취당한다는 스토리다. 전에 폭발물을 실은 초대형 헬기가 고속 증식로에 추락하는 이야기를 쓴 적이 있는데, 이번 작품은 그 속편에 해당한다고 할 수 있다. 원자력 발전소에 집착하는 것은 내가 핵 문제를 단순히 소설의 소재로만 생각하고 있지 않기 때문이다.

컴퓨터 전원을 막 껐을 때 전화벨이 울렸다. 고단샤라는 출판사의 후미다 씨였다. 그는 나를 담당하는 편집자로, 경마를 좋아하고 가라오케를 사랑하는 사람이다. 현대 문명과는 인연이 없어, 원고를 이메일로 보내겠다고 하면 금세 울상을 짓는다.

"어떻게 됐습니까?"

후미다가 조심스럽게 탐색을 시작한다.

"뭐가요?"

나는 짐짓 시치미를 뗐다. 편집자를 약 올리는 건 내 작은
즐거움 중 하나다.

"그러니까 그…… 원고 말입니다."

"아, 원고요! 그게…… 쓰긴 써야겠는데…….""

"뭐, 문제라도 있습니까?"

후미다의 우울한 표정이 눈에 보이는 듯하다.

"네, 뭐 이것저것. 조사하면 할수록 고민이 늘어나는 느낌
이랄까."

"그러면…… 언제쯤 원고가 완성될까요? 당초 예정은 6월
말이었는데요."

후미다는 내 고민 따위는 아무래도 상관없고 출판 시기만
걱정인 것 같다. 편집자니까 어쩔 수 없겠지.

"글쎄요. 어쨌든 최선을 다해 보지요."

"부탁 좀 드리겠습니다. 혹시 제가 도와드릴 일이라도?"

"글쎄요……."

핵연료를 수송하는 트럭을 미행하며 비디오로 찍어 달라고
하면 어떤 반응을 보일까. 장난치고 싶은 생각도 있었지만 그
냥 상상 속에 묻어 버렸다.

전화를 끊고 외출 준비를 했다. 도서관에 가기 위해서다. 창

밖을 내다보니 하늘이 온통 회색이다. 하지만 비는 올 것 같지 않다.

자전거를 타고 도서관으로 향했다. 철근 콘크리트로 지어진 멋대가리 없는 건물. 중앙 도서관이라는 이름이 말해 주듯 쓸데없이 넓기만 할 뿐 장서 규모는 그다지 자랑할 것이 못 된다. 하지만 소설을 쓰기 위해 간단한 조사를 하는 데는 더없이 좋은 곳이다.

현관을 들어서면 바로 도서 대출 카운터가 있고, 그 옆에는 '이달의 인기 서적'이라고 적힌 게시판이 있다. 대출 순위를 매겨 놓은 것이다. 픽션 부문에는 여전히 미스터리가 많이 올라와 있다. 미스터리 작가라는 명함을 가진 사람으로서는 마음 든든한 흐름이다. 하지만 인기 작품 중에 여전히 '수수께끼 풀기' 식의 골동품 같은 추리 소설이 들어 있는 점은 마음에 걸린다. 아직도 그런 종류의 소설을 좋아하는 사람이 많다는 얘기다.

나는 카운터를 지나 그 옆쪽으로 나 있는 계단을 올라갔다. 3층에 있는 '사회, 산업' 코너가 오늘 나의 목적지. 하지만 그 전에 먼저 2층을 둘러보기로 했다. 2층은 문예 서적 코너다.

거대한 책장이 줄지어 있는 2층 서가를 어슬렁어슬렁 걸었다. 한심스럽게도 나 외에 사람이라고는 그림자도 없다. 뭐, 새

삼스러운 일은 아니지만 사람들의 책 경시 풍조를 또 한 번 통감할 수밖에 없다. 한여름이 되면 시원한 에어컨 바람을 따라 도서관을 찾는 사람이 늘겠지만, 그런 사람들은 아마도 잡지 코너에나 죽치고 있을 것이다. 나 역시 이런 직업을 갖지 않았다면 도서관이란 곳은 눈곱만큼도 인연이 없는 장소였겠지.

서가에 꽂힌 방대한 책들을 바라보고 있자니 마음이 복잡해진다. 책이 저렇게 많이 출판되는 이유는 역설적이게도 책이 그만큼 팔리지 않기 때문이다. 출판사가 전체 매출을 유지하기 위해서는 다품종 소량 생산을 할 수밖에 없는 것이다. 그러니 작가가 아무리 심혈을 기울여 쓴 작품이라도 출판사 입장에서는 '원 오브 뎀(one of them)'에 지나지 않는다. 또 작품이 아무리 뛰어나도 평론가의 호평을 받지 못하면 순식간에 사람들의 기억 저편으로 밀려나고 만다. 책장들 사이를 헤매고 있자니 꼭 묘지를 걷는 듯한 기분이 든다.

'그래, 여기는 책의 묘지야.'

내 책도 몇 권 꽂혀 있었다. 몇 명이나 대출해 갔나 보려다가 그만두었다. 그래 봐야 자신감만 잃을 게 뻔하니까.

책이 저자나 제목의 가나다순으로 진열돼 있을 거라고 생각했는데, 가만 보니 그렇지 않은 것 같다. 그렇다고 마구잡이로 꽂힌 것은 아닐 테고. 유심히 살펴보다가 장르별로 꽂혀 있다는 사실을 알게 되었다.

슬슬 3층으로 올라갈까 싶어 주위를 둘러봤다. 여기저기를 헤매다 보니 지금 있는 곳이 2층의 어디쯤인지 모르겠다. 두리번거리던 나의 시선이 한 책장에 가서 멈추었다.

아오이 유, 구스다 교스케, 하마오 시로, 모리토모 히사시⋯⋯.

1920년대 후반, 이른바 탐정 소설 분야에서 활약한 작가들의 작품이 줄지어 있었다. 게다가 모두 하드커버 책들이다.

'새로 찍어낸 복각판일까?'

이 도서관의 수준을 감안하면 꽤 고급스런 책들이다. 하지만 나는 굳이 그 책들에 손을 내밀지 않았다. 이제는 탐정 소설이나 수수께끼 풀기 식 소설에 흥미가 일지 않기 때문이다. 아직도 그런 종류의 책이 팔리는 나라는 일본뿐이다. 리얼리티를 중시하는 해외 미스터리 세계에서는 버림받은 지 오래다.

하지만 이것들이 진기한 책인 것만은 틀림없다. 제목이라도 메모해 두려고 웃옷 주머니를 뒤졌지만 나온 것은 볼펜뿐. 어쩐 일인지 늘 갖고 다니던 수첩이 없다. 대신 찻집에서 가져온 성냥갑이 나오기에 거기에 메모하기로 했다. 성냥갑을 꺼내다가 성냥개비 몇 개를 바닥에 흘렸다.

아오이 유의 『선박 재벌가의 참극』, 구스다 교스케의 『모형 인형 살인 사건』, 하마오 시로의 『살인귀』, 모리토모 히사시의 『환상 살인 사건』. 제목은 들어 봤어도 책을 직접 보기는 처음이다. 메모를 해 두면 앞으로 에세이를 쓸 때 도움이 될 것 같았다.

성냥갑 앞뒤를 꽉 채우고서야 메모를 멈췄다. 성냥개비를 주워서 도로 집어넣고 볼펜도 챙긴 뒤 3층으로 향했다. 그런데…….

뭔가 이상하다. 가도 가도 계단이 나타나지 않는다. 거대한 책장들이 끝없이 줄지어 있을 뿐. 게다가 그 줄이 미묘하게 엇갈려 있어, 먼 곳을 보려 해도 책장에 시야가 가려 보이지 않는다. 마치 미로 속에 빠진 느낌이다.

말도 안 돼. 그 정도로 넓은 도서관은 아닌데.

사람들에게 얘기했다가는 웃음거리가 될 것이다. 책으로 밥벌이를 하는 작가가 책 속에서 길을 잃었다. 농담도 이보다 썰렁한 농담이 없다.

손바닥에 땀이 배는 게 느껴졌다. 지금 내가 서 있는 곳이 어디인지 도무지 알 수가 없다. 오른쪽으로 가 보아도 왼쪽으로 가 보아도 미로를 벗어날 탈출구가 나타나지 않는다. 어떻게 하면 이곳을 벗어날 수 있을까 초조하게 생각하다가 맨 끝에 보이는 책장까지 가서 그대로 벽을 따라 끝까지 가 보기로 했다. 하지만 그렇게 해서 도착한 곳은 역사 소설들이 꽂혀 있는 막다른 곳. 도저히 벗어날 수가 없다. 어떻게 이런 일이…….

그런데 그때 앞쪽으로 얼핏 좁은 통로가 하나 보였다. 혹시나 해서 그 길을 따라가자 또 하나의 서가가 나타난다. 아마도 외국 서적 코너인 듯, 잘 모르는 글씨들만 가득하다.

　나는 어느새 종종걸음 치고 있었다. 이마에선 땀이 뿜어져 나온다. 도대체 이게 무슨 일이지.

　한참을 그렇게 다니다가 걸음을 멈추고 숨을 골랐다. 아무리 생각해도 이해할 수가 없다. 다 큰 남자가 몇 분을 달렸는데도 출구가 나타나지 않는 도서관이라니. 이게 있을 법이나 한 일인가. 뭔가 크게 잘못됐어.

　막막한 심정으로 책장에 기대어 서 있는데 발밑에서 이상한 감촉이 느껴졌다. 뭔가를 밟고 있는 것 같다.

　발을 들어 보니 성냥개비가 있었다. 강렬한 핑크색. 눈에 익은 것이다. 좀 전에 떨어뜨렸던 성냥과 같은 것이었다. 미처 줍지 못한 것이 있었나 보다. 그런데…… 뭐야, 그러니까 그렇게 정신없이 뛰어다녀서 결국 제자리로 돌아왔단 말이야?

　주위의 책들을 둘러본 나는 머리가 더욱 혼란스러워졌다. 좀 전에 분명히 보았던 1920년대 탐정 소설들은 온데간데없고, 대신 듣도 보도 못한 작가의 책들만 잔뜩 꽂혀 있는 것 아닌가.

　이상한 건 그뿐이 아니다. 책뿐 아니라 책장까지 변해 있다. 아까는 분명 철제 책장이었는데 지금 눈앞에 있는 건 짙은 갈색의 나무 책장이다. 게다가 비닐 장판이었던 바닥도 어느새 마룻바닥으로 변해 있다. 옛날 초등학교 복도에서 맡았던 추억 어린 기름 냄새가 났다.

"여기가…… 어디야?"

내가 중얼거리는 소리가 실내에 울려 퍼질 정도로 주위는 고요했다. 그리고 약간 어둑했다. 하얀 빛을 내뿜던 형광등 대신 백열등이 천장 곳곳에 달려 있다.

그 순간 탁, 하는 소리가 옆쪽에서 들렸다. 나는 재빨리 그쪽으로 고개를 돌렸다. 책장 사이로 누군가가 획, 지나갔다. 분명 체크무늬 옷을 입은 사람이었다.

'아, 살았다.'

모양이 좀 빠지기는 해도 저 사람만 쫓아가면 어쨌든 밖으로 나갈 수 있겠지. 나는 빠른 걸음으로 그를 뒤쫓아 갔다.

그러나 내가 책장 모서리를 도는 것과 동시에 그도 오른쪽으로 방향을 꺾었다. 뒷모습만 흘끗 보였을 뿐이다. 다만 그가 남자라는 사실은 알 수 있었다. 체크무늬 양복에, 요즘에는 보기 힘든 지팡이를 든 것 같았다. 탁탁, 소리는 지팡이로 바닥을 짚을 때 나는 소리인 듯했다.

소리에 귀 기울이며 남자를 따라갔다. 남자는 멈춰 설 기색 없이 책장 사이를 바느질하듯 누볐다. 마치 나의 미행을 뿌리치기라도 하려는 것처럼. 그러다가 어느 순간 지팡이 소리가 멈췄다.

'후, 이제야 멈추는군.'

안도한 나는 그 남자가 돌아간 모퉁이를 꺾어들었다. 그런데 그곳에 남자의 모습은 없었다. 어리둥절해져서 주위를 둘러보았지만 사람이라고는 그림자도 보이지 않는다. 연기처럼 사라져 버린 것이다.

'말도 안 돼……'

그렇게 생각하는 찰나, 뜻밖의 물체가 눈에 들어왔다. 그것은 바닥에서 천장까지 이어진 나선형 계단이었다. 조금 전까지만 해도 분명히 없었던 것이다. 그런데 어디서 홀연히, 마치 하늘에서 떨어진 듯 나타나 떡하니 그곳에 버티고 있었다.

나는 일단 계단을 올라가 보기로 했다. 그러지 않으면 영원히 이 미로 속을 헤매야 할 것만 같았다.

올라가 보니 계단 위에도 책장이 줄지어 있었다. 이런 공간이 이 도서관에 있다는 건 전혀 몰랐다. 책장에서 세월의 흔적이 묻어났고, 꽂혀 있는 책들도 모두 낡아 보였다. 나는 바로 앞에 있는 책장에서 두꺼운 책을 한 권 끄집어냈다. 박물도감인 듯하다. 라틴 어일까. 나로서는 읽을 수 없는 언어로 쓰여 있다.

책을 도로 꽂고 있는데 옆에서 인기척이 느껴졌다. 돌아보니 하얀 원피스를 입은 14~15세가량의 소녀가 이쪽을 보고

서 있다. 꽤나 오랜만에 사람을 만난 듯, 그렇게 반가울 수가 없었다.

'이제 이 기묘한 미로에서 탈출할 수 있겠군.'

소녀는 잠시 내 얼굴을 바라보더니 한 걸음 한 걸음 이쪽으로 다가왔다. 그리고 자기 손에 들고 있던 종이와 내 얼굴을 번갈아 보다가 느닷없이 생긋 웃었다. 그것은 오랫동안 본 적 없는 순수하고 때묻지 않은 미소였다. 나는 어쩐지 그 미소에 압도당한 듯한 느낌이 들었다.

"아, 찾았다!"

그녀가 말했다. 그 목소리 또한 요즘의 10대에게서는 들을 수 없는 또렷한 발음이다.

"역시 와 주셨군요."

"나……… 말이니?"

"네. 마중 나가라고 하셔서요."

또랑또랑한 말투로 그녀가 대답했다.

"다행이에요, 이렇게 만나게 돼서."

"마중 나가라고 하다니, 누가? 아니 그보다,"

나는 그녀의 큰 눈을 바라보며 물었다.

"너는 누구지?"

"미도리예요. 히노 미도리."

그러고는 꾸벅, 고개를 숙였다.

"미도리?"

모르는 이름이었다. 물론 만난 적도 없다.

"그런데 왜 나를 찾는 거니?"

"왜라뇨, 여기서 만나기로 약속하셨잖아요. 오후 한 시에."

"한 시에? 누구와?"

"시장님하고요."

"시장?"

내 목소리가 높아졌다.

"뭘 착각했나 본데, 나는 그런 약속 한 적 없어. 시장은 알지도 못하고."

"하지만 전화로 승낙하셨다던데요. 그래서 확인 편지까지 보내 드렸다고."

"확인 편지? 그런 거 받은 적 없는데."

"이상하네. 분명 탐정님과 약속했다고 시장님이……."

"탐정? 누가, 내가?"

내 물음에 소녀는 말없이 고개를 끄덕였다. 나는 쓴웃음을 지으며 손을 휘휘 저었다.

"아니야, 나는 탐정이 아니라고."

"하지만 사진이……,"

그러면서 미도리는 손에 들고 있던 종이를 내려다보더니 다시 내 얼굴을 봤다.

"맞는데요. 꼭 닮은걸요, 뭐. 옷까지 똑같고."

"그거 좀 보여 줄래?"

그녀의 손에 있던 사진을 넘겨받아 들여다보던 나는 그만 나도 모르게 움찔하고 말았다. 사진 속 남자의 얼굴은 정말로 나와 꼭 닮아 있었다. 다만 그 차림새가 참으로 기묘했다. 다 구겨진 체크무늬 양복에 둥근 녹색 테 안경을 쓰고 있다. 게 다가 머리는 길고 부스스하다.

"과연 나와 닮긴 닮았군. 하지만 옷은 같지 않⋯⋯."

그렇게 말하던 나는 그만 화들짝 놀라며 숨을 들이쉬었다. 내 옷이 어느새 사진 속 남자가 입은 것과 같은 체크무늬 양 복으로 변해 있었기 때문이다.

'이럴 순 없어!'

나는 이와는 전혀 다른 차림으로 집을 나왔던 것이다.

'아! 그러고 보니 좀 전에 미로에서 본 남자가 이 옷을 입고 있었잖아. 그런데 내가 왜 그 사람 옷을 입고 있는 거지?'

"거봐요. 탐정님 맞잖아요. 장난치지 마세요."

미도리의 얼굴에 미소가 돌아왔다.

"덴카이치 탐정님이시죠?"

"덴카이치? 아니 나는⋯⋯."

바로 그때 머릿속에서 팟, 하고 불꽃이 일었다. 그리고 연기 가 빠르게 기억 속으로 퍼져 나가는 느낌이 들었다. 덴카이

치. 기억에 있는 이름이다. 어디서 들었지? 분명히 들은 적이
있는데……….

기억을 더듬으며 콧잔등을 문지르고 있는데 그 손에 안경
이 만져졌다. 이건 또 뭐지. 나는 보통 때는 콘택트렌즈를 끼
는데.

어리둥절해하며 고개를 숙이고 내 차림새를 내려다보다가
윗옷 오른쪽 안주머니에서 하얀 종이 같은 것이 삐져나와 있
는 것을 발견했다. 꺼내 보니 하얀 봉투였다.

"그것 보세요,"

미도리가 봉투를 가리키며 말했다.

"시장님 편지, 갖고 계시잖아요."

말도 안 돼. 나는 탐정이 아니야. 덴카이치인지 뭔지 하는
남자도 아니고. 그렇게 말하려 했지만 웬일인지 말이 되어 나
오지 않았다. 내 안의 뭔가가 그렇게 말하는 걸 막고 있었다.

이곳은 현실 세계가 아니다.

그럼 꿈일까.

아니, 꿈은 절대 아니다. 그렇게 모호한 세계가 아니다. 그
렇다면 이곳은 어디란 말인가. 내가 있던 세계는 어디로 사라
졌단 말인가.

그런데 스스로 생각해도 불가사의할 정도로 이러한 정신적
혼란은 빠르게 수습되어 갔다. 머리 한구석에서 또 하나의 내

가 '이 세계를 받아들여.' 라고 속삭이고 있었다.

나는 우선 봉투 속의 편지를 읽어 보기로 했다. 거기에는 검은 잉크의 달필로 다음과 같이 적혀 있었다.

이렇게 무리한 부탁을 들어 주셔서 정말 감사합니다. 지난번에 말씀드린 것처럼 상세한 의뢰 내용은 직접 만나 뵙고 말씀드리겠습니다. 그럼, 그날 오후 한 시에 도서관에서 뵙겠습니다. 잘 부탁드립니다.

편지를 읽고는 순간 '어떻게 된 일이야.' 라고 생각했지만 곧이어 어디선가 이 편지를 본 것만 같은 기분도 들었다. 그리고 그 생각은 곧, 틀림없이 편지를 본 것 같다, 로 바뀌었다. 혼란스러운 마음에 갈피를 잡지 못하고 멍하니 서 있는데 미도리가 입을 열었다.

"시청까지 안내해 드릴게요. 저더러 모셔 오라고 하셨거든요."

"여기서 먼가?"

"걸어서 금방이에요."

그러면서 그녀는 다시 예쁜 미소를 지었다.

"저만 따라오세요."

"알았어. 그, 그러지."

"아 참, 이거 탐정님 거죠?"

그러면서 미도리가 옆에 있는 책장에서 뭔가를 집어 들었다.

"자요."

그것은 낡은 지팡이였다.

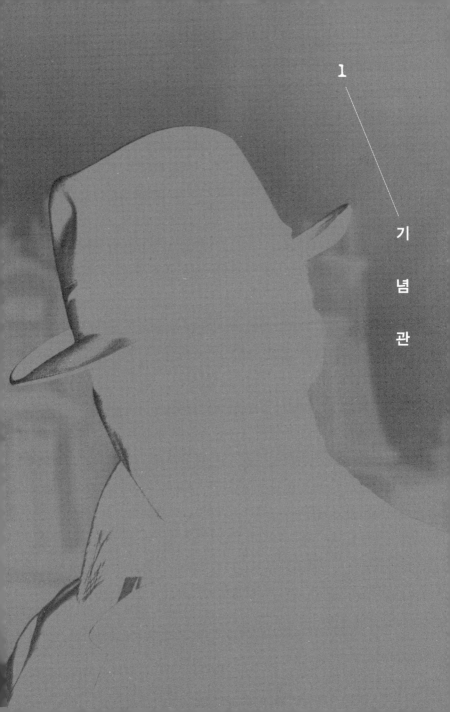

1

기

념

관

1

미도리를 따라 도서관을 나오자 놀랍게도 난생처음 보는 광경이 눈앞에 펼쳐졌다. 아스팔트가 아닌 돌길에, 건물 외벽들 역시 대부분 돌을 층층이 쌓아 올린 것이었다. 개중에는 돌조각으로 장식하거나 창틀 하나하나를 돋을새김으로 꾸민 건물도 있다. 뒤를 돌아보니 도서관 역시 그런 양식이었다. 내가 알던 도서관보다 한층 위엄과 품격이 있어 보였다.

"여기가…… 어디지?"

미도리에게 묻자 그녀는 어리둥절해하는 것 같았다.

"지명이 뭐냐고?"

"보레로(墓禮路) 시 후치(風致) 지구요."

"보레로 시? 여기가 일본이 맞아?"

"당연하죠. 별 이상한 걸 다 물으시네요."

미도리는 킥킥거리고 웃었다.

미도리와 나란히 돌길을 걸었다. 가끔씩 자동차가 옆을 스쳐 갔다. 그런데 자동차란 자동차는 죄다 클래식 카의 범주에 들어갈 만한 것들뿐이었다. 그리고 지나가는 사람들의 옷차림에서도 어딘지 모르게 '굿 올드 데이(good old days)'가 연상됐다. 그것도 일본이 아닌 외국의.

도대체 여기가 어딜까. 나는 왜 여기에 있는 것일까.

나는 조금 전까지 내가 속해 있던 세계의 패션을 생각해 봤다. 그런데 어찌된 일인지 하나도 생각나지 않는다. 마치 뇌가 생각하기를 거부하는 느낌이었다.

길은 분수가 있는 광장으로 이어졌다. 분수 주위에는 작은 공원이 있고, 그 한가운데에 청동상이 서 있다. 동상의 인물은 남성으로, 실크해트에 신사복 차림을 한 채 손가락으로 어딘가 먼 곳을 가리키고 있었다. 다른 손에는 돋보기를 쥐고 있다.

"저건 누구 동상이지?"

동상 옆을 지나면서 미도리에게 물었다.

"이름은 몰라요. 이 마을을 세운 가상의 인물이라는 것밖에."

"마을을 세운 인물이라, 그럼 초대 면장쯤 되는 건가?"

"아니요."

미도리는 고개를 저었다.

"마을을 세운 가상의 인물이라니까요."

"흐음……."

개념 자체가 이해되지 않았지만 더는 묻지 않기로 했다.

광장을 중심으로 길을 반 바퀴쯤 돌았을 때 벽돌로 지어진 낡은 건물이 나타났다. 여기가 시청이라고 미도리가 알려 주었다. 벽에 뭔가가 그려져 있었나 본데 거의 지워져 알아보기 힘들었다. 아치형의 조그만 창문을 세어 3층 건물이라는 것을 확인했다.

건물 정면에, 혼자서 열기에는 다소 힘이 부칠 듯한 묵직한 철문이 있었는데, 다행히도 열려 있었다. 우리는 그곳을 통해 어둠침침한 실내로 들어섰다. 곧바로 눈앞에 폭이 넓은 다홍빛 카펫이 깔린 커다란 계단이 나타났다. 미도리가 앞서서 계단을 올랐다.

그녀를 따라 2층으로 올라가자 어두운 복도를 사이에 두고 나무로 된 문들이 죽 늘어서 있었다. 미도리는 복도의 맨 안쪽까지 가서 막다른 곳에 있는 문을 노크했다.

"들어오세요."

안쪽에서 대답이 들리자 그녀가 문을 열었다.

가죽으로 된 커다란 소파가 맨 먼저 눈에 들어왔다. 그 너머에 책상이 있고, 더 안쪽에는 창문이 있다. 창문을 등지고 어깨가 넓은 남자가 홀로 서 있었다. 그가 천천히 이쪽으로 다가왔다. 걸음을 옮길 때마다 바닥이 삐거덕거렸다.

남자는 새까만 머리카락을 빈틈없이 뒤로 빗어 넘긴 모습이었다. 머리카락 한 올 한 올이 마치 철사로 된 듯 빛나고 있었다. 그 검은 머리 아래에 내 얼굴을 유심히 바라보는 눈동자가 반짝거렸다.

"이분은⋯⋯."

"덴카이치 씨예요."

미도리가 그에게 말했다.

"아, 맞아!"

검은 머리 남자는 그제야 나를 알아본 듯했다.

"신문에서 본 대로군요."

울림이 좋은 바리톤 목소리가 내 위장까지 울리는 것 같았다.

"신문에서요?"

"이거 말입니다."

남자가 소파 앞 테이블에 놓여 있는 신문을 집어 내게 건넸다. 사회면이 보이도록 작게 접혀 있는 신문에는 이런 기사가 실려 있었다.

'덴카이치 탐정의 뛰어난 추리력으로 가베카미 가문 살인 사건 해결되다.'

그리고 그 옆에 흑백 사진 한 장이 실려 있었는데, 덥수룩한 머리에 구깃구깃한 양복을 입은 남자의 모습은 다름 아닌 나였다.

이 사건은 잘 모르겠는데요, 라고 말하려던 나는 얼른 입을 도로 닫았다. 가베카미 가문 살인 사건……, 왠지 귀에 익은 느낌이다.

'그래, 분명 그런 사건이 있었어. 맞아. 산속 마을에서 일어난 사건이었지. 폭설이 내린 다음 날 밀실에서 처참한 시체가 발견됐어.'

그러자 기억이 좀 더 선명하게 떠올랐다. 마치 어제 일인 듯 생생하기까지 했다. 왜일까. 경험한 적도 없는 일이 왜 떠오르는 거지. 혹시, 아니 역시 내가 그 사건을 해결한 것일까.

어쩐지 그랬을 것이라는 생각이 들었다. 가베카미 전설. 예상과 달리 범인은 여자였지.

"시장 히노입니다. 이렇게 와 주셔서 감사합니다."

나의 회상을 중단시키며 검은 머리 남자가 말했다.

"히노 시장님?"

나는 고개를 돌려 옆에 서 있는 미도리를 보았다.

"네. 그리고 제 아버지세요."

그러면서 그녀는 분홍빛 혀를 살짝 내밀었다.

"아!"

나는 고개를 끄덕이고 나서 다시 시장에게 눈길을 돌렸다. 그리고 예의 편지를 꺼냈다.

"이 편지를 쓰신 분이란 말씀이죠?"

"그렇습니다."

"그런데 어떻게 제 주소를…… 아니 그보다, 왜 제게 의뢰하신 거죠?"

"그게 말이죠, 이 신문."

히노 시장은 신문을 툭툭 쳤다.

"여기서 기사를 읽고 선생을 알게 됐습니다. 그리고 이번 사건을 확실하게, 또 신속하게 해결하기 위해서는 선생께 부탁드리는 수밖에 없겠다고 판단했습니다."

그는 마치 연설이라도 하듯 허공을 향해 주먹을 휘두르며 말했다. 의회에서 하던 버릇이 남아 있는 것인지도 모른다.

"그러니까, 덴카이치 탐정의 실력을 믿고서 의뢰하셨다, 이런 말입니까?"

"그렇습니다. 선생의 두뇌를 믿는다는 거죠."

시장이 단호한 어조로 말했다. 나는 가벼운 두통을 느꼈다. 내가 정말 덴카이치란 말인가. 만약 그렇다면 좀 전까지의 나는 누구인가. 그 좁은 집필실에 앉아 미스터리 소설을 써 대던 사람은 도대체 누구란 말인가.

"자, 일단 앉으시지요."

시장이 소파를 권했다. 내가 앉자 시장도 맞은편에 앉았다. 미도리는 내 옆에 앉았다.

시장은 테이블 위에 놓인 크리스털 케이스에서 담배 한 개비를 꺼내 들고 역시 크리스털 라이터로 불을 붙였다. 회백색 연기가 그의 얼굴 앞에서 일렁였다.

"제가 선생을 모셔 온 이유는 다름이 아니라, 어떤 물건을 되찾고 싶어서입니다."

연기 저편에서 시장이 말했다.

"어떤 물건이라면?"

"도굴품입니다."

"도굴품?"

그러자 시장은 손가락 끝에 담배를 끼운 채 창문 쪽을 돌아보았다.

"이 건물 앞에 있는 공원, 보셨습니까?"

"네, 봤습니다만."

"크리에이터 상은 제가 설명했어요."

옆에서 미도리가 끼어들었다.

"그래? 그럼 이해하기가 더 쉽겠군."

"그 동상을 크리에이터 상이라고 부릅니까?"

"이 마을을 만든 인물이어서 그렇게 부릅니다. 하지만 물론 상징일 뿐입니다. 실제로 그런 인물이 있었는지는 확실치 않습니다."

"그 얘기는 따님한테도 들었습니다만, 마을을 만들었다는 말이 무슨 뜻인지 잘 모르겠더군요."

내 말에 히노 시장이 희미하게 미소를 지었다.

"그렇겠지요. 우리들도 잘 모르니까요."

"그게 무슨 말이죠?"

그러자 시장은 별로 타지도 않은 담배를 크리스털 재떨이
에 비벼 껐다.

"이 마을에는 역사라는 게 없어요."

"역사가 없다, 그럼 새로 생긴 마을이라는 말인가요?"

"비유법이 아닙니다. 정말로 역사라는 것 자체가 없어요.
좀 더 쉽게 말하자면 정체불명의 마을이라는 거죠. 즉, 왜 여
기에 이런 마을이 존재하는지 우리 주민들조차 모른다는 겁
니다."

"설마……."

"믿기지 않는 것도 무리는 아닙니다. 하지만 우선은 그 사
실을 믿는 것에서부터 시작해 주셨으면 합니다. 그렇지 않으
면 제 의뢰의 의미도 이해할 수 없을 겁니다."

시장의 말에 농담의 빛은 없었다. 나를 겁주려는 의도도 아
닌 듯했다. 나는 잠시 미도리 쪽으로 고개를 돌렸다가 다시
그녀의 아버지를 바라봤다.

"알겠습니다. 계속하시죠."

그러자 히노 시장이 고개를 끄덕하고는 말을 이었다.

"이 마을에는 역사가 없습니다. 대신 전설이 있지요. 그 전
설에 따르면 이 마을 주민들의 뿌리는 이주자들이라고 합니

다. 원래 이곳은 아무도, 아무것도 없던 장소였습니다. 그런 곳에 사람들이 이주해 왔고, 오늘날과 같은 마을을 개척했다는 겁니다."

"개척자라 이거군요."

"그렇습니다. 그리고 크리에이터라는 것은 최초로 이곳에 찾아온 인물을 의미합니다. 물론 그것이 한 사람이라고 단정지을 수는 없습니다. 남성인지 여성인지조차 모릅니다. 어디까지나 상상 속의 인물에 불과합니다."

"그 크리에이터에게 무슨 문제라도 생겼나요?"

"크리에이터가 살던 집이 마을 한가운데 있습니다."

"그것도 전설에 맞춰 지은 건가요?"

"아니요. 그건 실제 가옥입니다. 연대로 볼 때 초기 이주자들의 집이 틀림없는 것 같습니다. 그래서 사람들은 그 집을 '크리에이터의 집'이라고 불렀습니다. 정식 명칭은 '성자(聖者) 기념관', 흔히들 그냥 기념관이라고 부릅니다."

시장은 막힘없이 말을 이어 갔다.

"그럼 기념관에 무슨 일이라도?"

"실은 한 달 전쯤 그 기념관에서 엄청난 발견이 있었습니다. 지금까지 우리는 그 집이 2층짜리 건물이라고 생각했는데, 지하실이 있다는 사실이 밝혀진 겁니다. 우연히 그 입구가 발견됐거든요. 그래서 그 '비밀의 문'을 열었더니,"

시장은 기대감을 부추기기라도 하듯 말을 끊더니 내 얼굴을 쳐다보며 입술을 씰룩거렸다.

"뭐가 나왔을 거라고 생각하십니까?"

"시체라도 나왔나요?"

물론 농담이었다. 그런데 시장의 눈이 휘둥그레졌다.

"역시 대단하시군요. 감이 보통이 아니에요. 말씀하신 대로 시체가 발견됐습니다."

"정말요?"

"그렇습니다. 다만, 일반적인 시체는 아니었어요. 미라, 미라가 발견됐습니다."

나도 모르게 숨을 크게 들이마셨다.

"관이나 뭐 그런 데에 들어 있었습니까?"

"아니요. 의자에 앉아 있었습니다. 그 방의 용도가 무엇이었는지는 아직 분명치 않습니다. 의자 외에는 허름한 책상 하나만 놓여 있었을 뿐입니다."

"그래서 미라의 서재가 아니었을까, 저는 그렇게 생각해요."

옆에서 미도리가 말했다.

"미라의 공부방이었단 말입니까?"

"아직 자세한 건 조사하지 못했습니다. 미라가 누구인지도 확실치 않고요."

내 농담을 무시하고 시장이 말을 이었다.

"어쨌든 저희 입장에서 이건 엄청난 발견입니다. 지금까지 완전히 수수께끼에 싸여 있던 마을의 기원을 밝힐 수 있을지도 모르니까요."

"미라가 크리에이터인가요?"

"모릅니다. 그럴 수도 있겠지요. 어쨌든 저희로서는 신중히 조사해야 했습니다. 그래서 조사팀을 구성하고 다음 주부터 조사에 들어가려 했는데……."

거기까지 말한 시장이 입술을 깨물고 신음 소리를 냈다. 아까 그가 한 말이 떠올랐다.

"도굴범이 들었다는 거군요."

내 말에 시장이 원통한 표정으로 고개를 끄덕였다.

"꿈에도 생각하지 못했다는 게 바로 이런 경우를 두고 하는 말인가 봅니다. 설마 그런 곳에까지 도둑이 들 줄이야."

차츰 사건의 가닥이 잡히기 시작했다.

"마치 인디애나 존스 같군요."

"누구요?"

"아, 모르시면 됐습니다."

나는 손을 내저으며 말했다.

"계속하시죠. 그래서, 뭘 도난당했다는 겁니까. 설마 미라는 아니겠지요."

"네. 미라는 무사합니다. 그리고 뭘 훔쳐 갔는지도 아직은 모릅니다."

"모르⋯⋯다니요?"

"도둑이 남긴 것이라고는 구멍을 메운 흔적뿐입니다. 그 구멍에 뭐가 묻혀 있었는지는 도굴범밖에 모르죠."

"그럼 아무것도 도난당하지 않았을 수도 있겠네요. 범인은 구멍만 팠을 뿐이고."

"아니요. 그렇진 않을 겁니다."

"왜죠?"

"조사해 보니 구멍은 정확히 사각형이었습니다. 즉 사각형 모양을 한 뭔가가 묻혀 있었다고 생각해야 합니다."

"구멍의 크기는?"

"이 정도나 될까요."

시장은 양손을 30센티미터 조금 못 되게 벌렸다.

"정사각형은 아닙니다. 직사각형이었어요."

나는 도시락을 상상했다.

"경찰에는 신고했나요?"

"아뇨, 아직 비밀로 하고 있습니다."

"왜죠? 도난 사건이라면 경찰이 맡아야 하지 않나요?"

"물론 이번 사건이 평범한 도굴범의 소행이었다면 주저 없이 신고했겠지요. 하지만 사정이 그리 간단하지 않습니다."

"그게 무슨 말인가요?"

내 물음에 시장은 미간을 찌푸리며 다시 새 담배에 손을 뻗쳤다.

"실은, 지하실과 미라의 발견이 아직 공표되지 않은 상태예요."

"아하!"

나는 입술을 핥았다. 그가 하려는 말이 무엇인지 알 것 같았다.

"그럼 조사를 시작할 준비는 돼 있는 상태인가요?"

"조사도 극비리에 진행할 생각입니다. 뭔가 해답이 나올 때까지는요."

"왜 비밀로 하는 건데요?"

"그걸 이해하려면 이 마을의 특성을 알아야 합니다. 거듭 말씀드리지만, 이곳엔 확실한 역사가 없습니다. 그래서 각자가 자신의 형편에 맞게 역사를 만들어 내어 믿고 있는 실정입니다. 예를 들어 자신들이야말로 크리에이터의 후예라고 주장하는 가문이 제가 아는 것만도 다섯 집이나 됩니다."

"그중 하나가 우리 집이고요."

미도리가 아무렇지도 않다는 듯 불쑥 말했다. 나는 놀란 얼굴로 시장을 바라보았다.

"정말입니까?"

"돌아가신 아버지는 그렇게 믿었습니다."

시장이 쓴웃음을 지으며 말했다.

"그 바람에 누군가로부터 살해당할 뻔하기도 했고요."

웃으며 들을 얘기가 아니라는 생각이 들었다.

"그랬군요."

"요컨대, 이 마을의 뿌리에 관한 얘기는 극도로 민감한 주제라는 겁니다."

"그래서 미라에 관해서도 함부로 발표할 수 없었던 거군요."

"그렇습니다."

시장은 담배를 깊이 빨아들였다.

"그러면 지하실이나 미라에 대해 아는 사람은 몇 명이나 되나요?"

"우선 조사팀 멤버가 있습니다. 원래 학자 또는 지식인 일곱 명으로 구성된 '기념관 보존 위원회'라는 기관이 있었는데, 그들이 그대로 멤버가 됐습니다. 저도 그 가운데 한 사람이고요. 그 외에 기념관 관리인과 지하실을 발견한 직원이 알고 있습니다."

"한 사람 빼먹었네요."

미도리가 자신을 가리켰다.

"그렇군."

히노 시장은 딸을 보며 미소지은 뒤 다시 나를 바라봤다.

"지하실이 발견됐다는 보고를 받을 당시, 공교롭게도 딸이 그 자리에 있었어요. 하지만 다른 멤버들에게는 가족에게도 얘기하지 말라고 엄중히 경고해 뒀습니다."

"아무리 그래도 사람 입술에 자물쇠를 채울 수는 없는 노릇이지요."

"맞는 말씀입니다. 하지만 일단은 그들을 믿습니다."

"아, 일단이요."

나는 그만 비아냥거리고 말았다.

"그러니까, 내심으로는 그렇지도 않다는 겁니까?"

"두뇌 명석하기로 유명한 덴카이치 탐정 아니십니까. 이 정도 얘기했으니 제 말을 이해하셨으리라 봅니다. 왜 경찰에 신고하지 못했는지도요."

"이해했고말고요."

기념관 보존 위원회 내부에 도굴범이 있다면 시장의 체면은 땅에 떨어지고 만다. 도굴품만 돌아온다면 범인을 위원회 멤버에서 쫓아내는 선에서 처리하겠다는 생각임에 틀림없다.

"그럼, 사건을 맡아 주시는 거죠?"

시장이 배에 힘이 잔뜩 들어간 소리로 말했다. 온화하면서도 은근히 위협적인 말투였다.

"쉽지 않은 사건이군요."

"하지만 맡아 주시지 않으면 곤란합니다. 따로 의지할 사람도 없고, 무엇보다 선생이 지하실과 미라에 대해 알아 버렸으니 말입니다."

"제가 알고 싶어 알게 된 건 아닙니다."

"하지만 이대로 선생을 돌려보낼 수는 없지요."

그의 입술이 미묘하게 일그러졌다.

"협박인가요?"

"협박 아니라 더한 것도 할 수 있습니다. 그게 정치인입니다. 비록 이런 조그만 마을의 시장에 지나지 않을지라도."

나는 팔짱을 끼고 신음했다. 하지만 그러면서도 나 자신이 이 이상한 세계에 익숙해져 가고 있다는 느낌이 들었다. 정말로 나는 덴카이치라는 이름의 탐정이고, 뭔가 목적이 있어 여기에 온 거라는 생각이 서서히 마음속에 퍼져 나가기 시작했다.

이곳은 지금까지 내가 살아온 곳과 다른 차원의 세계임이 분명하다. 그렇다면 일종의 '평행우주(parallel world. 우리 세계와 병존한다고 여겨지는 또 다른 세계―옮긴이)'란 말인가. 아무래도 그렇게 생각하는 것이 가장 타당할 것 같다. 설마 사후 세계는 아니겠지.

하지만 이 세계에서 내가 덴카이치라는 이름과 탐정이라는 역할을 부여받은 점, 게다가 나를 필요로 하는 사태가 발생했다는 것은 우연이라고 생각하기 힘들다. 뭔가 필연성이 있어서 이곳에 휩쓸려 왔고 또 이런 골치 아픈 상황에 몰린 거라고 생각해야 한다. 그렇다면 현재의 상황에 정면으로 대응하는 것이야말로 모든 수수께끼를 푸는 지름길이 아닐까.

나는 결단을 내렸다.

"기념관 보존 위원회의 명단은 있습니까?"

"여기 준비해 놓았습니다."

시장은 웃옷 안주머니에서 종이 한 장을 꺼내어 내 앞에 놓았다.

"관리인과 직원 이름도 모두 적어 놓았습니다. 가지고 계셔도 좋습니다."

"그럼 제가 가지고 있겠습니다."

"수사에 필요한 게 있으면 무엇이든 말씀하십시오. 가능한 한 협조하겠습니다."

"예, 곧 그럴 일이 생길 것 같습니다."

그러자 시장은 고개를 끄덕이고 자리에서 일어서더니 책상 쪽으로 걸어가 서랍에서 무언가를 꺼내어 가지고 돌아왔다. 그러고는 그것을 내 앞에 놓았다. 갈색 봉투였다.

"당분간의 수사 비용입니다. 부족하면 말씀해 주세요. 성공 보수는 별도로 드리겠습니다."

나는 봉투를 집어 들고 속을 들여다보았다. 만 엔짜리 지폐

수십 장이 들어 있었다.

"그러면 감사히."

봉투를 안주머니에 집어넣었다. 이런 상황에서는 사양할
도리가 없지.

"그럼, 우선 어디서부터 시작할까요?"

시장이 두 손을 비비면서 물었다.

"먼저 기념관을 보고 싶군요."

"좋습니다. 미도리가 안내하도록 하지요. 앞으로도 제 딸을
연락책 겸 조수로 활용하십시오. 딸이 지금 봄 방학이거든요.
그리고 아버지 입장에서 이렇게 말하기는 좀 뭣하지만, 크게
도움이 되실 겁니다."

"봄 방학이라고요?"

그제야 나는 깨달았다. 지금 이곳은 봄이다.

"잘 부탁드려요."

미도리가 꾸벅, 고개를 숙였다.

"기념관에는 자세히 안내해 줄 만한 사람이 있습니까?"

"관리인이 있긴 한데 설명은 좀 무리인 것 같고, 관장에게
전화해 놓을 테니 가서 설명을 듣도록 하세요."

"관장이오?"

"시립 대학의 쓰키무라 박사입니다. 고고학을 전공했고, 조
사팀 리더이기도 합니다. 상당히 개성 있고 매력적인 사람입

니다. 만나면 적잖이 놀라실 겁니다."

시장은 의미심장한 미소를 지었다.

"그분은 도굴 사건을 알고 있겠죠?"

"물론입니다. 하지만 그 외의 멤버는 아직 모릅니다. 얘기하지 않는 편이 좋을 거라는 게 쓰키무라 박사의 의견이었습니다."

"그렇군요. 하지만,"

거기까지 말한 나는 숨을 깊게 들이마셨다가 시장의 얼굴을 바라보며 천천히 내뱉었다.

"그 박사를 믿어야만 할 이유는 없는 거겠죠?"

내 말에 시장은 오른쪽 눈썹을 꿈틀거리며 일그러진 미소를 머금었다.

"말씀하신 대롭니다. 그 사람도 용의자니까."

"한 가지 더 덧붙이자면,"

"시장인 저 역시 믿을 만한 근거가 없다?"

"그렇습니다."

나는 웃지 않고 턱을 끌어당겼다. 농담할 생각은 털끝만치도 없었다.

"믿음직하군."

시장이 손을 내밀었다.

"역시 명탐정이셔."

나는 그의 손을 잡지 않았다. 대신 지팡이를 짚고 소파에서 일어서며 말했다.

"그럼 쓰키무라 박사에게 가 보도록 하지요. 그리고 박사님과 함께 기념관에 가겠습니다."

"성공을 빕니다."

"자, 갈까?"

내 말에 미도리가 활기차게 대답했다.

"네."

2

미니 쿠페를 뻥 튀겨 놓은 것 같은 모양의 택시를 타고 미도리와 함께 시립 대학으로 향했다. 미도리에 따르면 대학은 '분쿄 지구'라는 곳에 있다고 한다.

분쿄 지구는 녹음이 우거진 곳이었다. 여기저기에 자그마한 공원이 있고, 개인 주택 앞에는 약속이나 한 듯 잔디가 심긴 정원이 있었다. 그리고 도로 양쪽의 인도에는 가로수가 일정한 간격으로 심겨 있다.

어디선가 보았던 풍경이다. 분명 이곳에 온 적이 있다는 생각이 들었다. 그것은 소위 '데자뷰'라고 부르는 것보다 좀 더

강렬한 감각이었다. 어렴풋이 지도가 떠오를 정도니 말이다. 하지만 언제 여기 왔는지, 여기서 뭘 했는지는 전혀 기억나지 않았다.

이윽고 택시가 벽돌 건물 앞에 멈춰 섰다. 건물 벽에는 고대 유럽을 연상시키는 조각이 여럿 새겨져 있다.

"여기가 시립 대학이에요."

미도리가 말했다.

"쓰키무라 박사님 연구실이 이 안에 있어요."

정면 현관치고는 조금 어두운 입구를 통해 건물 안으로 들어갔다. 실내 공기는 싸늘했고 희미하게 곰팡이 냄새도 났다. 현관이라 부를 만한 것은 없고, 양쪽 벽이 돌로 만들어진 통로 앞으로 마당이 있었다. 그리고 이 마당을 둘러싸듯이 복도가 나 있었다.

마당에는 깨끗하게 손질된 잔디가 자라고 있고 하얀 벤치가 몇 개 놓여 있었다. 미도리를 따라 복도를 오른쪽으로 돌아들었다. 흰 가운을 입은 여학생 세 명이 진지한 표정으로 뭔가를 토론하며 우리를 지나쳐 갔다. 이쪽에는 눈길조차 주지 않는다.

"여기가 박사님 방이에요."

짙은 밤색의 고색창연한 문 앞에서 미도리가 멈춰 서며 말했다. 문 위쪽에 '제13연구실'이라고 적힌 팻말이 붙어 있다.

나는 잠시 주저하다가 주먹으로 두 번 문을 노크했다.

반응이 없어 좀 더 세게 두드리려는 찰나, 갑자기 문이 바깥쪽으로 확 열렸다.

"노크 소리는 들었습니다."

그렇게 말하며 나를 쳐다본 사람은 30세를 갓 넘긴 듯한 큰 키의 여성이었다.

"아, 저는, 그러니까……."

순간적으로 말문이 막힌 나를 무시하고 그녀는 미도리에게 미소를 지어 보였다.

"어서 와. 오랜만이네."

"안녕하세요?"

"에, 또, 저는……,"

"시장이 전화했더군요. 탐정 덴카이치 씨죠? 들어오세요."

그녀는 문을 마저 열어젖혔다.

방에 들어서자마자 제일 먼저 눈에 띈 것은 피사의 사탑처럼 높이 쌓인 서류 뭉치였다. 그런 서류 탑들이 몇 개나 어지럽게 서 있다. 그리고 그 뒤쪽으로 벽 한 면 전체를 책장이 차지하고 있었다. 꽂혀 있는 책들은 하나같이 마치 화산이 폭발하고 난 뒤의 마을처럼 먼지가 수북했다. 공기마저 어쩐지 칙칙하게 느껴진다.

"정신없겠지만 참아 주세요. 청소하는 시간조차 아까워서 말이죠."

그녀는 역시 책이 높이 쌓인 책상 앞에 앉았다.

"두 분은 아무 데나 마음에 드는 곳에 앉으세요. 책 위에 앉아도 좋고요."

"그럼 실례."

나는 도감류가 쌓여 있는 곳에 걸터앉았다. 미도리는 그대로 서 있었다.

책상 위에 쌓인 서류에 눈길을 주고 있는 여자는 턱이 가늘고 뾰족한 얼굴이었다. 뺨에 주근깨가 약간 있지만 그걸 화장으로 감출 생각은 없는 듯했다. 자로 그은 듯 곧게 뻗은 코 위에 둥그런 금테 안경이 얹혀 있다.

"제 얼굴에 뭐 관찰할 만한 거라도 있나요, 탐정님?"

그녀가 돌연 나를 올려다보며 말했다.

"아니면 세간 남자들과 같은 생각을 하고 계신 건가요? 제가 여자라는 사실에 당혹감과 신기함, 호기심을 느끼고 계신가 말이에요."

"아, 실례했습니다. 훔쳐볼 생각은 없었습니다. 아무래도 이 마을에 온 뒤로 너무 신중해진 듯싶습니다."

나는 머리를 숙였다.

"관장님이 여성이란 사실을 예상하지 못한 건 아닙니다. 시장님의 얘기를 듣고 있자니 왠지 그런 느낌이 들었거든요."

"시장님이 뭐라고 했는데요?"

"관장님에 대해 이야기하면서 '매력적'이라는 표현을 사용하더군요. 또 '그'라는 말을 전혀 하지 않았던 것도 그렇고요."

내 말에 그녀는 어깨를 으쓱해 보였다. 그러고는 나를 똑바로 바라봤다.

"제13연구실의 쓰키무라입니다."

"덴카이치입니다."

그렇게 스스로를 소개한 나는 나 자신이 덴카이치라는 이름에 위화감을 느끼지 않는다는 사실을 깨달았다.

"그래서,"

쓰키무라 박사가 말했다.

"제가 뭘 얘기해 드리면 될까요. 아니면 우선 기념관부터 안내해 드릴까요?"

"먼저 관장님의 의견부터 묻고 싶군요. 그러니까, 도굴범에 대해 짚이는 거라도 있으신지."

내 질문에 여성 학자는 이내 고개를 저었다.

"없습니다."

"시원시원하시군요."

"짚이는 게 있었다면 탐정님이 나설 일도 없었겠지요."

"그야 그렇지만……, 관계자 중에 범인이 있을 가능성이 높다고 들었습니다. 그러니 뭔가 조금이라도 짐작 가는 일이 있지 않겠습니까?"

"죄송하지만 저는 근거도 없이 사람을 중상모략하는 취미는 없습니다."

그 의연한 말투가 여성 학자인 그녀에게 무척 잘 어울렸다. 하지만 아무래도 그녀 역시 내부인 범행설에 동의하고 있다는 느낌이 들었다. 물론 나는 그녀가 범인이 아니라는 결론은 내리지 않았다.

"그렇다면 질문을 바꿔 보지요. 범인이 도굴한 이유가 뭘까요. 관장님의 개인적인 의견이어도 상관없습니다."

"독점하고 싶은 물건이 있어서겠지요. 조사팀이 발굴하게 되면 보레로 시의 소유물이 돼 버리니까요."

"그렇다면 값이 나가는 물건일까요?"

"꼭 그렇다고 할 수는 없지요. 어떤 분야에든 마니아란 것이 있으니까요."

"시장님은 미라나 지하실을 조사하면 마을의 역사를 규명할 만한 단서를 얻을 수 있을지도 모른다고 하더군요."

"우리들도 그걸 바라고 있습니다."

"하지만 바라지 않는 사람도 있지 않을까요? 예를 들어 자신이야말로 크리에이터의 후예라고 떠들고 다니는 사람들이라든가."

그 말에 쓰키무라 박사는 어깨를 으쓱했다.

"시장님을 말씀하시는 건가요?"

미도리가 움찔하며 고개를 드는 것이 눈에 들어왔다.

"그렇게 주장하는 사람이 이 마을에 몇 명 있다고 들었습니다. 하면, 그런 사람들에게 부탁받거나 고용된 자들이 도굴했다고 생각할 수는 없을까요?"

박사는 가만히 내 얼굴을 응시하더니 책상 위에서 손깍지를 꼈다.

"그런 설이 성립되려면 한 가지 조건이 필요합니다. 그건 범인이 자신이 훔치려는 물건의 정체를 알고 있다는 거죠."

"불가능한 일인가요?"

"있을 수 없는 일이에요. 그 기념관에 대해서는 아직 아무것도 알려진 게 없어요."

"하지만 범인이 거기에 뭐가 있었는지 알았던 것만은 분명하지 않습니까. 몰랐다면 도굴 같은 건 생각조차 못했을 테니까요."

내 말에 그녀는 머리를 쥐어뜯다가 자리에서 벌떡 일어섰다.

"기념관으로 안내하지요. 직접 보시는 게 제일 빠를 것 같네요."

타이어에 진흙이 잔뜩 묻은 트럭을 타고 우리들은 기념관으로 향했다. 세 명이 앉기에는 자리가 비좁은 트럭은 아마도 박사의 애마인 듯했다. 엔진에서 나는 굉음에도 불구하고 속도는 전혀 나지 않았다. 박사는 때때로 차 바닥을 차며 "에잇, 이 똥차!"라고 내뱉듯이 말했다.

트럭은 돌이 깔린 길을 곧장 앞으로 달렸다. 도중에 신호가 있는 교차로를 몇 갠가 통과했지만 소매를 걷어붙인 쓰키무라 박사는 핸들을 똑바로만 잡고 있다.

"기념관까지는 일직선이에요."

내 의문을 알아차렸는지 옆에서 미도리가 말했다.

"기념관은 마을 한가운데에 있고, 길은 기념관으로부터 방사 형태로 뻗어 있어요. 그래서 기념관에 가려면 마을 어디에서든 거의 일직선으로만 가면 되죠."

"아!"

이윽고 전방에 하얀 벽이 나타났다. 그러자 박사는 처음으로 핸들을 왼쪽으로 꺾은 후 하얀 벽을 따라 달렸다. 벽은 완만한 커브를 그리는 듯했다. 그 뒤로는 나무들이 보인다.

벽이 끝나는 지점이 나타났다. 그곳이 입구인 듯했다. '보수 공사로 인해 기념관은 당분간 휴관합니다'라고 쓰인 안내판이 보였다. 쓰키무라 박사는 트럭을 우회전해 안으로 들어갔다. 들어가자마자 주차장이 있고 거기에 소형 승용차가 몇 대 주차되어 있었다.

"왜 만날 남의 주차장에 주차들을 하나 몰라."

박사는 미간을 찌푸렸다.

주차장 앞쪽은 숲이었다. 그리고 그 한가운데로 폭 3미터 정도의 길이 나 있었다. 길을 따라 막다른 곳까지 가자 굵직한 문기둥이 두 개 나타났고, 그 뒤로 아담한 검은색 건물이 보였다.

문기둥에는 조그만 초소가 붙어 있었는데, 우리가 다가가자 그곳에서 체구가 큰 남자가 나왔다. 낡아 빠진 회색 셔츠 위에 짙은 밤색 조끼를 입고 소매를 걷어 올린 그는 마치 곰처럼 얼굴에 수염이 무성했다. 관리인인 듯싶었다. 아니, 그보다 '문지기'라고 부르는 편이 제격인 분위기의 남자였다.

"아이고 쓰키무라 관장님, 이렇게 갑자기 오시다니."

남자가 두 손을 비벼 대며 굽실거렸다.

"어이구, 오늘은 히노 시장님 따님도 오셨네요."

그러고는 내 쪽을 힐끔 보더니 잠시 수상쩍은 듯 눈썹을 치켜세웠지만 별말은 하지 않았다.

"그때 이후로 아무도 들여보내지 않았지요?"

"네, 물론이죠. 문을 아예 잠가 두었는걸요."

나는 창문으로 초소 내부를 들여다봤다. 허름한 책상이 하나 있고 그 위에 커피 잔과 저속한 잡지가 놓여 있었다. 커피 잔에서는 김이 피어오르고 있다. 한쪽 구석에 주방이 있는 것 같았다. 벽 쪽에는 등나무로 만든 긴 의자가 놓여 있다.

"문이 잠겨 있더라도 철책을 넘으면 들어갈 수 있지 않겠어요?"

"아닙니다. 이 커다란 두 눈을 부릅뜨고 지키고 있습니다."

문지기는 자신의 두 눈을 가리키며 상냥하게 웃었다.

"그렇다면 다행이지만. 그건 그렇고, 잠깐 들어가도 되겠죠."

"아무렴요. 그런데……."

문지기는 말을 멈추고 내 쪽을 보았다.

"아, 소개하지요. 이쪽은 탐정 덴카이치 씨예요."

"호오, 탐정님이시라."

그는 마치 신기한 동물을 다 보겠다는 듯 눈을 가늘게 떴다.

"그 일 때문에 시장이 조사를 의뢰했어요."

"아, 그랬군요. 잘 부탁드리겠습니다."

"그런데, 다른 사람들에게는 덴카이치 씨가 탐정이라는 얘기를 하지 마세요. 괜히 귀찮은 일이 생길 수도 있으니까요."

"예, 아무렴요. 잘 알고 있습니다. 저도 바보는 아닙니다."

문지기는 허리춤에 차고 있던 열쇠 꾸러미를 풀어 쩔렁쩔렁 소리를 내며 철문을 열었다.

"여기서부터는 제가 안내할 테니 열쇠를 제게 주세요. 아저씨는 아무도 들어오지 못하도록 밖에서 지키시고요."

"아, 예, 알았습니다."

문지기는 탐정이 추리하는 모습을 보고 싶었던 듯 몹시 아쉬운 표정을 지으며 열쇠 꾸러미를 박사에게 넘겼다.

"관리인은 저 사람뿐인가요?"

걸어가면서 내가 관장에게 물었다.

"네, 쭉 저 남자 혼자였어요. 예산이 부족해서."

박사가 불만스러운 듯한 어조로 말했다.

"도굴 사건이 벌어졌을 때도 저 사람이 저기 있었겠군요."

"그렇죠."

"입이 무거운 편인가요? 다른 사람에게 저에 대해 얘기하지는 않겠지요."

"다른 건 몰라도 이번 사건과 관련해서는 경솔한 짓을 못할 거예요. 자기 목이 달려 있으니까요."

"하지만 사건이 해결되기만 하면 즉시 해고할 거라고 아버지가 말씀하시던걸요."

"그래야 할 것 같군."

나는 미도리에게 그렇게 말했다.

기념관이라고는 하지만 실상은 조그만 가옥에 불과했다. 낡은 나무문에는 투박한 자물쇠가 달려 있었다. 쓰키무라 박사가 꾸러미에서 열쇠를 하나 골라 자물쇠를 풀었다.

실내로 들어서자 옅은 곰팡내가 느껴졌다. 바닥은 흙으로

덮여 있고 식탁으로 보이는 탁자와 의자가 작은 창문 옆에 나
란히 놓여 있다. 방 한구석에는 원시적인 난로가 있고 거기에
서 나온 연통이 바깥으로 뻗어 있었다. 난로 맞은편에는 낡은
가구가 몇 개 놓여 있는데 그중에는 서랍이 달린 것도 있고
그저 나무 상자를 겹쳐 놓았을 뿐인 단순한 것도 있었다.

　회벽 곳곳에는 사진이 걸려 있고 그 아래에 설명이 적힌 종
이가 붙어 있다. 가만 보니 죄다 부자들이 기념관 복구 자금
을 기부하는 장면이나 외국 귀빈이 방문했을 때의 기념사진
들뿐이다.

　"기념관은 2층이라고 들었는데요."

　"이리로 가시면 됩니다. 하지만 아무것도 없어요."

　박사가 구석에 있는 문을 열자 1제곱미터 정도 되는 사각형
공간이 나타났고, 그곳에 사다리가 세워져 있었다. 사다리는
최근 들어 손을 본 것 같다.

　사다리를 올라가자 4평 정도 크기의 방이 나왔다. 벽은 판
자로 되어 있고, 집기라고는 구석에 놓인 침대뿐이다. 침대에
는 퀼팅 커버가 덮여 있었는데 상당히 훌륭한 작품이어서 여
태 도난당하지 않은 것이 행운이라는 생각마저 들 정도였다.

　맞은편에 문이 있는 것으로 보아 옆에도 방이 있지 않을까
싶어 손잡이를 잡고 밀어도 보고 당겨도 보았지만 문은 꿈쩍
도 하지 않았다.

"그거, 안 열려요."

바닥에서 머리만 내밀고 지켜보던 미도리가 말했다.

"일부러 잠가 놓은 건가?"

"그게 아니고 원래 안 열려요."

"그럼 아무도 열어 본 사람이 없단 말이야?"

내 질문에 미도리는 보일 듯 말 듯 미소를 지었다.

"그럴 사람이 없지 않을까요?"

"왜?"

"열어 봤자 아무것도 없다는 걸 모르는 사람이 없으니까
요."

"열어 보지도 않고 그걸 어떻게 알지?"

"그거야 문 뒤쪽이 건물 바깥이니까 그렇죠."

"바깥?"

"네. 그러니 열어 봤자 아무것도 없고 아래로 떨어져 버릴
뿐이죠. 채플린 영화처럼."

"그럼 왜 이런 문을 만든 거지?"

"글쎄요, 왜일까요? 저도 잘 모르겠어요. 기념관의 수수께
끼 중 하나라고나 할까."

"음⋯⋯."

나는 그 문을 다시 살펴보았다. 자세히 보니 문 표면에 글자
가 새겨져 있다. 우선 알파벳이 A부터 Z까지 나열돼 있고, 그

위쪽에 다음과 같은 문장이 적혀 있었다.

WHO DONE IT?

누가 했을까, 직역하면 그런 뜻이다. 하지만 탐정 소설의 세계에서는 이 말에 또 다른 의미가 있다. 'WHO DONE IT'이란 '범인 알아맞히기'를 테마로 한 작품을 뜻한다.

"이 문장에 대해서 들은 이야기 없어?"

"그것 역시 수수께끼라고 아버지가……."

"답을 맞힌 사람은 없었고?"

"네, 없대요."

나는 다시 한 번 문을 물끄러미 바라보다가 사다리를 타고 1층으로 내려왔다.

"기념관이 마음에 드셨는지 모르겠네요."

아래에서 기다리고 있던 쓰키무라 박사가 말했다.

나는 박사에게 그 기묘한 문에 대해 물었다.

"그 문에 대해서는 저희들 역시 오랫동안 골머리를 썩이고 있죠."

박사가 말했다.

"신앙과 관련된 것인지, 아니면 주문 같은 것인지 판단할 자료가 전혀 없어요. 단순히 설계상의 실수일 수도 있고, 벽을 만들다가 재료가 부족해 어디서 문짝을 가져와 붙인 건지도 모르죠. 아무튼 지금으로서는 정확히 아는 사람이 없어요. 지하실이 발견됐으니까 그 수수께끼도 곧 풀릴 거라고 기대는 하고 있지만요."

"문을 연 사람도 없다면서요?"

"네, 그렇긴 하지만 문을 연다는 것이 과연 무슨 의미가 있을지 의문이에요. 하여간 아직까지는 아무도 열지 못했어요. 아마도 못으로 고정시켜 놓은 것 같은데, 부술 일은 없을 것 같습니다."

"문에 글자가 새겨져 있던데요, WHO DONE IT이라고."

"그것도 수수께끼예요. 혹시 뭐 짐작되는 거라도?"

나는 탐정 소설의 형식 중 하나라고 말하려다 그만두었다. 아무리 생각해도 탐정 소설과 이 장소는 관계가 없어 보였기 때문이다. 더구나 그 문제에만 매달릴 상황도 아니었다.

"그런데 지하실은 어디 있습니까?"

"이쪽이에요."

박사는 사람 허리 높이쯤 오는 가구가 놓인 쪽으로 다가갔다. 꼭 구식 냉장고 정도 크기의 가구였다. 앞쪽에는 냉장고처럼 한쪽으로 열리게 되어 있는 큰 문이 있는데 거기에 다른 곳과 마찬가지로 자물쇠가 채워져 있었다. 박사가 자물쇠를 열었다.

"자물쇠가 채워진 건 지하실이 발견된 뒤부터입니까?"

"물론이죠. 그 전에는 단순히 선반이라고만 생각했어요."

"열쇠는 몇 개나 있나요?"

"두 개요. 다른 하나는 시장이 갖고 있어요."

"좀 봐도 될까요?"

나는 열쇠를 살펴봤다. 아주 단순한 방식의 열쇠였다.

"이런 거라면 여벌을 만들기도 어렵지 않겠는데. 자물쇠에 촛농을 흘려 넣어 본을 뜨는 방법이야 무리일지 모르지만, 열쇠를 빌릴 수만 있다면 점토로 모양을 뜨는 건 그리 어렵지 않을 것 같습니다."

"하지만 열쇠는 관리인 아저씨가 늘 보관하고 있는데요."

미도리가 말했다.

"문제는 바로 그겁니다. 그 문지기를 무조건 믿어서는 안 된다고 봅니다. 아까 그 사람 팔뚝을 봤는데 그물 문양이 선명하게 나타나 있었어요. 이유가 뭐라고 생각하시나요?"

"그물 문양요? 전 몰랐는데, 왜죠?"

"그건 우리가 오기 직전까지 등나무 의자에서 팔베개를 하고 잤다는 증거입니다. 등나무가 엮인 모양 그대로 팔에 자국이 남은 거예요. 잡지가 바닥에 흩어져 있었는데, 원래는 의자 위에 있던 것을 낮잠 자는 데 방해가 되니까 바닥으로 밀쳐낸 것 같더군요. 김이 나는 커피 역시 잠을 깨기 위해 한잔

하려던 거겠죠."

미도리가 눈을 동그랗게 떴다.

"낮잠을 자다니……, 도굴된지 얼마나 됐다고."

"습관이란 무서운 거야. 아마도 그 시간에 늘 낮잠을 잤겠지. 그러니까 그가 깊이 잠든 동안 열쇠를 훔쳐서 복사본을 만드는 것도 그리 어려운 일은 아닐 거야."

"말도 안 돼. 아버지한테 말해야겠어요."

미도리의 뺨이 부풀어 올랐다.

"역시 명탐정이시군요."

얘기를 듣고 있던 쓰키무라 박사가 무뚝뚝한 표정으로 말했다.

"이 정도 추리는 기본입니다."

나는 그리 나쁘지 않은 기분으로 말했다.

박사가 문을 잡아당겨 열었다. 안쪽은 텅 비어 있고 바닥에 싸구려 베니어판이 깔려 있다. 그녀가 베니어판의 한쪽 끝을 잡고 끌어당기자 네모난 구멍이 나타났다.

"이게 지하실로 들어가는 입구인가요?"

"그래요. 목수가 선반을 수리하다가 발견했어요."

"그 목수가 도굴범일 가능성은 없을까요?"

불쑥 말을 내뱉어 봤다.

"그럴 가능성은 없어요. 그 사람은 입구를 발견했을 뿐, 그 안이 어떻게 되어 있는지는 전혀 알지 못했으니까요."

그렇게 말하고 나서 박사는 손을 안쪽으로 뻗어 그곳에 비치되어 있던 손전등을 꺼냈다. 그리고 그것을 켠 뒤 통로의 좁은 구멍 속으로 발을 내디뎠다. 안쪽에 계단이 있는 듯했다.

구멍 속에서 그녀가 말했다.

"조심해서 들어오세요. 발밑이 미끄러우니까."

나는 지팡이를 선반 옆에 놓아둔 채 조심스럽게 구멍 속으로 몸을 집어넣었다. 예상대로 안쪽에 계단이 있었는데, 돌을 겹쳐 쌓은 간단한 구조였다. 박사의 말대로 발을 잘못 디디면 미끄러질 것 같았다.

입구로 들어설 때는 머리를 부딪치지 않도록 신경을 썼지만 안으로 들어가 보니 의외로 천장이 높았다. 폭이 1미터쯤 되는 계단에는 난간이 없어 차가운 돌을 손으로 짚으며 내려가야 했다.

지하실 천장에는 램프가 달려 있었다. 박사가 라이터로 램프에 불을 붙이자 주위가 밝아졌다. 우리들의 그림자가 벽 표면에서 음산하게 흔들거렸다. 불이 들어오기를 기다렸다는 듯 미도리가 따라 내려왔다.

바로 앞에 문이 또 하나 있었다. 나무로 된 문에는 쇠로 만든 테두리가 둘려 있고 문 오른쪽 끝에 직경 10센티미터 정도의 고리 같은 것이 달려 있다. 아마도 손잡이인 것 같았다. 하지만 박사는 그 손잡이 대신 그보다 조금 윗부분을 양손으로 밀었다. 모래 위를 스치는 소리와 함께 문이 안쪽으로 열렸다.

손전등과 램프의 빛이 닫혀 있던 어둠 속을 비집고 들어갔다. 안으로 한 걸음 내디딘 순간 나는 그만 움찔하며 비명을 지를 뻔했다. 바로 눈앞에 사람의 형체가 나타났기 때문이다.

물론 살아 있는 인간은 아니었다.

3

미라는 의자에 걸터앉아 있었다. 오른손은 무릎 위에, 왼쪽 팔꿈치는 곁에 있는 책상 위에 올려놓은 채였다. 책상 위에는 짤막한 양초를 꽂은 촛대가 놓여 있었다.

나는 미라에 가까이 다가가려다 멈칫했다. 바로 앞에 로프가 쳐져 있었기 때문이다.

"괜찮아요. 가까이 가서 보세요."

박사가 그렇게 말하며 내게 손전등을 건넸다. 나는 그것을 받아 들고 로프를 넘었다.

그곳은 지하실이라기보다 동굴이라는 표현이 어울리는 공간이었다. 벽과 바닥 모두 바위가 드러나 있었다. 생활에 필요한 설비라고는 일절 없고, 가구도 미라가 사용하던 책상과 의자뿐이었다.

미라는 회색 바지와 셔츠를 입고 있었다. 물론 그것들이 원래부터 회색은 아니었을 것이다. 머리카락이 이마와 귀를 덮을 정도로 길었지만 체격으로 보아 남자인 것 같다. 안구가 사라진 자리에는 두 개의 검은 구멍이 열려 있다.

문득 뇌리를 스치는 것이 있어 나는 조심스럽게 '그'의 앞머리를 쓸어 올렸다. 그리고 그것을 다시 원래대로 해 놓은 후 박사를 돌아보며 말했다.

"그런데 도굴된 곳은 어디죠?"

그러자 쓰키무라 박사는 미라 앞에 쭈그리고 앉더니 미라의 발 앞쪽에 깔려 있는 지름 1미터 정도의 원형 깔개를 들어 올렸다. 거기에는 시장이 말한 대로 구멍이 하나 뻥 뚫려 있었다.

"발견되었을 때는 구멍이 메워진 상태였어요. 하지만 보자마자 금세 알았지요."

"구멍을 발견한 사람이 박사님입니까?"

"그래요. 예비 조사를 해 두려고 관리인과 함께 들어왔을 때 발견했어요."

"그 전에도 여기에 들어온 적이 있나요?"

"네, 이 방이 발견됐을 때요."

"그때 함께 들어온 사람은?"

"보존 위원회 멤버들요."

"그때는 조사 같은 것은 하지 않았습니까?"

"그럼요. 절차도 제대로 정하지 않고 조사를 시작할 수는 없으니까요."

나는 다시 한 번 주위를 둘러보았다. 다른 곳은 파헤친 흔적이 없는 것 같다.

"범인은 왜 이곳을 팠을까요?"

내 질문에 박사는 셔츠 주머니에서 사진 한 장을 꺼냈다.

"이걸 한번 보시죠."

그것은 이 방을 촬영한 사진이었다. 특히 미라의 발 주위가 클로즈업되어 있었는데, 깔개는 젖혀진 상태였다. 그리고 구멍이 파헤쳐진 바로 그 자리에 물음표가 새겨져 있었다.

"뭐죠, 이 표시는?"

"모르겠어요. 다만, 뭔가가 묻혀 있을 거라고 짐작은 했어요. 그래서 우리도 조만간 파 보려고 생각하고 있었어요."

"그럼 도굴범이 선수를 쳤다는 겁니까?"

"그렇게 생각해야 하지 않을까요."

그것이 타당한 추리라고 생각되긴 했지만 나는 곧바로 동의하지 않았다.

"뭐가 묻혀 있었을 거라고 생각하세요?"

"그걸 알면 이 고생을 할 이유가 없지요."

박사는 그렇게 말하며 양팔을 벌리고 어깨를 으쓱해 보였다.

"저주의 물건 아닐까요?"

조금 떨어진 곳에서 벽을 바라보고 있던 미도리가 우리 쪽을 보며 말했다.

"아버지가 그렇게 말씀하셨거든요."

"저주의 물건……, 무슨 뜻인가요?"

내가 박사에게 물었다.

"미신이죠."

박사는 미간을 찌푸리며 혐오감을 나타냈다.

"그런 전설이 있어요."

"그거 참 흥미롭군요."

"탐정님이 관심을 가질 만한 얘기는 아니에요. 이 마을이 과거에 사악한 저주에 걸린 적이 있다는 거예요. 그 저주의 근원인 어떤 물건을 한 현자(賢者)가 봉인했다는군요. 그런데 그 장소가 바로 이 기념관이랍니다."

'이런.'

나는 한숨을 내쉬었다. 미라에 이어 이번에는 저주라니. 갈수록 '인디애나 존스'의 세계로군.

"그렇군요. 어느 고장에나 있을 법한 전설이죠. 하지만 그 전설이 무언가를 암시한다고 생각할 수도 있지 않을까요?"

"그럴 가능성도 없지는 않지만, 그게 과연 사건을 해결하는

데 도움이 될까요?"

"그야 모르는 일이지요."

우리들은 좁은 통로를 통해 다시 1층으로 나왔다.

"일단 보존 위원회 멤버들을 만나 보도록 하죠."

내 말에 박사는 강한 어조로 말했다.

"한시라도 빨리 범인을 밝혀 주세요. 아니, 범인 따윈 잡건 말건 상관없어요. 도굴당한 물건을 되찾을 수만 있다면."

"하지만 도굴당한 물건이 무엇인지조차 모르니 참 난감하 군요."

그러면서 나는 안경의 위치를 바로잡았다. 콧등이 좀 아팠다.

"그 미라는 얼마나 오래된 건가요."

"아직 상세히 조사해 보지는 않았지만, 150년 정도 되지 않 았을까 하는 게 제 생각이에요."

"150년이라……."

그렇다면 1850년경, 즉 에도(江戸) 시대다. 그런데 미라의 모습에서도 이 기념관에서도 에도 시대의 분위기는 느껴지지 않는다. 혹시 이 세계에는 에도 시대라는 것이 존재하지 않 던 것일까.

"그렇다면 도굴당한 물건도 그 무렵의 것이겠군요."

"그렇겠죠. 다시 말하면 휴대용 라디오나 인스턴트 라면이 아닌 것만은 확실해요."

박사가 진지하기 짝이 없는 표정으로 말했다. 농담이 아닌 것이 분명했다.

"혹시 종교와 관련된 물건은 아닐까요. 제사 도구라든가."

"이 마을에는 종교라는 것이 존재하지 않습니다."

"네?"

박사의 말에 흠칫 놀란 나는 고개를 돌려 그녀의 얼굴을 바라보았다. 그러나 그녀는 하나도 이상할 것 없다는 표정이다.

"그럼…… 미라의 사망 원인은 뭡니까?"

내 질문에 박사는 허를 찔린 듯한 표정을 짓더니 이내 침착한 말투로 이렇게 물었다.

"그런 걸 왜 물으시죠? 도굴 사건과는 관계없는 일인 것 같은데요."

"아, 그저 궁금해서요. 혹시 미라의 이마 보셨나요?"

그러자 그녀는 천천히 고개를 끄덕였다.

"역시 관찰력이 뛰어나시군요."

"이마에 구멍이 뚫려 있었죠. 고대 문명국가 중에는 두개골에 구멍을 뚫어 외과 수술을 할 정도로 의료 기술이 발달한 나라도 있었습니다. 하지만 그런 구멍과는 상태가 달랐어요. 그건 분명 총이나 화살에 의한 것이었습니다. 즉 그는 살해된 거예요."

"저 역시 지금으로서는 그렇게 보고 있습니다."

"범인은 누구일까요, 탐정님. 그는 왜 살해됐을까요?"

"글쎄요……, 그런 거라면 150년 전의 탐정에게 부탁해야 하지 않을까 싶은데요."

그리고 나는 다시 박사의 얼굴을 보며 말했다.

"저, 뭐 하나 물어봐도 될까요?"

"뭔데요?"

"불과 150년 전의 일인데 왜 그렇게 알 수 없는 게 많은 거죠? 이곳은 이주자들에 의해 만들어진 마을이라고 했는데, 그 당시부터 지금까지 일어난 일들이 어떤 형태로든 전해져 오고 있지 않습니까?"

그러자 그녀는 눈을 감더니 천천히 심호흡을 하고 나서 다시 눈을 떴다.

"탐정님께서 그렇게 생각하시는 것도 무리는 아니에요. 하지만 정말로 이 마을에는 역사라는 것이 존재하지 않습니다. 마을의 그 어떤 노인에게 물어봐도 현재 자신이 왜 여기에 있는지 대답해 주지 않아요. 대답할 수가 없는 거죠. 모르니까요. 그분들의 부모들 역시 마찬가지였어요. 정신을 차려 보니 자신들이 이 마을에 있었다는 거예요. 이 마을에는 과거가 없어요. 기억을 잃어버린 마을입니다."

"그러니까 그 기억을 되살리는 열쇠를 저 미라가 쥐고 있다, 이 말입니까?"

"그런 셈이죠."

"도굴당한 물건 역시 열쇠의 하나일지 모르고요?"

"아마도요. 그래서 더더욱 그 물건을 잃어버린 게 가슴 아파요. 그 무엇보다도요."

박사는 마른 입술에 침을 바른 뒤 말을 이었다.

"기억을 되찾는 것이 행복으로 연결된다고는 누구도 장담할 수 없지만."

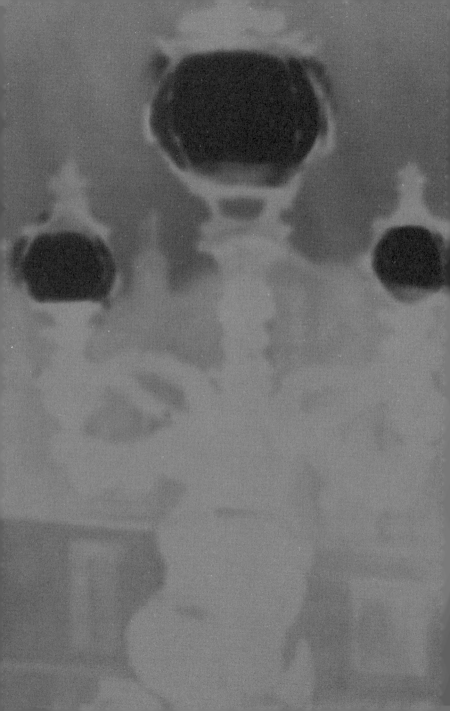

2

자
산
가

1

미즈시마의 저택은 마을의 동쪽 끝에 있었다. 숲이 많은 지역으로, 넓은 도로에 비해 지나다니는 차는 많지 않았다. 높은 건물은 눈에 띄지 않고 마당 넓은 집이 즐비했다. 겉에서 봐서는 집의 형태조차 파악할 수 없을 정도의 큰 저택도 있다. 이른바 고급 주택가인 것이다.

그중에서도 미즈시마의 저택은 특별히 눈에 띄었다. 부드러운 곡선으로 이루어진 건축 양식은 아르 누보의 영향을 받은 것이 분명했다. 문의 철책에까지 화려한 장식이 붙어 있다.

그런 외관과는 다소 어울리지 않는 초라한 인터폰을 누른 후 "시장님 소개로 찾아온 덴카이치라는 사람입니다."라고 외쳤다. 잠시 후 "들어오십시오."라는 남자의 목소리와 함께 대문이 자동으로 열렸다.

나와 미도리는 문에서 현관으로 이어지는 길고 구불구불한 길을 걸어갔다. 여기저기 핀 계절 꽃들이 우리들의 눈을 지루하지 않게 했다.

현관 앞에 다다르자 검은 양복을 입은 중년 남자가 기다리고 서 있었다.

"어서 오십시오. 저는 구로모토 집사입니다."

"덴카이치입니다. 이 여자 분은 제 조수고요."

"시장님께 말씀은 들었습니다. 기다리고 있었습니다."

집사는 별로 환영하지 않는 듯한 태도를 숨기지 않았다.

짧은 계단을 오른 후 양쪽으로 열리는 문을 통해 안으로 들어갔다. 발소리를 완벽히 흡수할 정도로 두꺼운 양탄자가 깔린 복도를 걷자니 구름 위를 걷는 기분이 들었다.

집사의 안내로 들어간 곳은 오른쪽 벽면 전체가 유리로 된 방이었다. 역시 우아한 곡선을 강조한 의자와 책상이 방 가운데 나란히 놓여 있고 한쪽에는 그랜드 피아노가 있었다.

여기서 기다려 달라고 말한 뒤 집사는 어디론가 사라졌다.

나는 다리의 맵시가 좋은 의자에 앉아 실내를 둘러봤다. 중세 유럽풍 그림 몇 점이 벽에 걸려 있었다. 필시 값이 상당히 나가는 것이겠지만 아쉽게도 나는 그 방면에는 지식이 없다.

미즈시마 유이치로가 나타나면 어떤 식으로 얘기를 꺼내야 할지 생각하자니 머리가 복잡했다. 솔직히 조금, 아니 상당히 긴장되었다.

느닷없이 이 마을에 오게 된 지 꼬박 하루가 지났다. 어젯밤은 히노 시장이 예약해 준 호텔에 묵었는데 그다지 잘 자지 못했다. 모든 것이 꿈만 같아 잠을 이룰 수 없었다고나 할까. 하지만 꿈이 아닌 증거로, 오늘 아침 일어났을 때도 나는 여전히 탐정 덴카이치 그대로였다. 그리고 호텔에서 아침을 먹고 있을 때 미도리가 찾아왔다.

그녀는 미즈시마 유이치로와 만날 수 있도록 시장이 손을 써 두었다고 내게 알리러 온 것이다. 미즈시마는 기념관 보존위원회 멤버다. 시장으로서는 내 조사를 돕겠다는 생각에 한 일이겠지만, 이렇게 갑작스럽게 정해지면 당황스럽기 짝이 없다. 그러나 미즈시마 유이치로라는 사람이 쉽게 만날 수 있는 인물이 아니고 보면, 불평을 늘어놓을 처지도 아닌 것이다.

미즈시마 산업의 회장이자 이 마을 제일의 자산가.

미도리에게 들은 정보는 기껏해야 그 정도였다. 그것만 가지고 어떻게 그의 속을 떠보라는 건지. 그의 얼굴에 대고 "당신, 도굴범 아닙니까?"라고 물을 수는 없는 노릇 아닌가.

그 정도의 부자가 도굴 따위를 할 리 없다고 미리 결론짓는 것은 위험한 일이다. 자신이 직접 손대지는 않더라도 다른 사람을 고용해서 훔치게 할 가능성은 얼마든지 있다.

"집에 손님이 오다니, 별일도 다 있군."

등 뒤에서 말소리가 들려 돌아보니 입구 쪽에 눈에 확 띄는 보라색 스웨터를 입은 남자가 하나 서 있었다. 땅딸한 몸집에 넓적한 얼굴. 코 위쪽은 나이 들어 보이지만 뺨이 이상하리만치 붉어 도무지 나이를 가늠하기 어렵다.

"아, 안녕하십니까. 저는 덴카이치라고 합니다."

"얘기 들었어요. 보존 위원회에 관해 취재하고 있다면서요?"

"네."

시장이 미즈시마 유이치로에게 나를 작가라고 얘기해 놓은 것이다.

"이 여자 분은 어시스턴트인가요? 굉장히 젊어 보이는데."

남자는 미도리가 누구인지 모르는 것 같았다.

"저, 실례지만 누구……."

"아, 저는 미즈시마 씨의 아들이에요."

그러더니 키 작은 남자는 느닷없이 피아노로 다가가서 건반 뚜껑을 열고는 '미뉴에트'를 연주하는 게 아닌가. 비록 두 소절 정도였지만 실력은 그럴듯했다.

"댁에 손님을 들이는 일이 별로 없나요?"

좀 전에 그가 한 말에 신경이 쓰여 그렇게 물어보았다.

"돈을 벌게 해 줄 만한 상대라면 얘기가 다르겠지만. 당신들 같은 경우는 기념관과 관련된 일이라서 만날 생각을 했을 거요."

"기념관에 관심이 상당히 많으신 모양이군요."

"상당히 많은 정도가 아니지."

아들은 한쪽 손을 주머니에 넣더니 입술을 일그러뜨렸다.

"어떻게 해서든 자기 것으로 만들고 싶어 하는 정도랄까."

"자기 것으로 만든다……, 사들인다는 말씀인가요?"

"뭐, 그렇다고 할 수 있지."

"기념관을 산다고요?"

미도리가 눈을 휘둥그렇게 떴다.

"이 세상에 돈으로 살 수 없는 건 거의 없어, 아가씨."

"하지만 그걸 뭐하러 사나요?"

내 질문에 남자는 주머니에 넣지 않은 나머지 손을 휘휘 저으며 말했다.

"그거야 뻔한 것 아닌가. 역사를 손에 넣으려는 거지. 기념관을 산다는 건 이 마을의 역사를 사는 거나 마찬가지니까."

"유이치로 씨가 무슨 이유로 마을의 역사를 손에 넣으려 하죠?"

그러자 그는 한심해하는 눈빛으로 나를 쳐다봤다.

"그런 것까지 일일이 설명해 줘야 하다니. 역사를 손에 넣는 건 이 마을 사람들 모두의 소망 아니겠소."

"그건 저도 압니다. 때문에 유이치로 씨도 보존 위원회에 들어간 거고요. 아무리 그렇다 해도 기념관을 사는 게 무슨 의미가 있을지……."

"당신, 우리 아버지라는 사람에 대해 전혀 모르는군. 그는 진짜 역사 따위는 아무래도 좋은 사람이야. 그 사람이 갖고 싶어 하는 건 자기 자신에게 유리한 역사라고. 기념관을 사서 자기 소유로 만들게만 된다면 역사를 마음대로 조작해 발표할 수 있거든."

"그러니까 자신이 크리에이터의 후예라고 주장한다, 이 말입니까?"

"뭐, 그런 셈이지."

나는 천천히 고개를 저었다.

"그런 정신 상태는 저로서는 도무지 이해할 수 없군요."

"당신, 타지 사람이지? 그래서 이해를 못하는 거요."

"그런가요?"

"이 마을 사람들은 누구나 불안해하고 있어. 자신이 왜 여기 있는 건지, 무엇을 위해 존재하는지, 아무도 설명할 수 없으니까. 그건 우리 집도 마찬가지야."

그렇게 말하고 그는 두 팔을 벌리며 천장을 올려다봤다.

"이렇게 거창한 집이 여기 존재하는 이유는 무엇인가. 여기서 우리들은 무엇을 해야 하나. 답을 어디서 찾아야 하지?"

그러더니 그는 후우, 숨을 내뱉었다.

"당신들에게 얘기해 봐야 무슨 소용이 있겠어."

"저는 알아요."

미도리가 끼어들었다.

"저도 마찬가지예요. 같은 생각을 하고 있어요. 제가 이 마을에 존재하는 이유가 과연 무엇일까, 하고."

"아가씨는 이 마을 사람인 모양이군."

미즈시마 유이치로의 아들이 고개를 끄덕였다.

바로 그때였다. 복도를 허둥지둥 달리는 소리가 들렸다. 그 두꺼운 양탄자에서 발소리가 들리는 걸로 봐서는 여간 서두르는 게 아닌 듯싶었다.

곧이어 좀 전에 봤던 집사가 뛰어 들어왔다.

"아, 하루키 님, 여기 계셨군요!"

하루키가 이 사람의 이름인가 보다.

"무슨 일이야?"

"주인님이, 주인님이 이상합니다."

"뭐야?"

하루키가 집사 쪽으로 몸을 돌렸다.

"이상하다니, 어떻게?"

"아무리 불러도 대답이 없으십니다."

"낮잠이라도 주무시나 보지."

"하지만 그토록 큰 소리로 부르는데도 아무 반응이 없다는 건……."

더는 불길한 말을 입에 담기가 께름칙했는지 집사가 말끝을 흐렸다.

미즈시마 하루키는 복도로 나가다가 다시 한 번 확인했다.

"아버지가 방에 계신 건 확실해? 어디 외출하신 건 아니고?"

"아닙니다."

집사는 고개를 저었다.

하루키가 복도를 내달렸다. 나도 그의 뒤를 쫓았다. 미도리역시 내 뒤를 따랐다.

넓은 홀로 나선 하루키는 우아한 곡선 형태의 계단을 뛰어올랐다. 계단을 다 오르자 바로 앞에 문이 하나 있었다. 그는그 문을 거칠게 두드리며 소리쳤다.

"아버지, 아버지이!"

그래도 아무 반응이 없자 하루키는 문손잡이를 비틀어 잡아당겼다. 하지만 문은 잠겨 있는 듯, 열리지 않았다.

"열쇠는?"

"있습니다."

집사는 숨을 헐떡이며 열쇠 구멍에 열쇠를 꽂아 돌렸다.

찰칵. 열리는 소리와 동시에 하루키는 문을 잡아당겼다. 그런데 순간, 모두가 말을 잃었다. 문 앞에 믿기지 않는 광경이펼쳐져 있었기 때문……이 아니다. 광경이고 뭐고 없었다.문을 열자 커다란 판자가 앞을 가로막고 있었던 것이다.

"이게 뭐야."

하루키가 어리둥절해하며 판자를 두드렸다.

"무슨 가구의 뒷면 같은데요. 옷장이나 책장 같은."

내 말에 집사는 "주인님 방에는 옷장이 없습니다."라고 대답했다.

"책장이야."

하루키가 위를 올려다보며 말했다.

"아버지 방에는 책장이 많지. 하지만 어째서 그게 여기 놓여 있는 거야?"

집사는 대답할 말이 없는 듯, 불안하게 고개만 저었다.

"하여간 일단 옮겨 보는 게 어떨까요."

"그래야겠지. 하지만……,"

내 제안에 하루키는 판자를 조금 밀어 보더니 이내 고개를 저었다.

"어디 잡을 데도 없고, 이걸 옮기는 건 불가능해. 무게가 엄청나다고."

"주인님, 주인니임!"

집사가 계속해서 불러 댔지만 여전히 대답이 없었다.

나는 책장 여기저기를 힘주어 밀어 보았다. 하지만 꿈쩍도 하지 않았다.

"말씀하신 대로 옮기는 건 무리인 것 같군요. 이대로 저쪽 편으로 밀어 넘어뜨릴 수밖에 없을 것 같습니다."

"나도 그렇게 생각했어. 좀 도와주겠나?"

"물론입니다."

하루키와 나는 책장 위쪽을 밀기 시작했다. 집사와 미도리도 가세했다.

잠시 후 책장이 크게 기울더니 건너편 쪽으로 책들이 투둑투둑 떨어지는 소리가 났다. 그러고는 마침내 거목처럼 쓰러졌다.

방 안의 모습이 드러났다. 모두의 눈에 맨 먼저 들어온 것은 넓은 방 한가운데 쓰러져 있는 남자의 모습이었다.

"아악, 주인님."

맨 먼저 비명을 지른 건 집사였다. 그는 펑퍼짐한 몸에 어울리지 않는 민첩함으로 넘어져 있는 책장을 뛰어넘어 방 안으로 뛰어들었다. 이어 하루키가 들어가고 나와 미도리도 뒤따라 들어갔다. 책장을 넘어선 나는 방 안을 둘러보았다.

미즈시마 유이치로가 쓰러져 있는 것도 변고였지만, 방 안의 모습 또한 이상하기 그지없었다. 테이블이며 의자, 소파 등 가구란 가구는 모두 벽 쪽에 바싹 달라붙어 있었던 것이다. 물론 그중에는 원래부터 그 자리에 있었던 것도 있겠지만, 창문 바로 앞에 높다란 책장이 있는 등 부자연스러운 위치에 놓인 것이 적지 않았다. 문 앞에 있던 책장도 원래의 장소에서 옮겨진 것은 물론이다. 쓰러진 그 책장에서 빠져나온 백과사전들이 책장 곁에 어지럽게 흩어져 있었다. 그리고 방 한가운데 깔린 둥그런 양탄자 위에 미즈시마가 쓰러져 있었다.

집사가 그의 곁에 무릎을 꿇고 앉아 엉엉 울기 시작했다.

"주인님, 아아 주인님, 어떻게 이런 일이⋯⋯."

미즈시마 유이치로는 금색 가운을 걸치고 있었다. 그 안에 입은 것은 잠옷 같았다. 백발이 꽤 멋졌을 것 같지만 지금은 절반 가까이가 검붉은 피로 물들어 있다. 자세히 보니 오른쪽 관자놀이 부근에 총상 흔적이 있었다. 그리고 오른손에는 권총이 쥐여 있다.

"아버지가 자살했어."

하루키가 나직이 중얼거렸다.

2

지방 경찰 본부에서 온 오가와라 경감은 콧수염을 기른, 몹시도 으스대는 남자였다. 그는 미즈시마 가문 사람을 대하는 태도와 나를 대하는 태도가 크게 달랐다. 뭐, 나 같은 사람들을 수상하게 여기지 않는다는 것도 무리이긴 하지만.

우리들에게 사건의 개요를 모두 들은 경감은 미즈시마 저택에 있던 사람들을 전부 식당으로 불러 모았다. 식당 중앙에는 스무 명 정도가 한꺼번에 식사할 수 있는 기다란 테이블이 놓여 있었다. 아마도 그 상석에는 언제나 미즈시마 유이치로가 앉았을 것이다. 식사할 때의 엄숙한 광경이 눈에 보이는 듯했다.

"마지막으로 유이치로 씨를 본 사람이 누굽니까."

경감이 모두를 둘러보며 물었다. 이 자리에는 미즈시마 하루키 외에도 세 명의 자녀가 더 와 있다. 하루키가 맨 위, 그러니까 장남이고 다음이 나쓰코, 아키오, 후유히코의 순이다.

"저는 오늘 오전에 만났어요."

첫인상이 고급 술집 아가씨 같은 분위기를 풍기는 나쓰코가 얼굴 가득 침통한 표정을 내비치며 말했다.

"홀에 있는데 아버지가 방에서 얼굴을 내미셨어요. 그래서 제가 안녕히 주무셨어요, 하고 인사를 건넸죠. 그랬더니 아버지도 그래, 잘 잤니, 하고 말씀하셨어요. 그때만 해도 그토록 건강해 보이셨는데."

그녀는 손수건을 눈 한쪽 끝에 갖다 대며 어깨를 들썩였다.

"그게 몇 시쯤인가요?"

"아마 열 시쯤 됐을 거예요."

"그 이후에 유이치로 씨를 만난 분은?"

경감이 다른 사람들을 둘러봤다.

"저는 정오 무렵에 만났어요."

왜소한 몸집의 아키오가 테이블에 턱을 괸 채 대답했다.

"아마도 화장실에 가시던 중인 것 같았어요."

"또 없나요?"

이번에는 아무도 대답하지 않았다.

"점심 식사는 어떻게 하셨나요?"

경감이 집사에게 물었다.

"열 시 반에 늦은 아침을 드셨어요. 그런 경우 저녁때까지는 아무것도 드시지 않는 것이 보통입니다."

"그렇군요. 흠, 그렇다면 시체가 발견된 시각이 두 시 반경이니까……."

경감은 자신의 시계를 들여다보고는 말을 이었다.

"아키오 씨와 만난 후 사체가 발견되기까지의 약 두 시간 반 사이에 유이치로 씨가 사망했다는 얘기로군요."

"참 당연한 소리도 다 하네."

키가 크고 호리호리한 몸매의 후유히코가 내 옆에서 중얼거렸다. 운동 신경만 좋았다면 농구 선수가 될 수도 있었겠지만, 창백한 얼굴빛으로 보아 그 방면의 재능은 없는 것 같다.

"다음으로, 유이치로 씨의 방 말인데요. 저런 가구 배치에 대해 설명해 줄 분 없습니까? 그 방은 원래부터 그렇게 가구를 기묘하게 배치해 놓았었나요?"

모두들 다른 사람이 먼저 얘기하길 기다리는 분위기였다.

이윽고 하루키가 입을 열었다.

"물론 그렇지는 않습니다."

"그럼 어쩌다 그런 식으로 놓이게 됐을까요?"

"뭐, 워낙에 괴짜셨으니까 또 무슨 변덕을 부리신 거 아니 겠어요."

퉁명스러운 말투였다.

"아버지는 징크스 같은 걸 몹시 따지셨으니까, 뭔가 생각하 시는 바가 있었는지도 몰라요."

나쓰코가 여전히 손수건을 손에 쥔 채 말했다.

자녀들은 가구를 옮긴 것도, 권총 방아쇠를 당긴 것도 유이 치로 자신일 거라고 생각하는 듯했다. 아니, 적어도 그렇게 말하고 싶은 것 같았다.

경찰이 과연 뭐라고 할지 궁금해하며 귀 기울이고 있는데 오가와라 경감의 입에서 나온 말은 이런 것이었다.

"아, 그렇겠군요. 성공한 사람들에게는 어딘가 특이한 구석 이 있는지도 모르죠. 그게 죽을 때도 그렇다는 말씀인가요? 과연…… . 자, 그렇다면 다음 문제로 넘어가서, 미즈시마 유 이치로 씨의 자살에 대해 뭔가 짚이는 게 있는 분 없습니까?"

나는 깜짝 놀라 경감의 얼굴을 바라봤다. 그러나 그에게는 말도 안 되는 발언을 했다는 의식 따위는 전혀 없는 것 같았다.

"사업 때문에 고민이 있었을지도 모르죠."

하루키가 입을 열었다.

"아버지 회사도 최근에는 사정이 별로 좋지 않았거든요."

"게다가 건강과 관련된 문제도 있었어요."

아키오가 입을 열었다.

"요즘 들어 당신이 치매는 아닌지 두려워하는 모습이었습니다."

"이래저래 동기가 많았다는 말이군."

후유히코가 정리에 들어갔다.

"아, 불쌍한 우리 아버지."

나쓰코의 울음이 가세했다.

경감은 고개를 크게 끄덕였다.

"음, 이렇게 명망 있는 가문의 어르신께도 남모르는 고민이 있는 거로군요. 잘 알았습니다. 말씀하신 내용에 대해 저희도 좀 더 알아보겠습니다. 이거, 정말 유감입니다. 진심으로 애도의 뜻을 전합니다."

사건에 대해 더는 따져 묻지 않겠다는 분위기였다. 경감은 부하들에게 현장 뒤처리를 지시했다.

나는 참지 못하고 손을 들었다.

"저, 오가와라 경감님!"

경감은 마치 수업을 방해받은 교사 같은 표정을 지었다.

"뭡니까?"

나는 의아해하는 미즈시마가 자녀들을 곁눈으로 의식하며 경감에게 물었다.

"이렇게 자살로 결론지어 버려도 되는 건가요?"

그러자 경감은 무슨 기묘한 생물이라도 보는 듯한 표정을 지었다.

"무슨 뜻이지요?"

"아니, 그게, 그러니까……."

당황한 나는 헛기침을 두어 번 한 뒤 말했다.

"타살 가능성은 전혀 고려하지 않는 건가요?"

"뭐, 타살?"

목소리를 높인 건 하루키였다.

"아버지가 살해당했다는 거야?"

"단정할 순 없지만, 그럴 가능성도 무시할 순 없잖습니까."

그러자 후유히코가 노골적으로 거친 말을 쏟아 냈다.

"저런 말도 안 되는 소리를 지껄이는 인간이 다 있어. 아니, 시체를 발견했을 때 거기 있었으면서, 현장 상황이 뭘 의미하는지 이해도 못한단 말이야? 나는 나중에야 가서 현장을 봤지만 대번에 자살이라는 확신이 들었다고."

"현장 상황은 저도 이해합니다."

나는 후유히코를 바라보며 말했다.

"문이며 창문은 모두 안쪽에서 잠겨 있었고, 게다가 문 앞에는 가구가 놓여 있었죠. 그리고 우리가 방에 들어섰을 때는 주검으로 변한 유이치로 씨 외에는 아무도 없었습니다."

"그리 잘 알면서 왜 그런 소리를 하는 건가?"

오가와라 경감이 불쾌감을 드러내며 말했다.

"살해됐을 수도 있다느니 어쩌느니 말이야."

"그럴 가능성도 검토해 볼 필요가 있지 않느냐, 그런 말씀입니다."

"그러면 한번 설명해 보시죠. 만일 아버지가 살해당한 거라면 범인은 어떻게 방에서 빠져나왔을까요? 방에서 나온 다음에 책장을 어떻게 문 앞에 옮겨 놓은 거죠?"

나쓰코가 히스테릭한 태도로 나왔다.

"그건 아직 모릅니다. 타살이라면 범인이 뭔가 트릭을 사용한 것이겠지만……"

"트릭?"

오가와라 경감이 갑자기 멍한 표정을 지었다.

"여기서 왜 영화 얘기가 나오지?"

"영화 얘기 안 했는데요."

"했잖아. 트릭인가 뭔가."

"네? ……그건 살인 트릭을 말한 건데요."

"살인 트릭? 뭔데, 그게?"

"뭐라니요. 그걸 지금……"

그렇게 말하던 나는 주위의 시선을 눈치 채고는 할 말을 잃었다. 다들 무슨 소린지 전혀 모르겠다는 얼굴이었다.

"도무지 알 수가 없단 말입니다. 여러분이 왜 그렇게 쉽게 자살이라고 단정 짓는지. 물론 언뜻 보기에 살인 현장은 출입이 불가능한 상황이었습니다. 그건 분명합니다. 하지만 과거에도 이번 사건과 비슷한 상황에서 결국 살인으로 드러난 경우가 있지 않았습니까. 이른바 밀실 살인이란 것 말입니다."

그만 나도 모르게 목소리에 힘이 들어갔다. 그런데 주위의 반응은 놀라울 정도로 담담했다. 마치 내 말이 전혀 귀에 들어오지 않는 것 같았다.

"밀실……이라고 했나."

하루키가 미간에 주름을 잡으며 물었다.

"뭐지, 그게? 한자로 어떻게 쓰지?"

"밀실을 모른단 말입니까?"

나는 설마 하는 생각으로 사람들을 둘러봤다.

"밀폐의 '밀'에 실내 할 때의 '실'입니다. 출입이 불가능한 폐쇄된 방이라는 뜻이지요. 그리고 거기서 발생한 살인 사건이니까 밀실 살인이라고 하는 거고요."

"밀실…… 살인?"

하루키는 그렇게 중얼거리며 다른 사람들의 의견을 구하는 듯 동생들을 차례로 바라봤다.

"모순이네요."

후유히코가 말했다.

"출입이 불가능하다는 건 범인도 출입할 수 없다는 뜻이에요. 즉, 범인이 범행을 저지르는 것 자체가 불가능한 상황이되는 거죠. 그렇다면 살인도 일어날 수 없는 것 아닌가요? 결국 밀실 살인이라는 말은 그 자체가 모순이에요."

"아니, 그러니까,"

나는 호흡을 가다듬었다. 두통이 살짝 일었다.

"언뜻 보기에 밀실 같아 보이는 장소에서 일어난 살인 사건이라는 겁니다. 사실은 완전한 밀실은 아닌 거죠."

"그 방은 절대로 출입할 수 없었어, 절대로."

하루키가 단언했다.

"바로 그렇기 때문에 조사해 봐야 하는 겁니다. 범인이 뭔가 장치를 해 놓았을지도 모르니까요."

"아무래도 당신 말은 앞뒤가 바뀐 것 같군."

아키오가 나직한 어조로 말했다.

"보통은 범인이 출입한 흔적이 발견되면 그에 따라 타살을 의심하게 되지. 그런데 당신은 먼저 타살이라고 결론을 내린 뒤 출입이 불가능한 상황에 대해 의심해 보라고 말하고 있어. 얘기가 거꾸로 된 거 아니야?"

"하지만 밀실에서 시체가 발견되면 자살보다는 우선 밀실 트릭을 의심하는 것이 원칙입니다. 좀 전에도 말씀드렸지만, 동서고금을 통해 다양한 밀실 트릭이 고안되어 왔기 때문에 이번에도 그것이 아니라고는 아무도 자신 있게 얘기할 수는 없는 겁니다."

"그게 말이지……."

오가와라 경감이 마치 두통을 억누르려는 듯 관자놀이 부근을 손가락 끝으로 꾹꾹 누르며 말했다.

"출입이 불가능한 방에 어떻게 드나든다는 거지? 마법이라도 사용하는 건가?"

"마법이 아니라 트릭입니다, 트릭. 착각을 이용하거나 맹점에 착안하는 거죠."

"흐음……."

오가와라 경감은 여전히 이해가 가지 않는 눈치다. 가만 보니 다른 사람들도 영 석연치 않다는 얼굴이었다.

"그러니까, 그런 트릭을 이용한 사건이 동서고금을 통해 많이 있었다 이 말이야?"

경감이 고개를 삐딱하게 기울이며 물었다.

"그럼요, 많지요. 모르그가의 살인, 노란 방의 비밀, '유다의 창'……. 그리고 일본에도 많습니다. 혼징 살인 사건이라든가……. 들어 본 적 없습니까?"

"전혀."

"나도."

하루키의 말에 다른 사람들도 고개를 저었다.

"그럼, 본격 추리 소설을 읽은 적은?"

나는 그렇게 묻고는 사람들을 죽 둘러보았다. 하지만 하나같이 무표정 그 자체였다. 잠시 후 하루키가 모두를 대표해서 입을 열었다.

"본격 추리, 그게 뭔데?"

3

나는 지금 제라늄이 핀 화단을 바라보며 벤치에 앉아 있다. 공원마냥 넓은 이 정원은 미즈시마 저택 동쪽에 위치해 있다. 구불구불한 산책로 양옆으로는 널따랗게 잔디가 깔려 있고 중앙에는 작은 분수까지 있다.

"너도 밀실이란 말 들어 본 적 없니?"

나는 옆에 앉은 미도리에게 물었다. 그러자 그녀는 앞을 바라본 채 고개만 끄덕했다. 시체를 보고 충격을 받았는지, 그녀는 거의 입을 열지 않았다. 얼굴을 새파랗게 해 가지고는 유령처럼 앉아 있었다.

"그럼 '본격 추리'라는 말은? 그런 장르의 소설이 있다는 사실은 알아?"

하지만 이번에도 그녀는 힘없이 고개를 저을 뿐이었다.

"그래?"

나는 시선을 화단으로 돌렸다.

세상에는 책을 읽지 않는 사람도 많고 미스터리에 관심이 없는 사람도 많다. 그건 이상할 것이 없다. 아무리 그렇다 하더라도 밀실 살인이라는 단어를 아는 사람이 아무도 없다는 것은 아무리 생각해도 이상한 일이다. 미즈시마 집안사람들은 그렇다 쳐도, 명색이 경찰이라면 본격 추리 소설을 우습게 볼지언정 밀실 살인이라는 단어는 알고 있어야 하는 것 아닐까.

"도서관에 가 보자."

나는 자리에서 일어섰다.

"도서관에요? 뭐하러요?"

미도리가 오랜만에 입을 열었다.

"확인하고 싶은 게 좀 있어서."

나와 미도리는 미즈시마 저택 앞에서 택시를 타고 도서관으로 향했다.

도서관에 들어선 나는 일단 주위를 둘러보며 숨을 깊이 들이마셨다. 어제 느닷없이 길을 잃고 헤맬 때 맡았던 낡은 교실 냄새가 났다. 정확히 말하면 나무 바닥에 칠해져 있는 기름 냄새다. 죽 늘어선 서가로 걸음을 옮기는 순간 나는 나무의 바다 속으로 들어가는 듯한 긴장감에 휩싸였다.

접수 카운터로 다가가자 그곳에는 감색 카디건을 걸친 40세가량의 여성이 홀로 앉아 있었다. 뽀얗게 칠한 분 때문에 빨간 입술이 유난히 도드라져 보인다.

"본격 추리 소설 코너가 있습니까?"

내가 묻자 카운터 여자는 그린 것이 분명한 눈썹을 찡그리며 물었다.

"뭐라고요?"

"본격 추리 소설이오."

"그게 어떤 소설인가요?"

"주로 살인과 관련된 수수께끼를 푸는 것이 목적인 소설이죠."

……라고 말은 했지만 자신이 없었다. 본격 추리 소설의 정의에 대해서는 여러 사람이 다양한 해석을 내놓은 바 있다. 물론 내가 전에 살던 세계의 얘기지만.

"살인에 관한 얘기라……."

카운터 여자는 잠시 생각하더니 카운터 밖으로 나왔다.

"따라오세요."

그녀가 우리를 데리고 간 곳은 문학 코너 쪽의 '오락'이라고 쓰인 책장 앞이었다.

"이쪽에 그런 책들이 있긴 합니다만."

"고맙습니다."

책장을 올려다보던 내 눈에 맨 먼저 들어온 것은 『제로의 초점』이라는 소설이었다. 이 세계에도 마쓰모토 세이초라는 작가는 존재하는 듯하다. 『눈의 벽』『푸른 묘점』『노란 풍토』『구형 황야』『살아나는 파스칼』 등의 작품도 있었다. 다만, 시간표 트릭으로 유명한 『점과 선』은 보이지 않았다.

책 중에는 미나카미 쓰토무와 구로이와 준고의 사회파 추리 소설도 있었다. 또 이쿠시마 지로 등의 하드보일드 소설도 있다. 이 작가들도 이 세계에 존재하는 것으로 되어 있는가 보다.

번역물은 대부분 스파이 소설이나 모험 소설, 또는 하드보일드 소설이었다. 잭 히긴스, 개빈 라이얼, 레이먼드 챈들러 같은 이름이 눈에 띄었다.

서가를 대충 살펴본 나는 확신을 갖게 됐다.

"가자."

미도리에게 말했다.

"벌써요?"

"응, 됐어. 감이 와."

도서관을 나온 나와 미도리는 시청 앞에 있는 공원 벤치에 앉아 핫도그와 콜라로 배를 채웠다. 공원 여기저기에 조명이 설치되어 있었다. 손가락으로 먼 곳을 가리키고 있는 크리에이터 조각상은 해가 지고 나면 밤하늘을 배경으로 환상적인 모습을 연출해 보이리라.

"크리에이터라는 것의 정체는 도대체 뭘까?"

핫도그가 들어 있던 봉투를 둘둘 말다 말고 나는 미도리에게 물었다.

"갑자기 그런 건 왜 물으세요?"

"갈수록 이 마을을 이해할 수가 없어서."

둥그렇게 만 봉투를 쓰레기통을 향해 던졌다. 간만의 스트라이크였다.

"이곳에는 본격 추리 소설이라는 것이 존재하지 않아. 있는 것이라곤 사회파 추리 소설이나 모험, 하드보일드 같은 것뿐이야. 이 마을에서 미스터리란 그런 것들밖에 없어."

"본격 추리 소설은 그런 것과는 다른가요?"

"전혀 다르지야 않지. 사회파나 하드보일드적 요소를 가미한 본격 추리도 있으니까. 하지만 기본적으로는 달라. 그리고 본격 추리라는 개념 자체가 이곳에는 없어. 그래서 밀실에서 사람이 죽어 있는 것을 봐도 트릭의 가능성을 의심해 보려는 사람이 없는 거지. 트릭을 이용하는 살인이라는 발상 자체가 불가능한 거야."

"하지만 덴카이치 탐정님은 미즈시마 씨의 죽음을 그런 종류의 살인 사건이라고 생각하시는 거죠?"

"아직 뭐라고 단정할 순 없지만, 자살은 아니라고 생각해."

"만약 그게 살인이라면 덴카이치 탐정님이 말하는 본격 추리 사건이 되는 건가요?"

"그렇지."

나는 고개를 끄덕였다.

"그야말로 본격 추리의 세계지."

"이곳에는 본격 추리라는 개념이 없는데 어떻게 그런 사건이 일어났을까요?"

"모르겠어. 혹시 누군가 그런 개념을 갖고 들어온 건지도 모르지."

"그 밀실 수수께끼가 풀릴까요?"

"풀 수 있고말고. 인간이 만든 트릭을 인간이 풀지 못할 이유가 없어."

그렇게 말하고 나는 벤치에서 일어섰다.

"자, 그럼 다시 미즈시마 저택으로 가 볼까?"

4

미즈시마 저택을 다시 찾아가자 집사가 의외라는 표정으로 우리를 맞이했다.

"또 뭡니까?"

"경찰은 철수했습니까?"

"경감님과 부하 두어 명이 남아 있습니다만."

"잘됐군. 경감님에게 물어볼 것도 좀 있고. 현장을 한 번 더 보고 싶은데, 들어가도 될까요?"

"잠시 기다려 주십시오."

안으로 사라졌던 집사가 잠시 후 돌아와서 들어와도 괜찮다고 했다.

"단, 일에 방해가 안 되도록 해 달랍니다."

"네, 잘 알겠습니다."

미즈시마 유이치로의 방에는 가구들이 그대로 놓여 있었다. 즉, 사방 벽에 가구가 붙어 있는 그대로였다. 다만 입구를 막고 있던 책장, 즉 우리가 밀어 넘어뜨렸던 책장은 문에서 조금 떨어진 곳에 세워져 있었다. 높이가 한 2미터쯤 될까. 폭도 그 정도여서 정면에서 보면 거의 정사각형으로 보인다. 유리문은 달려 있지 않고 선반만 몇 개 있을 뿐인 심플한 책장이었다. 넘어졌을 때 빠져나왔던 책들도 모두 도로 꽂혀 있었다. 거의 빈틈없이 꽉 채워진 상태였다. 위쪽에는 얇고 가벼운 책들이 주로 꽂혀 있고, 아래로 갈수록 무게가 나가는 책이 많았다. 맨 아랫단에는 백과사전이 죽 꽂혀 있다. 대충 세어 보니 30여 권쯤 된다.

나는 혹시 본격 추리 소설이 있을까 싶어 자세히 봤지만 역시나 단 한 권도 눈에 띄지 않았다.

오가와라 경감은 젊은 형사들과 함께 책상 주위에 서 있었다. 책상 위에는 노트 같은 것이 펼쳐져 있다.

"아직도 볼일이 남았나?"

경감이 나를 보더니 물었다.

"사건에 대해 좀 취재할 것이 있어서요."

"당신이 취재하려는 것은 기념관 보존 위원회에 관한 일일 텐데."

"아, 뭐 그 일도 있습니다만……."

작가인 척해서 유이치로에게 접근하려 했던 사실은 밝히지 않는 편이 좋을 것 같다.

"저의 원래 직업은 작가가 아닙니다."

"그럼 뭔데?"

"아…… 그게 그러니까 말이죠, 이른바 탐정이라는 겁니다."

"탐정? 아, 남의 뒷조사 따위나 하고 다니는 사람!"

"아니, 뭐 그런 일도 하긴 하지만……."

나는 살인 사건을 해결하기도 한다고 말하려다 그만 입을 다물었다. 말해 봤자 이해도 못할 것 같았기 때문이다.

"참견하기 좋아하는 근성을 발동시키는 것쯤이야 상관없지만 방해는 하지 말라고. 아까도 말이야, 당신 때문에 머리가 혼란스러웠어. 미즈시마 씨가 살해됐을지도 모른다느니, 범인이 이 방에 들어왔을지도 모른다느니, 이상한 말들을 해 대서 말이야. 그런 말도 안 되는 일이 일어날 리 없잖아."

오가와라 경감은 내게 그렇게 말하고 나서 자기 부하를 보며 물었다.

"이봐, 뭐 발견한 거 없어?"

"없는데요."

서랍을 조사하던 형사가 대답했다.

"뭐하시는 겁니까?"

"보면 모르나. 유이치로 씨가 자살한 이유를 조사하고 있어."

그런 걸 보고 알 수 있느냐고 묻고 싶었지만 나는 잠자코 있기로 했다.

"그 노트는 뭔가요?"

경감이 펼쳐 보고 있는 것을 가리키며 물었다.

"유이치로 씨의 일기야. 하루키가 찾아내서 가져왔어. 이걸 보면 최근에 그가 무슨 문제로 고민했는지 알 수 있을 거야."

그러고서 경감은 내 얼굴을 보며 히쭉 웃고는 말했다.

"자네에겐 유감일지 모르지만."

"저도 좀 볼 수 있을까요?"

"안 돼. 고인의 프라이버시는 지켜 줘야지. 나도 하루키가 허락해 준 곳만 읽고 있단 말이야."

"그럼 저도 그 부분만 읽게 해 주세요."

경감은 잠시 고민하더니 귀찮았는지 일기의 한 페이지를 열고는 "여기야."라며 내게 내밀었다. 그것은 어제 날짜의 일기였다. 내용은 다음과 같다.

요즘 들어 내내 잠이 부족하다. 그 물건 때문에 잠을 못 이루는 밤이 계속되고 있다. 오늘 밤도 마찬가지겠지. 솔직히 이 정도로 골머리를 썩일 줄은 몰랐다. 이토록 나를 괴롭힐 줄은 생각도 못했다.

다 읽은 나는 일기에서 얼굴을 들었다.

"그렇군요. 여기에 적힌 '그 물건'이라는 것을 찾고 계시는 거군요."

"뭐, 그렇다고 할 수 있겠지."

나 같은 아마추어가 간파해서였을까, 경감은 난처한 표정을 지으며 콧수염을 만지작거렸다.

"그 물건이 뭐라고 생각하세요?"

"그걸 알면 이 고생을 하겠나."

"뭔지도 모르면서 찾고 있다는 겁니까?"

아까부터 서랍 속만 들여다보고 있는, 의욕이라고는 조금도 없어 보이는 형사의 등을 바라보며 말했다.

그때 번쩍, 머릿속을 스치는 것이 있었다.

뭔지도 모르는 물건을 찾는다, 그건 시장이 내게 의뢰한 내용과 똑같지 않은가. 나 역시 도굴품이라는 정체불명의 물건을 찾고 있다.

혹시 '그 물건'이란 도굴품을 말하는 게 아닐까. 만일 그렇다면 도굴범은 미즈시마 유이치로라는 말이 된다. 그러나 그는 또 그 때문에 골머리를 썩이고 잠을 이루지 못했다고 하니 이건 또 무슨 일이란 말인가.

한숨이 절로 나왔다. '그 물건'이 바로 도굴품이라는 설은 매력적이긴 하지만, 그렇게 단정하고 추리를 진행시키기에는 단서가 너무 부족했다.

'그렇다면 일단 밀실 수수께끼에 도전해 보기로 하자.'

나는 사체 발견 직후의 일을 되새겨 보았다. 하루키는 아버지의 죽음을 확인하자 곧 집사에게 동생들에게 알리라고 지시했다. 그러고 나서 이 방에 있던 전화로 경찰에 신고했다. 그 즉시 동생들이 뛰어왔다. 나쓰코와 아키오는 각각 자기 방에 있었고, 후유히코는 별채의 화실에서 그림을 그리고 있었던 것 같다.

나는 방 안 곳곳을 다시 한 번 둘러봤다. 아무리 생각해도 사람이 숨을 만한 장소는 없었다. 또 숨어 있었다고 해도 우리들의 눈을 피해 탈출하는 건 불가능했다. 신고를 받은 경찰이 도착할 때까지 우리가 이 방을 떠나지 않았기 때문이다.

"저기요, 어딘가에 구멍이 있던 건 아닐까요?"

미도리가 작은 소리로 물었다.

"그랬다면 범인이 밖으로 나갈 수 있었을 거예요."

"그야 물론이지만, 이번 사건에서는 거의 불가능한 일이야."

"왜요?"

"그런 게 있었다면 경찰이 발견했겠지."

"아주 잘 감춰져 있는지도 모르잖아요."

"그것도 생각할 수 없는 건 아니지만……."

나는 그만 말끝을 흐리고 말았다. 미도리의 말이 너무도 타당했기 때문이다. 좀 더 적극적으로 범인이 빠져나갔을 만한 구멍을 찾아야 하는 것인지도 모른다. 하지만 어쩐지 내키지가 않았다.

'그건 아니야.'

내 마음속 어딘가에서 그런 소리가 들려왔다.

"사체 부검에서는 새로 드러난 게 있나요?"

경감에게 물었다.

"그야 물론이지. 여러 가지 사실이 밝혀졌어. 사인은 권총에 의한 머리 부분의 상처. 총알은 머리 오른쪽으로 들어와서 왼쪽으로 빠져나갔어. 즉사지. 사망 추정 시각은 낮 열두 시에서 오후 한 시 사이."

"총성을 들은 사람은?"

"없어. 소음 장치가 달려 있었거든."

"낮 열두 시에서 오후 한 시 사이에 다른 사람들은 어디서 뭘 하고 있었을까요?"

"다들 자기 방에서 각자의 취미에 몰두하고 있었지."

요컨대 아무에게도 알리바이가 없다는 것이다.

나는 또 한 번 방 안을 둘러봤다. 벽에 붙어 있는 가구들, 거기에 어떤 의미가 있는 것일까.

도대체 어디에 맹점이 있을까. 아니면 역시 유이치로는 자살한 것일까. 아니, 그럴 리 없다. 이 세상에 자살하는 데 이 난리법석을 떠는 인간이 어디 있단 말인가.

"마음대로 상상하는 거야 자유지만 더는 개입하지 말게. 이건 현실의 사건 아닌가. 마법 얘기는 소설 속에 나오는 것만으로도 충분하다고."

오가와라 경감이 답답해 죽겠다는 투로 말했다. 그는 여전히 트릭과 마법의 차이를 이해하지 못하는 것 같다.

미즈시마 유이치로의 방을 나와 계단을 내려가는데 식당 쪽에서 소리가 들렸다. 문이 열려 있어 이야기 소리가 새어

나오는 것이었다. 예의에 어긋나는 일이지만 걸음을 멈추고 귀를 기울였다.

"너한테는 별장을 줄게. 그건 아버지도 후유히코한테 주겠다고 말씀하셨어. 그러면 되겠지?"

하루키의 목소리다.

"지금 농담해? 그까짓 것 팔아 봤자 얼마나 하겠어. 하여간 이 저택부터 빨리 처분해서 돈을 만들어야 해. 그게 우선이야."

"나는 반대야. 지금 서둘러 팔아 봤자 헐값밖에 못 받아. 그보다 은행 예금에 대해서 먼저 얘기하자고."

"그건 나중에 하고, 우선은 물건들을 어떻게 분배할 건지 결정해야 돼."

이번에도 하루키다.

"그럼 미술품은 날 줘. 아버지가 예전부터 그림이랑 골동품은 모두 나한테 준다고 하셨으니까."

"구두 약속 같은 건 아무 효력도 없거든."

"그럼 후유히코한테 별장을 준다는 건 뭐야. 막내인 주제에."

"태어난 순서가 무슨 상관인데."

"아무래도 좋지만, 내 몫도 생각해 주는 거지."

이건 아키오의 목소리다.

거참, 전형적인 유산 다툼이로군. 나는 천천히 고개를 젓고 는 미도리의 등을 살짝 밀어 가던 길을 재촉했다.

5

"미즈시마 유이치로가 사망했다면 가장 먼저 문제가 되는 것이 유산 상속이겠지요."

소파 깊숙이 엉덩이를 묻은 자세로 브랜디 잔을 손에 든 히 노 시장이 말했다.

여기는 그의 집이다. 미도리를 데려다 줄 겸 이곳으로 온 나 는 사건 개요를 시장에게 보고했다. 시장은 경찰서장을 통해 대략적인 내용을 이미 알고 있었다.

"아무튼 그 집 남매들, 사이 나쁜 건 유명하다니까."

그는 술잔을 빙빙 돌리며 입가에 미소를 띠었다.

"말하자면 배다른 남매들이거든요. 게다가 그들의 어머니 중 누구도 본처가 아니었어요. 그래서 네 남매 모두 어린 시 절에는 각자 자기 어머니와 둘이서만 살았죠. 저택이 완성되 면서 함께 모여 살게 된 건데, 그때는 아마도 다들 성인이 된 후일 겁니다."

"그래서 그렇게 남남 같아 보였군요."

"말씀하신 대롭니다. 모여 산다고 해서 갑자기 사이가 가까워질 수는 없는 일이죠. 게다가 저토록 재산이 많으니 싸우는 게 오히려 당연해요."

그는 강 건너 불구경하는 듯한 말투로 그렇게 설명한 뒤 술로 입술을 적셨다. 하지만 이내 그 입술을 일그러뜨리며 천천히 고개를 저었다.

"그건 그렇고 미즈시마 씨가 죽다니, 정말로 뭐라고 해야 할지. 인생이란 건 계단을 손으로 더듬어 가며 올라가는 거라고들 하는데, 정말 그런 것 같아요. 그에겐 돌연 무대의 막이 내려진 셈이지요."

"그것도 스스로 막을 내렸다면 모르지만……."

내 말에 시장은 대리석 테이블에 술잔을 내려놓더니 몸을 앞으로 내밀었다.

"그런데, 미도리 얘기로는 덴카이치 씨가 타살설을 주장하고 있다던데요."

"그걸 입증하려면 먼저 밝혀야 할 것들이 있습니다."

"밀실 수수께끼, 라면서요. 그것도 미도리한테 들었습니다. 아, 엄청난 거지요."

시장은 담배를 입에 물었다. 왠지 모르게 즐기고 있다는 느낌이 든다.

"하여간 절호의 타이밍이었어요. 덴카이치 씨가 그런 사건과 맞닥뜨린 건 우연이 아니라고. 아무쪼록 그 두뇌를 풀가동해 주셨으면 합니다. 그래서 저를 깜짝 놀라게 해 주세요."

"하지만 의뢰받지도 않은 사건을 수사하느니 어쩌느니 하는 건 왠지 부자연스럽지 않습니까?"

"그러면 제가 의뢰하도록 하지요. 그리고 그 건, 그러니까 도굴 건은 좀 늦어져도 상관없습니다."

"아아……."

시장의 기세에 좀 당황스러웠다.

나는 미도리에게 신경이 쓰였다. 집에 데리고 오는 내내 침울해 있었기 때문이다. 아무래도 시체를 보고 충격이 컸던 것 같다. 지금은 자기 방에 있다.

"그 밀실 수수께끼 말인데요."

시장이 말했다.

"어때요, 풀 수 있을 것 같습니까?"

"아직은 뭐라고 말씀드리기가……."

"미도리는 선생이 꽤 자신 있어 한다고 하던데요."

"뭐, 어떻게든 해결될 거라고 생각은 합니다만."

"믿음직스럽군요."

시장은 만족스러운 듯 느긋하게 담배를 피웠다. 옅은 보랏빛 연기가 곧게 위로 올라가 샹들리에 부근에서 흩어졌다.

"덴카이치 씨 정도라면 지금까지 이 비슷한 수수께끼를 수도 없이 풀었겠지요."

"몇 번 경험은 있습니다만……."

눈 덮인 산장, 외딴섬의 여관……. 다양한 광경이 머릿속에 떠올랐다. 물론 그건 내 기억이 아니라 덴카이치 탐정의 것이다.

"그런 경험들이 이번 수수께끼를 푸는 데 도움이 되지 않겠습니까? 같은 밀실 사건이니까 그 내막을 밝히는 데도 공통점이 있을 것 같은데요."

"그게 꼭 그렇지만도 않습니다."

나도 브랜디를 한 모금 넘겼다. 마치 프랑스 샤랑트 지방의 흙냄새가 배어 있는 듯 묵직한 코냑이다.

"밀실에도 종류가 여러 가집니까?"

히노 시장이 물었다.

"천차만별이라고 할 수 있지요. 하지만 압축하면 일곱 개 정도의 그룹으로 정리할 수 있습니다."

"듣고 싶군요."

시장이 다리를 꼬며 다시 소파 깊숙이 몸을 파묻었다.

"첫 번째는, 실제로는 살인 사건이 아니지만 우발적으로 일어난 일들이 겹쳐 마치 살인이 일어난 것처럼 보이는 겁니다."

"그렇군요. 예를 들어 이번 사건에 적용하면, 사실은 자살한 것이지만 우연히 밀실이란 환경이 조성됐다는 거로군요."

"네. 하지만 가구들이 스스로 움직일 리 없으니까 그건 아니라고 봐야겠죠. 두 번째는, 타살은 타살이지만 범인이 직접 손을 대지 않고 피해자를 자살이나 사고로 몰아넣는 방법입니다. 하지만 이 역시 미즈시마 씨가 왜 스스로 가구를 옮겨 밀실을 만들었는지 설명이 안 됩니다."

"세 번째는?"

"세 번째는, 방 안에 설치된 교묘한 장치를 이용해 살인이 자동으로 일어나도록 하는 것입니다."

"그것도 아니겠군요."

"그렇습니다. 미즈시마 씨 머리에 충격을 가한 것이 그의 손에 쥐여 있던 권총의 탄환이라는 사실은 부인할 수 없습니다. 또 권총에 어떤 장치가 설치돼 있었던 흔적도 없습니다."

"네 번째로 가 보죠."

"네 번째는 첫 번째 유형과 비슷한데, 타살로 가장한 자살의 경웁니다. 누군가를 함정에 빠뜨리기 위해 피해자가 자신의 목숨을 버리면서까지 덫을 놓는 겁니다. 그런데 계산 착오로 우연히 밀실이 돼 버리는 거지요."

"그것도 이번 사건과는 무관한 것 같네요. 타살로 보이게 하려면 일부러 입구를 책장으로 막는 짓은 하지 않을 테니까요."

"말씀하신 대롭니다. 다섯 번째로는, 피해자는 이미 살해됐지만 착각이나 위장에 의해 살아 있는 것처럼 보이게 하는 방법이 있습니다."

"그런 경우에도 밀실이 가능한가요?"

"가능합니다. 예를 들어 이런 트릭이 있습니다. 눈이 내리는 밤, 저택의 별채에서 범인이 상대를 총으로 살해합니다. 소리가 나지 않도록 소음기를 부착한 총으로 말이죠. 거기에 일정 시간이 흐른 뒤 녹음기가 작동하도록 장치를 해 둡니다. 범행을 저지른 범인은 아무것도 모르는 양 사람들과 얘기를 나눕니다. 마침내 시간이 되어 녹음기가 작동합니다. 비명과 총성이 들리지요. 모두들 밖으로 뛰쳐나오는데, 정원에는 눈이 쌓여 있지만 발자국은 남아 있지 않습니다. 별채에서 살해된 시체가 발견되고, 범인은 틈을 보아 녹음기를 치웁니다."

내 얘기가 끝나자 시장은 담배를 문 채 박수를 쳤다.

"야, 멋지다. 그것도 역시 덴카이치 씨가 해결한 사건입니까?"

"아니요. 다른 사건을 정리한 겁니다. 극히 기본적인 트릭이지요."

"그게 기본적이라고요? 아, 정말 심오한 세계네요."

시장은 본격 추리 소설 팬이 들었다면 감격할 만한 말을 해 댔다.

"여섯 번째는 이것과 반대되는 패턴입니다. 즉 피해자가 아직 살아 있는데도 범인은 목격자들로 하여금 피해자가 이미 방 안에서 죽어 있다고 착각하게 만듭니다. 그리고 밀실을 개방한 뒤에 살해하는 겁니다."

"그 패턴이 이번 사건에 들어맞지 않을까요?"

"무리입니다. 우리가 책장을 넘어뜨렸을 때 분명히 미즈시마 씨는 이미 죽어 있었습니다. 제가 방에 들어가자마자 시체를 봤는데, 방금 죽은 상태가 아니었습니다."

"탐정께서 그렇게 말씀하시니 틀림없겠지요."

시장은 아랫입술을 내밀며 고개를 끄덕였다.

"그렇다면 마지막, 일곱 번째 패턴은 어떤 건가요?"

"일곱 번째는 직감적으로 이해하기 쉬운 패턴입니다. 창이나 문, 굴뚝 등에 교묘한 장치를 해서 겉보기에는 출입이 불가능한 상황을 만들어 내는 겁니다. 실과 철제 도구를 이용해 방 밖에서 안쪽의 자물쇠를 잠그는 경우가 여기에 해당됩니다."

"쉽게 떠올릴 수 있는 방법인 건 분명하지만, 외부에서 책장까지 움직이기는 불가능할 것 같네요."

"그렇죠. 빈 책장이라면 가능할 수도 있지만 책으로 꽉 차 있었으니까요."

나는 빈틈없이 들어차 있던 백과사전을 떠올렸다.

"흐음……. 이 많은 패턴 중 이번 사건에 들어맞는 게 하나
도 없단 말인가. 도대체 이게 어떻게 된 일이지."

시장이 중얼거렸다.

"분명히 어느 패턴엔가 해당될 겁니다. 하지만 이렇게 수박
겉 핥기 식으로 봐서는 알 수 없습니다. 바로 그 부분에 범인
의 독창성이 있는 겁니다."

"특별히 솜씨를 발휘한 부분이 있을 거란 말이군요."

"네, 그렇습니다."

"탐정님의 추리가 실력을 발휘할 부분이기도 하고요."

시장은 히죽거렸다. 역시 그는 이 상황을 즐기고 있는 듯
하다.

"어딘가에 힌트가 있을 것 같은데……."

그러면서 나는 브랜디를 조금 많다 싶을 정도로 들이켰다.
그 달콤한 향기가 뇌세포를 자극해 줄 것 같아서였다.

"가구를 옮긴 것이 밀실과 관계가 있을까요?"

"백 프로 그렇습니다."

나는 단언했다.

"멋을 부리려거나 호기심으로 그런 짓을 할 리 없습니다.
범인으로서는 그렇게 하지 않으면 안 될 사정이 있었을 겁니
다."

"아무래도 제 머리로는 무리군요."

그러면서 시장은 손을 휘휘 저어 댔다.

벽에 바짝 붙어 있던 책장과 가구들이 눈앞에 떠올랐다. 도대체 무슨 의미가 있는 걸까.

내가 생각에 잠기자 순간 침묵이 우리를 감쌌다.

"그런데 말이죠……,"

시장이 갑자기 말투를 바꾸며 의미심장한 눈길로 나를 바라봤다.

"만약 살인이라면 범인은 네 자녀 중 한 사람일까요?"

"아직 모릅니다. 그렇긴 한데……."

나는 말끝을 흐렸다.

"그렇긴 한데?"

"만일 그렇다면 너무……,"

"너무 뭐요?"

나는 큰맘 먹고 입을 열었다.

"동기가 싸구려지요."

"그래요?"

"네 자녀의 어머니는 다들 어떻게 됐나요?"

"죽었습니다."

"네 명 다요?"

"그래요. 음, 이건 소문이긴 하지만……."

시장은 갑자기 목소리를 낮추며 그다지 품위 있어 보이지 않는 웃음을 얼굴에 흘렸다.

"미즈시마 씨는 병약한 타입을 좋아했다고 합니다."

내 참, 기가 막혀서.

"그러니까, 아이를 키우며 살아가야 했기 때문에 그 고생으로 인해 요절했다는 건가요?"

"잘 아시네."

나는 한숨을 쉬며 머리를 쥐어뜯었다.

"그렇다면 네 자녀는 모두 친아버지인 유이치로에게 원한을 품고 있었겠네요."

"그런 얘기가 되죠."

"더구나 그가 죽으면 유산까지 받게 될 거고."

"막대하죠."

나는 다시 한 번 머리를 쥐어뜯었다. 비듬이 떨어지는 것을 보아서였을까, 시장이 조금 불쾌한 표정을 지었다.

"너무도 뻔한 동기예요. 유산 노리기 플러스 어머니의 복수. 이보다 진부하기도 어렵겠네요. 이거 실망스러운데요. 네 사람의 어머니가 같은 방식으로 죽었다는 것도 지나친 편의주의라고 매도당할 만해요."

"매도?"

시장은 손가락 끝에 담배를 긴 채 눈을 동그랗게 떴다.

"누구한테 매도를 당한다는 겁니까?"

"그건……."

나는 그만 말문이 막혔다. 누구에게 매도당할까. 나는 지금 누구의 시선을 의식하고 있는 걸까. 진부하고 뻔한 동기의 살인에 왜 이렇게 꺼림칙한 기분이 드는 것인가.

"그러니까, 이번 사건을 아는 사람들로부터 매도당한다는 말입니다. 미즈시마 정도 되는 가문이 이런 일로 주인을 잃다니, 하고 말이죠."

말은 그렇게 했지만 '아니, 그런 의미가 아니야.'라고 스스로 부정하고 있었다. 나는 또 다른 무언가를 의식하고 있다. 그러나 그게 뭔지 알 수가 없다.

내가 당황스러워하는 것을 아는지 모르는지 시장은 힘차게 고개를 끄덕이며 말했다.

"정말 그렇겠군요. 하지만 돈이 많은 집안일수록 인간관계가 추악하게 얽힌다는 건 누구나 다 아는 사실인데요, 뭐."

그러더니 또 새 담배를 입에 문다. 라이터로 불을 붙이려 했지만 잘 붙지 않자 그는 옆에 놓인 성냥에 손을 뻗었다.

"그렇긴 하지만, 아직 그 네 명 중 누군가가 범인이라고 단정할 수는 없다니까요."

"참, 그랬지요."

그러면서 시장은 성냥갑을 열어 성냥개비 하나를 집어 들었다. 그 순간, 그의 손에서 미끄러진 성냥갑이 그만 바닥에 떨어졌다.

"앗, 이런."

그는 떨어진 성냥갑을 주우려고 허둥댔다. 성냥갑은 반쯤 열린 채 바닥을 위로 하고 떨어졌지만 다행히 성냥개비가 그다지 많이 쏟아지지는 않았다.

바로 그때 어떤 광경이 머릿속에 떠올랐다. 그리고 그 광경에 숨어 있던 중요한 메시지가 이제야 조금씩 보이기 시작했다. 수십 초 동안 나의 뇌세포는 바쁘게 신호를 주고받았다. 어슴푸레 떠오른 무언가의 윤곽이 점차 뚜렷해져 갔다.

"그렇군!"

마침내 나는 시장에게 말했다.

"해결한 것 같습니다, 밀실의 수수께끼를."

6

다음 날, 나는 미도리와 함께 미즈시마 저택을 다시 방문했다. 이번에도 집사가 현관 앞에서 기다리고 있었다. 기분 탓인지는 모르지만, 나를 쳐다보는 눈이 지난번보다는 조금 호의적인 것 같다.

"기다리고 있었습니다."

집사는 판에 박은 듯한 인사를 한 뒤 이렇게 말했다.

"시장님께 말씀 들었습니다. 모두들 식당에 모여 기다리고 계십니다."

"이거 번거롭게 해 드려 죄송합니다."

"그보다……,"

집사는 내 쪽으로 가까이 얼굴을 들이밀고는 손으로 입가를 가리며 말했다.

"시장님 말씀이 사실입니까, 자살이 아니라는 게?"

얼굴에 기대감이 어려 있는 것을 보고 이 남자 역시 자살설을 곧이곧대로 믿지 않았다는 것을 알았다.

"자세한 건 나중에."

탐정은 항상 클라이맥스 장면에 신경을 쓰는 법이다.

하지만 집사는 좀 더 작은 소리로 계속했다.

"자제분들은 지금 상속 문제에만 정신이 팔려 있습니다. 장례식은 회사 사람에게 다 맡겨 놓고 말입니다. 하늘나라에 계신 주인님이 이걸 보면 얼마나 탄식하시겠습니까. 게다가 자제분들 중에 주인님의 목숨을 앗아 간 자가 있다니. 부디 범인에게 철퇴를 내려 주십시오."

"저는 수수께끼를 푸는 일을 할 뿐입니다. 철퇴는 재판관에게 맡겨야죠."

나는 현관을 지나 넓은 홀로 들어섰다. 하지만 식당으로 곧바로 가지 않고 집사, 미도리와 함께 유이치로의 방으로 향했다.

방 안은 어제 오가와라 경감과 얘기를 나눌 때의 모습 그대로였다. 사체 발견 전에 우리를 들어서지 못하게 막았던 책장도 문 옆쪽에 그대로 있었다. 나는 책장으로 다가갔다.

식당 문을 열자 웅성거리던 소리가 순식간에 사라지고 모두의 눈이 일제히 내게 집중됐다. 미즈시마가의 네 자녀와, 오가와라 경감을 비롯한 경찰들이 모여 있었다.

"어, 당신 혼자인가?"

하루키가 내 뒤를 보며 물었다.

"구로모토는?"

"집사님은 제 조수와 함께 준비를 하고 있습니다."

"준비? 무슨 준비?"

"조금 있으면 알게 될 겁니다."

"뭐, 그건 그렇다 치고."

제일 구석진 곳에 앉아 테이블에 발을 올려놓고 있던 후유히코가 건방진 투로 말했다.

"시장이 하도 부탁해서 모여 주긴 했는데, 대체 뭘 시작하겠다는 거야. 나는 허황된 주장에 맞장구나 쳐 줄 만큼 한가한 사람이 아니라고."

"그래요. 우리도 할 일이 많은 사람들이에요. 무엇보다 아버지가 돌아가신 지 이틀밖에 안 됐잖아요."

"그 할 일이란 게 유산 상속 계획을 세우는 것인가요?"

내 말에 나쓰코는 "뭐요?"라며 눈을 치켜떴다. 나머지 세 사람도 금세 얼굴이 험악해졌다.

"이봐, 이봐 이봐 이봐."

오가와라 경감이 화난 얼굴로 다가왔다.

"자네 말이야, 실례잖나. 이분들 심기를 건드리러 온 거야? 시장이 소개한 사람이라서 봐주고 있는데, 더는 못 참아."

"기분 나쁘셨다면 사과드리죠. 하지만 어제 여러분들이 이 방에서 이 저택을 파느냐 마느냐 하는 문제로 언쟁하시는 걸 우연히 들었거든요."

그러자 네 사람은 서로를 마주 보며 다소 어색한 표정을 지었다.

"자, 그럼 슬슬 본론으로 들어가 볼까요."

나는 네 사람을 차례차례 바라보았다. 그 순간 또 한 번 격렬한 데자뷰가 온몸을 엄습했다.

여러 사람 앞에서 나의 추리를 피력하는 장면. 나는 이런 일을 수도 없이 되풀이해 왔다. 이것이 나에게는 최고의 무대였던 것이다. 나는 본래의 장소, 내가 서 있어야 할 장소로 돌아왔다.

숨을 깊게 들이마신 뒤 입을 열었다.

"그러니까,"

모두들 숨을 죽이고 내 다음 말을 기다리고 있다. 아, 이 기분 좋은 긴장감이란.

"미즈시마 유이치로 씨의 죽음은,"

여기서 다시 한 번 사람들 얼굴을 둘러본다. 모두들 주목하고 있는 것을 확인하고 계속한다.

"자살이 아니라 타살, 즉 살인입니다."

"으음……."

신음 소리가 일었다. 그리고 예상한 일이지만 미즈시마 남매들이 비난을 퍼붓기 시작했다.

"대체 무슨 말을 하는 거야."

"아직도 그 소리야?"

"머리가 돌았나 봐."

"병원에 가 봐야 하는 거 아니야?"

"조용히 합시다. 자, 자, 조용히."

뜻밖에 오가와라 경감이 어수선한 분위기를 진정시키고 나섰다.

"일단 들어나 봅시다, 들어나 보자고요."

그의 고함 덕분에 소동이 어느 정도 가라앉았다. 그 와중에도 후유히코는 끝내 한마디를 더 내뱉었다.

"머리가 돈 놈의 말을 들어 줄 정도로 우리가 한가한 줄 알아요?"

"네, 네, 여러분이 놀라시는 것도 무리가 아닙니다. 맞습니다. 어제 사건 현장을 본 사람이라면 누구나 범인이 그 방에서 탈출하는 건 불가능하다고 생각할 것입니다. 그러나 실제로는 그렇지 않습니다. 단 하나의 장치로 탈출이 가능해집니다."

"저런 바보 같은……."

하루키가 말했다.

"그때 당신도 같이 있었잖아. 방 안에 장치 따윈 없었다고."

"하지만 방 안의 상태는 이해하기 힘들었습니다. 가구란 가구는 전부 벽 쪽으로 붙어 있었어요."

그러자 경감이 나섰다.

"맞아, 그건 나도 이해가 안 돼. 하지만 가구가 벽 쪽으로 옮겨진 것에 어떤 의미가 있지? 가구마다 전부 뒤쪽을 살펴봤지만 빠져나갈 만한 구멍 같은 건 없었어."

"그런 게 있을 턱이 없지."

아키오가 말했다.

"그리고 설사 가구 뒤쪽에 빠져나갈 구멍이 있었다 쳐도, 범인이 탈출한 후에 무슨 수로 가구를 옮겨서 구멍을 막을 수 있겠어."

"맞는 말씀입니다."

나는 소년같이 빈약한 아키오의 어깨를 바라보며 고개를 끄덕였다.

"빠져나갈 구멍이건 문이건, 일단 범인이 방 밖으로 나온 후에는 가구를 옮겨 그걸 막을 방법이 절대로 없습니다. 그건 분명합니다."

"범인은 방 안에도 없었어. 그것 역시 분명한 사실이야."

하루키가 큰 소리로 말했다. 그리고 "당신도 증인이잖아." 라며 나를 손가락으로 가리켰다.

"그게 실은, 굉장히 미묘한데……."

"미묘?"

경감이 괴성에 가까운 목소리를 냈다.

"그건 또 무슨 소리야, 미묘하다니."

"범인은 방 안에 없었습니다. 하지만 방 밖에도 없었습니다."

"뭐야?"

"내 참 어처구니가 없어서."

나쓰코도 분한 듯 말했다.

"결국 어디에도 없었다, 그러니까 범인 따위는 없었다, 이 말 아니에요."

"그런 뜻이 아닙니다."

나는 주머니에서 회중시계를 꺼내 시간을 보았다. 지금쯤

이면 준비가 끝났을 것이다. 사람들에게 말했다.

"자, 그럼 슬슬 사건의 내막을 밝혀 보죠. 모두들 저를 따라 오세요."

나는 식당을 나서 홀 중앙에 있는 계단을 올라갔다. 다들 쭐레쭐레 내 뒤를 따라왔다.

사태가 이쯤 되자 내가 범인으로 점찍은 인물의 얼굴에 불안한 기색이 떠오르기 시작했다. 나는 그것을 느낄 수 있었다. 하지만 시치미를 뗀 채 묵묵히 유이치로의 방에 가서 섰다.

"자, 여러분. 문이 잠겨 있었다는 사실은 별로 중요치 않습니다. 범인이 방 안에서 문을 잠글 수도 있었기 때문입니다. 문제는 문 맞은편에 있습니다."

그러고서 나는 문을 힘 있게 열어젖혔다.

"앗!"

"아니!"

모두들 놀라며 한 걸음씩 물러섰다. 문 안쪽이 지난번처럼 책장으로 막혀 있었기 때문이다.

"경감님, 좀 도와주세요."

나는 오가와라 경감을 불렀다.

"이걸 밀어서 저쪽으로 넘어뜨리는 겁니다."

"그때와 똑같은 설정이라는 건가."

경감은 웃옷을 벗고 와이셔츠 소매를 걷어 올렸다.

구령에 맞춰 힘을 주자 책장은 의외로 쉽게 기울어지기 시작했다. 책장에 꽂혀 있던 책들을 대부분 빼 놓았기 때문이다.

마침내 책장이 쓰러지고 나자 방 안 풍경이 눈에 들어왔다. 방 중앙에 놓여 있던 시체 대신 이번에는 집사가 우리를 향해 서 있었다.

"구로모토, 자네 거기서 뭐하고 있나?"

하루키가 물었다.

"덴카이치 씨가 지시하셨습니다."

"뭘?"

"그건 덴카이치 선생님이 설명하시겠지요."

집사는 나를 보며 입 끝을 찡긋했다. 그는 자녀들에 대한 충성심이 별로 없는 것 같았다.

"어떻게 된 건가, 덴카이치."

오가와라 경감이 물었다.

"문 앞에 책장이 놓여 있는 건 시체 발견 당시와 마찬가지지만, 그 안에 살아 있는 사람이 있는 건 당시와 전혀 다르잖아."

"경감님, 그렇게 서두르지 말고 우선 방 안으로 들어가 보세요."

"뭐야, 왜 그러는데?"

오가와라 경감이 쓰러진 책장을 넘어 방 안으로 들어갔다.

"어떻습니까?"

"뭐가?"

"뭐 느껴지는 거 없으세요?"

그러자 경감은 실내를 한 바퀴 휘둘러봤다.

"글쎄, 별다른 건 없는 것 같은데."

"그래요? 그렇다면 만일 구로모토 씨가 범인인데 이 방 어딘가에 숨어 있었다고 한다면, 경감님께 들키지 않고 탈출하는 게 가능할까요?"

"뭐야?"

그러더니 경감은 집사의 얼굴을 한 번 보고 나서 다시 방 안을 둘러봤다. 그러고는 내 쪽으로 얼굴을 돌리며 고개를 저었다.

"불가능해. 어디 숨긴 내 눈에 띄지 않을 수는 없지."

"과연 그럴까요?"

나는 네 남매를 돌아다봤다.

"여러분은 어떻게 생각하십니까?"

"하고 싶은 말이 뭐야?"

후유히코의 목소리에 초조함이 배어 있었다.

"할 말이 있으면 거드름 피우지 말고 빨리 하라고."

"자, 그럼 지금부터 트릭을 공개하겠습니다."

나는 다시 오가와라 경감을 바라봤다.

"우리가 시체를 발견했을 때 범인은 그 바로 옆에 있었습니다. 그리고 우리의 눈을 피해 감쪽같이 탈출한 겁니다."

"어떻게?"

경감은 입술을 삐쭉 내밀었다.

"이렇게요."

나는 엄지와 검지를 입에 넣고는 휙, 휘파람을 불었다.

딸깍.

발치에서 뭔가 작은 소리가 났다. 넘어진 책장에서 난 소리였다. 책장은 바닥이 방 바깥쪽을 향해 있었는데, 그 바닥 쪽이 빠끔 열렸다. 안쪽에서 바닥의 판자를 밀어낸 것이다. 이어 그 구멍에서 미도리가 나왔다.

"우아!"

함성을 올린 건 경찰들이었다.

책장에서 기어 나온 미도리는 책장 바닥을 원래대로 닫고 자리에서 일어서더니 오가와라 경감을 바라보며 체조 선수가 착지하듯 가슴을 쭉 펴고 양팔을 머리 위로 벌렸다.

"어, 어, 어!"

경감이 눈을 휘둥그렇게 뜨고 달려왔다.

"뭘한 거야, 어디서 나왔지, 어디 숨어 있었어?"

"여깁니다."

나는 왼손에 쥐고 있던 지팡이로 책장 밑바닥을 찔렀다. 그러자 책장 바닥이 탁, 소리를 내며 반대편으로 넘어갔다.

"엥!"

경감의 입이 크게 벌어졌다.

"이런 곳에……."

나는 미즈시마 사 남매를 향해 똑바로 섰다.

"참으로 멋진 트릭이었습니다. 문 바로 안쪽에 책장이 있으니까 방 안으로 들어가려면 밀어서 쓰러뜨릴 수밖에 없습니다. 그리고 방 안에 유이치로가 쓰러져 있으니 누구라도 책장을 넘어 안으로 들어가 버리겠지요. 바로 그 순간, 범인에게는 실로 절호의 사각(死角)지대가 발생하는 겁니다. 방 안에 있는 사람들에게는 책장 바닥에서 범인이 기어 나오는 모습이 보이지 않습니다."

"잠깐만. 그럼 범인은 언제 책장 안으로 숨은 거지?"

경감이 물었다.

"그거야 간단하죠. 누군가 문을 노크하는 순간 숨어들면 됩니다."

"하지만 말이야, 나중에 우리가 책장을 도로 세워 놓으면서 봤는데 책장에는 책이 빈틈없이 빽빽하게 들어차 있었어. 범인이 몰래 기어들 공간이 없잖나."

"그것 역시 트릭입니다. 그리고 그 점이야말로 제가 이 트릭을 알아내게 된 단서였습니다."

"그게 무슨 소리야?"

"기억을 떠올려 보세요. 이 책장이 어떤 상태로 쓰러져 있었습니까? 당시의 현장 사진으로 확인해 보셔도 좋습니다. 책장 옆쪽에 백과사전이 흩어져 있었지요?"

"그래. 그건 나도 기억나. 그런데 그게 어쨌다는 거지? 책장이 쓰러졌으니 그 안에 있던 책이 쏟아져 내리는 거야 당연하지 않나."

"위쪽 선반에 있던 책이라면 그렇겠지요. 하지만 백과사전은 맨 아랫단에 들어 있었어요. 그것도 거의 빈틈이 없을 정도로 빽빽하게 말이죠. 그런 상태라면 책장이 앞으로 쓰러져도 백과사전은 잘 튀어나오지 않을 겁니다. 더구나, 백과사전은 책장 옆쪽에 쏟아져 있었습니다."

"헉!"

경감은 눈을 동그랗게 뜨더니 곧이어 후, 숨을 토했다.

"음……. 그러고 보니 분명 그랬어."

"백과사전이 책장 옆쪽에 놓여 있었다, 왜일까요? 범인이 미리 빼놓았기 때문입니다. 그리고 백과사전 대신 범인 자신이 책장 맨 아랫단으로 간 거죠. 물론 그 전에 미리 책장 바닥이 열리도록 조작을 해 두었겠지요. 그런 다음 누군가 책장을 밀어 넘어뜨려 주기만을 기다렸던 겁니다."

"음……."

경감은 또 한 번 신음했다.

"책장을 도로 세워 놓을 때 왜 그걸 알아채지 못했을까."

"장치가 있을 거라고 생각했다면 그걸 찾으려 하기 때문에 알아채기도 쉽지요. 하지만 그런 걸 상상조차 못했기 때문에 발견할 수 없었던 겁니다."

나는 경감의 입장을 고려해 가며 말했다.

"자, 여기까지 설명해 드렸으니 이제 다른 가구들이 모두 벽 쪽으로 붙어 있었던 이유도 눈치 채셨을 거라고 생각합니다. 범인으로서는 문 앞에 있는 책장만 주목받는 것을 피하고 싶었던 겁니다. 그래서 다른 가구들도 모두 옮긴 거지요."

"그랬군."

경감은 입술을 깨물더니 다시 나를 보고 물었다.

"그렇다면 범인은 도대체 누군가?"

"트릭이 밝혀진 시점에서 범인의 윤곽도 대충 드러났다고 생각되지만, 먼저 구로모토 집사님께 확인하고 싶은 게 있습니다."

나는 집사를 바라봤다.

"유이치로 선생님의 습관에 관한 겁니다."

"뭔가요?"

"시체로 발견됐을 당시 유이치로 씨는 잠옷에 가운 차림이었습니다. 한편 경찰이 추정한 사망 시각은 낮 열두 시에서 오후 한 시 사이입니다. 그러니까 유이치로 씨는 낮 열두 시가 넘어서까지 잠옷과 가운을 입고 있었다는 말이 됩니다. 왠지 부자연스럽지 않습니까?"

"그러고 보니……."

집사는 입을 반쯤 연 채 먼 곳으로 눈길을 돌리고 잠시 생각에 잠겼다.

"그러고 보니 정말 그러네요. 평소 주인님은 오전 열한 시 정도면 옷을 갈아입으셨습니다."

나는 고개를 끄덕인 뒤 경감을 바라봤다.

"사망 추정 시각이 확실히 낮 열두 시 이후입니까? 혹시 그 전에 살해당했을 가능성은 없나요?"

"아니, 그게 저……, 사실은 한 시간 정도 더 전이라는 설도 있었지만……. 아무튼 아키오 씨가 점심 전에 유이치로 씨를 봤다고 증언했기 때문에……."

거기까지 말한 경감은 깜짝 놀란 듯한 표정을 짓더니 그 험악한 얼굴을 아키오에게 돌렸다. "서, 설마……."

아키오가 좀 전부터 무서운 눈으로 나를 노려보고 있다는 걸 나는 알고 있었다. 나는 그제야 처음으로 그와 눈을 마주쳤다. 동시에 아키오가 얼굴을 돌렸다.

"범인이 유이치로 씨를 살해한 것은 오전 열한 시경이라고 생각됩니다. 그 뒤 범인에게는 중요한 일이 남아 있었습니다.

아시는 바와 같이 가구를 옮겨 놔야 했던 것입니다. 유이치로 씨가 두 시에 우리와 만나기로 되어 있었기 때문에 그 작업에 주어진 시간은 약 세 시간. 그 안에 가구를 모두 벽 쪽으로 옮기고 장치를 해 놓은 책장을 문 앞으로 옮겨야 했습니다. 결과는 성공이었고 밀실 살인이 성립됐습니다. 그러나 범인에게는 한 가지 신경 쓰이는 일이 있었습니다. 그건 세 시간도 넘게 유이치로 씨를 본 사람이 아무도 없고, 마찬가지로 자신도 그 시간 동안 아무도 만나지 않았다는 사실이었습니다. 이 부자연스러운 공통점을 조금이라도 감추기 위해 범인은 점심 전에 유이치로 씨를 봤다고 증언한 것입니다."

"아니야, 내가 아니야."

아키오가 격렬히 고개를 흔들었다.

"증거를 대 봐. 내가 범인이라면 그걸 증명해 보라고. 당신의 추리는 제법 그럴듯하지만 내가 범인이라는 결정적 증거는 그 어디에도 없어. 지금 당신이 말한 방법을 사용하면 누구든지 밀실을 만들어 낼 수 있다고."

이번에는 내가 고개를 저을 순서였다.

"아니요, 아키오 씨. 당신이 범인입니다. 당신일 수밖에 없어요."

"왜지?"

"그건,"

나는 넘어진 책장을 손가락으로 가리키며 말했다.

"저렇게 좁은 공간에 당신 말고 누가 들어갈 수 있겠어요."

"헉!"

소리를 지른 것은 아키오가 아니라 오가와라 경감이었다. 경감도 그 순간 아키오가 범인임을 확신한 것 같았다.

아키오 자신도 반론의 여지가 없는 듯했다. 입술을 깨물며 온몸을 부들부들 떨었다. 굳게 쥔 두 주먹도 함께 떨리고 있었다.

"나 혼자 그런 게 아니야."

마침내 아키오가 신음하듯 말했다.

"범인은 나 혼자가 아니야."

"아키오!"

하루키가 고함쳤다.

"무슨 얘길 하는 거야!"

"무슨 말이지?"

오가와라 경감이 아키오 쪽으로 한 걸음 다가갔다.

"그래요. 아버지를 살해한 사람은 접니다. 하지만 다 같이 상의해서 한 일입니다."

"상의?"

"아키오, 말도 안 되는 소리 하지 마."

나쓰코가 비명에 가까운 소리로 외쳤다. 그러자 아키오는 홍, 코웃음 치며 말했다.

"다 끝났어. 일이 이렇게 됐는데 나 혼자 감옥에 갈 수는 없잖아. 경감님, 우리 네 명이 함께 결정한 일입니다. 아버지를 죽인 사람이 유산의 절반을 차지하기로요. 나는 그 결정에 따랐을 뿐이라고요."

갑자기 후유히코가 낄낄대며 웃었다.

"도대체 무슨 소리를 하는 거야. 경감님, 아무래도 머리가 어떻게 된 것 같네요. 빨리 끌고 가시지요."

"그래 봤자 소용없어. 내가 아무런 준비도 없이 아버지를 죽였을 거라고 생각해? 너희들과 상의했다는 증거를 착실하게 남겨 두었다고."

"웃기시네."

하루키의 분노에 찬 목소리를 아키오가 되받았다.

"비디오테이프가 있어. 너희들은 눈치 못 챘겠지만, 아버지를 죽이는 사람이 유산의 절반을 상속하기로 약속하는 장면을 카메라로 몰래 촬영해 뒀지. 막상 살인을 저질렀는데 너희들이 시치미를 뗄까 봐서 말이야."

그리고 그는 경감 쪽으로 몸을 돌렸다.

"비디오테이프는 제 방에 걸려 있는 액자 뒤에 숨겨 놓았습니다."

"빨리 확인해 봐."

경감이 부하들에게 명령했다.

아키오의 반격에 나머지 세 명은 어찌할 바를 몰라 했다. 하루키는 분노로 일그러진 얼굴로 천장만 바라봤고, 나쓰코는 립스틱을 덕지덕지 바른 입술을 흉하게 내민 채 아무 말 하지 않았다. 또 후유히코는 짜증난 얼굴로 턱 밑을 긁어 댔다.

"당신들 모두에게 이야기를 들어 볼 필요가 있을 것 같군."

오가와라 경감은 그렇게 말한 뒤 부하들에게 지시했다.

"서로 연행해."

경찰관들이 남매들을 데려가려는데 아키오가 할 말이 있다며 잠깐 기다려 달라고 부탁했다. 경찰은 아키오를 남겨 두고 나머지 세 명만 먼저 데리고 나갔다.

"할 말이 뭔가?"

경감이 물었다.

"저, 덴카이치 씨에게 하고 싶은 말이 있어요."

"뭡니까?"

나는 그를 향해 돌아서며 물었다.

"당신의 추리는 참으로 멋졌습니다."

"네, 고맙습니다."

"다만……,"

그리고 그는 고개를 살짝 기울였다.

"완벽하진 않아요. 몇 가지 보완해야 할 것이 있어요. 의외

136

일지도 모르지만."

"뭐죠? 말씀해 보세요."

그는 고개를 끄덕인 뒤 입을 열었다.

"우선 그 장치 말인데, 당신 말을 빌리면 트릭이라는 것 말이야. 그걸 생각해 낸 건 내가 아니야."

"네에?"

나는 아키오의 가느다란 턱을 바라봤다.

"그럼 누가……."

"누가 고안해 냈는지는 모르지. 다만, 나는 아버지에게 배웠어."

"유이치로 씨한테서요?"

"그래요. 사건 전날 밤이었소. 아버지가 불러서 이 방에 왔지. 아버지는 내게 기묘한 얘기를 하기 시작했어요. 어떤 집에서 일어난 살인 사건에 관한 얘기였지. 시체는 방 중앙에 쓰러져 있고 가구란 가구는 모조리 벽 쪽으로 옮겨져 있었다, 문마저 책장으로 막혀 있었다, 그런데 범인의 모습은 보이지 않았다, 그런 얘기였어요."

"이번 사건과 똑같잖아."

오가와라 경감이 눈을 부라렸다.

"범인이 어떤 식으로 했는지 알겠냐고 아버지가 물으셨어요. 나야 물론 알 리가 없었죠. 그러자 아버지는 그림까지 그리며 설명해 주더군요. 그게 좀 전에 당신이 한 것과 똑같은 설명이었어요. 그러고 나서 아버지는 내게 물었죠. 이걸 한번 시험해 보지 않겠냐고."

"시험……이라면?"

내가 물었다.

"물론 진짜로 살인하라는 말은 아니었어요. 그런 일이 실제로 가능한지 실험해 보자는 거였지. 아버지는 책장 밑에 장치를 하기 위해 공구까지 준비해 놓았더군요."

"주인님은,"

집사가 감회가 어린 듯 말했다.

"그렇게 어린아이 같은 구석이 있으셨습니다."

"모두를 놀래 주자. 아버지는 그렇게 말씀하셨죠. 내가 선택된 것은 당신이 말한 대로 몸집이 제일 작아서였어요."

"그래서, 다음 날 정말로 그 실험을?"

"그래요. 아버지의 계획은 이랬어요. 우선 우리 둘이서 가구를 옮기고 장치를 하는 거예요. 얼마 후면 집사가 부르러 오겠지만 반응을 하지 않는 거죠. 곧 사람들을 불러서 문을 열려고 할 것이고, 바로 그때 나는 책장 밑으로 숨고 아버지는 죽은 시늉을 하다가 사람들이 놀라서 뛰어 들어오면 아버지가 벌떡 일어나 문제를 낸다, 이런 거였습니다."

"누가 자신을 죽였고 어떻게 이 방에서 탈출했는지 알아맞혀 보라. 이겁니까?"

"네."

아키오는 몇 번이고 고개를 끄덕였다.

"당신은 그 계획을 그대로 실행한 거군요. 한 가지만 빼고."

"그래요, 한 가지만 빼고."

아키오는 슬며시 입가에 웃음을 흘렸다.

"아버지는 나를 조금도 의심하지 않았어요. 권총을 들고 다가가는데도 경계하지 않았죠. 마지막 순간까지 내게 살해당하리라곤 생각조차 못했을 거예요. 천진난만한 사람."

"주인님은 여러분을 사랑하셨던 겁니다."

집사의 말에 아키오가 고개를 돌려 그를 노려봤다.

"그러니까 천진난만하다는 거예요. 그 남자는 사랑이라는게 뭔지, 그 의미를 전혀 몰랐다고."

그렇게 말한 다음 그는 나를 바라봤다.

"이상이오. 나머지는 당신이 추리한 대로지. 좀 전에도 말했지만 정말 대단해요."

"칭찬해 주시니 영광입니다만, 한 가지 궁금한 게 있습니다. 아버지께서는 이 트릭을 어떻게 알게 되셨나요?"

"그건 나도 몰라요. 다만 이런 말은 하셨어요. 이런 종류의 수수께끼는 누가 답을 가르쳐 주지 않는 한 절대로 풀 수 없다고. 그러니까 아버지 역시 누군가에게서 배웠을 거라고 생각해요."

"그렇군요."

본격 추리가 존재하지 않는 세계에서 미즈시마 유이치로는 누구로부터 그런 지식을 얻었을까. 누군가에게 배웠다면, 그 누군가는 도대체 어떻게 그 트릭을 알았을까.

"트릭이 파헤쳐져 아쉽군. 하지만 덴카이치 씨,"

아키오는 다소 힘 빠진 표정으로 말했다.

"나는 전혀 후회하지 않아요. 이번 일로 내 존재 의의를 알게 된 것 같습니다."

"그게 무슨 말이죠?"

"당신은 알 거라고 생각했는데. 이 마을 사람들은 자신이 왜 여기 있는지를 몰라요. 누구나 그걸 알고 싶어 하지. 나도 그랬어요. 왜 내가 이 집의 차남으로 태어났는지, 왜 재산 싸움이나 하는 처지가 되었는지, 그리고 왜 이토록 작은 체구로 태어났는지 알 수가 없었어요. 나는 늘 그게 알고 싶었지요. 그런데 이번 사건으로 그 의문이 풀렸어요. 나는 이 살인을 행하기 위해 세상에 태어난 겁니다. 이번 사건의 범인 역이야말로 하늘이 나에게 부여한 역할이었던 겁니다. 그런 의미에서,"

아키오의 표정이 갑자기 해맑아졌다.

"나는 지금 대단히 만족스러워요."

그의 소년처럼 날카롭고 높은 목소리가 홀 안에 울려 퍼졌다. 표정으로 봐서는 허세를 부리는 것 같지 않다.

"자, 이제 가죠."

그가 곁에 있던 형사에게 말했다. 형사는 마치 꿈에서 깬 듯한 표정으로 그를 데리고 나갔다. 우리는 잠시 동안 그가 떠난 쪽을 바라본 채 그대로 서 있었다.

"기분이 참 묘하군."

오가와라 경감이 침묵을 깨고 중얼거렸다.

"저자의 심정을 알 것 같아."

"그래요?"

"응. 나도 이제 나 자신이 왜 이 마을에서 경감 노릇을 하고 있는지 알 것 같아. 그건 말이지, 단순히 사건을 해결하는 것뿐만 아니라……."

거기까지 말하고서 그는 우리들의 시선을 알아차렸는지 쑥스러움과 쓴웃음이 섞인 표정을 지었다.

"그냥 내 느낌일 뿐이야. 어쨌든 이번엔 자네에게 당했군. 자, 그럼 이만."

나는 사라지는 경감의 뒷모습을 눈으로 배웅했다.

집사가 차로 나와 미도리를 시청까지 데려다 줬다. 사건이 해결되었다는 사실은 이미 전화로 알려 놓았다. 시장은 한시라도 빨리 내 얘기를 직접 듣고 싶어 했다.

"그런데 말이야, 유이치로 씨가 어떻게 그런 트릭을 알게 되었는지, 그 수수께끼를 풀지 못한 게 마음에 좀 걸려."

내 말에 집사는 핸들을 쥔 채 고개를 살짝 기울이며 말했다.

"그 점에 관해서는 짐작 가는 바가 있습니다만……."

"뭐죠?"

"주인님이 살해당하기 전날 낮에 손님 한 분이 찾아왔습니다. 그리고 주인님과 방에서 꽤 오랫동안 얘기를 나누다 갔습니다."

"어떤 손님이었죠?"

"히다 슌스케 씨였어요."

"작가 히다 씨요?"

미도리가 물었다.

"그렇습니다."

"인기 작가예요."

미도리가 나를 쳐다보며 말했다.

"이 마을에 살아요."

"잠깐 있어 봐."

나는 윗옷 주머니에서 종이를 꺼내 펼쳐 보았다.

"역시 그랬군. 기념관 보존 위원회 멤버야."

"아, 그러고 보니 그러네요."

바로 그때였다. 집사가 갑자기 소리를 질렀다.

"어, 왜 이러지?"

그러더니 신호등에 빨간 불이 들어왔는데도 차가 교차로를 향해 돌진했다. 충돌하지 않은 것은 오로지 운 때문이었다.

"왜 그래요?"

"브레이크가, 브레이크가!"

집사는 연신 브레이크 페달을 밟아 댔지만 속도가 떨어질 기미를 보이지 않았다. 그때 길 왼쪽 공사장 부근에 흙이 높게 쌓여 있는 것이 보였다.

"저기로!"

내가 큰 소리로 외쳤다. 집사도 이미 같은 생각을 하고 있었던 모양이다. 그 즉시 자동차가 격렬한 타이어 파열음을 내며 방향을 바꾸더니 흙더미를 향해 돌진했다. 나는 미도리를 끌어안고 몸을 낮췄다. 곧이어 엄청난 충격이 우리를 덮쳤다.

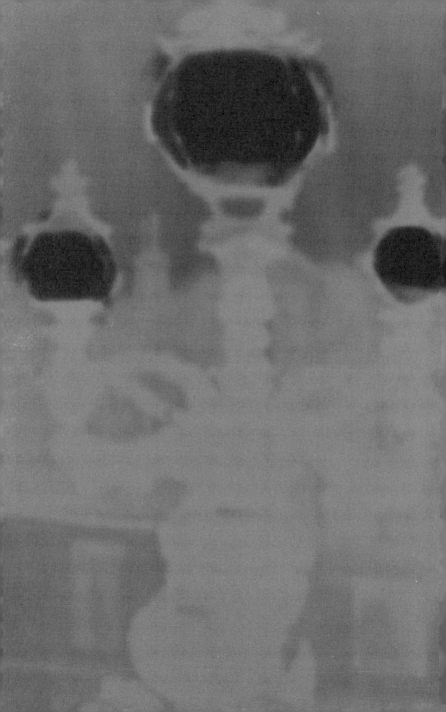

3

소

설

가

1

"경찰 얘기로는 아무래도 브레이크를 조작해 놓은 것 같답니다. 살인 미수 사건으로 보고 수사할 방침이라는데요."

전화를 끊은 시장이 소파로 돌아오며 말했다.

"브레이크 조작하기가 어렵지 않은가요?"

"네, 많이 다뤄 본 사람의 경우 단 몇 분이면 가능하다고 하네요."

"미즈시마 저택의 주차장 상황은 어떻던가요?"

"그게, 셔터가 있긴 하지만 열어 두는 경우가 많다고 합니다. 워낙 대저택이다 보니 정원사 등이 늘 드나들기 때문이라네요. 그러니 누가 자동차에 접근하더라도 눈에 잘 띄지 않을 겁니다."

"그 차를 마지막으로 탄 사람은 누구랍니까?"

"유이치로 씨가 살해당하기 이틀 전에 유이치로 씨와 운전사가 탔다고 합니다. 그 자동차는 유이치로 씨 전용이라 그 외에 탈 만한 사람은 구로모토 집사 정도밖에 없다네요. 운전

사는 유이치로 씨가 사망한 후로는 차에 손도 대지 않았다는
군요."

"그렇다면 그 자동차가 움직인 것도 며칠 만이라는 얘기네
요?"

"그렇지요."

시장이 머리를 끄덕였다.

나는 팔짱을 낀 채 생각에 잠겼다. 지금 내 오른쪽 손목에
붕대가 감겨 있는 것도 자동차가 부딪히는 바람에 가볍게 삐
었기 때문이다. 하지만 뭐, 이 정도로 그쳤으니 다행이다.

지금 이곳은 시 청사 안에 있는 시장실. 나와 미도리는 사고
현장에서 경찰 조사를 받은 뒤 만일을 위해 병원에서 뇌파 검
사 등을 받고 이곳으로 왔다.

다행히 우리들 중 누구도 큰 부상은 입지 않았다.

"범인이 미즈시마 아키오일까요?"

미도리가 물었다.

"아키오? 왜?"

"그렇잖아요, 자기 아버지를 죽인 범인이니까 이번 사건도
아키오의 짓이라고 생각할 수 있지 않나요?"

"그렇다면 그가 밀실 살인과 브레이크 조작이라는 두 가지
살해 방법을 준비했었다는 얘기야?"

"있을 수 없는 일일까요?"

"있을 수 없는 일은 아니지만, 보통은 먼저 한 가지 방법을 시험해 보고 실패했을 경우 두 번째 방법을 시도하게 되는 것 아닐까? 무턱대고 두 가지 방법을 다 시도하지는 않을 것 같은데."

"그러면 남매들 중 다른 누군가가 한 짓일까요?"

시장이 물었다.

"남매들은 모두 유이치로 씨의 죽음을 원하고 있었습니다. 그러니 아키오가 아버지를 죽일 것이라는 사실을 모른 채 따로 살인 계획을 세웠다 해도 놀랄 일은 아니지 않습니까? 결과적으로야 아키오에게 선수를 빼앗긴 셈이 되고 말았지만."

"유이치로 씨를 죽이려 했던 사람이 아키오 외에 또 있었을 것이라는 의견에는 저도 동의합니다. 다만, 이번 자동차 사고가 그 남매들 중 누군가의 짓이라면 유이치로 씨가 살해되었을 때 곧바로 브레이크를 원상회복시켜 놓았을 겁니다. 그렇잖습니까? 필요도 없게 됐는데 그걸 그냥 놔둔다는 것은 매우 위험한 일이잖아요."

"그도 그렇군요."

시장은 손으로 눈두덩을 지그시 눌렀다.

"그러면 덴카이치 씨의 추리는 무엇인가요?"

"아직은 뭐라고……."

나는 머리를 저으며 살짝 흘러내린 안경의 위치를 바로잡

앗다.

"한 가지만은 분명히 말씀드릴 수 있습니다. 범인이 노린 것은 유이치로 씨의 목숨이 아니라는 점입니다."

"호오……."

시장이 내 얼굴을 바라봤다.

"그럼 누구를?"

"모르죠."

사실은 알고 있었지만 지금 이 자리에서 밝힐 생각은 없었다.

"흐음."

시장은 손가락 끝으로 테이블을 똑똑 두드렸다.

"뭐, 어찌 됐든 이번 건에 대한 수사는 경찰에 맡겨도 괜찮지 않겠습니까."

"그래도 되겠지요. 다만 정보는……."

"알겠습니다. 일일이 상세하게 보고해 달라고 부탁해 놓겠습니다."

"아무쪼록 잘 부탁드립니다."

나는 더부룩한 머리를 숙이며 말했다.

"그건 그렇고,"

시장이 손을 비벼 대며 나와 미도리의 얼굴을 번갈아 쳐다봤다.

"히다 슌스케 씨가 유이치로 씨 살해 사건이 일어나기 전날 미즈시마 저택을 방문했다면서요?"

"그랬다더군요. 목적은 모르겠습니다. 아마 기념관 보존 위원회와 관련된 일인 것 같습니다만."

"그 역시 위원회 멤버니까요. 하지만 용건이 무엇이었을까요? 둘이서만 만났다는 건 이해가 안 되는데요."

그러면서 시장은 먼 곳을 응시하는 듯한 표정을 지었다. 뭔가 생각에 빠진 듯했다.

"히다 슌스케 씨는 어떤 사람입니까? 미도리 양에게 작가라고 듣긴 했습니다만."

"말씀하신 대로입니다. 작가죠."

"어떤 글을 쓰나요?"

"뭐라고 해야 하나. 사회 문제를 테마로 한 픽션이라고나 할까."

"사회파 소설 말입니까?"

"그런 장르가 있다면요."

"인기 작가라면서요?"

"그렇다고 할 수 있죠. 하지만 최근에는 벽에 부딪혔다는 소문도 있습니다."

"슬럼프라는 건가요?"

"그럴 수도 있고, 아니면 독자들이 싫증을 내게 된 건지도 모르지요. 저도 몇 권 읽었는데,"

그러면서 시장은 벽 쪽에 있는 책장을 흘끗 봤다.

"요즘에는 출판사에서 기껏 보내 줘도 읽지 않고 책장에 꽂아 버리는 경우가 많아요."

"음울한 얘기가 너무 많거든요."

미도리가 끼어들었다.

"음침한 얼굴을 한 아저씨가 미간을 찌푸린 채 이것저것 조사하는 얘기뿐이죠. 부담스럽기만 하고 재미는 하나도 없어요."

"퍽 까다롭구먼."

작가를 비판하는 말을 들으면 왠지 기분이 안 좋아진다. 전에 살던 세계에서 내 직업이 작가였다는 사실이 새삼 떠올랐다.

"내일 히다 씨를 만나러 갈까 하는데요."

"그러는 게 좋겠네요. 연락해 두겠습니다."

시장이 시원스럽게 말했다. 지금까지의 내 활약상이 만족스러운 모양이다.

호텔로 돌아온 나는 지하에 있는 레스토랑에서 식사를 하고 방으로 올라갔다. 싱글베드가 놓인 좁은 방이다. 옷을 모조리 침대 위에 벗어 던지고 욕실로 들어가 샤워기를 틀었다. 사실은 욕조에 들어가 따뜻한 물에 느긋하게 몸을 담그고 싶었지만 10분 이상 뜨거운 물을 계속 틀어 놓으면 도중에 찬물로 바뀌어 버린다는 걸 어제 알아 버렸기 때문에 그런 사치는 부릴 수 없었다.

뻣뻣하기 이를 데 없는 머리를 서둘러 감고 얼굴과 몸을 닦았다. 그러고 나서 수염을 깎으려고 거울을 향해 돌아서는 순간 '그것'이 눈에 들어왔다.

습기로 흐릿해진 거울에 글자가 떠올라 있었다. 아마도 그곳에만 습기가 끼지 않도록 비눗물 같은 것을 발라 놓은 것 같았다.

'원래의 세계로 돌아가라. 그렇지 않으면 죽음이다.'

나는 그 치졸하기 그지없는 글자를 보고 그만 온몸이 굳어 꼼짝도 할 수 없었다. 맥박이 빨라지고, 등 쪽은 서늘한 반면 겨드랑이는 땀으로 흥건했다.

수건으로 글자를 지운 후 욕실을 나와 비치된 목욕 가운을 걸치고 의자에 앉았다. 마음이 좀처럼 진정되지 않았다. 낮에 있었던 자동차 사고가 머리에 떠올랐다.

범인의 표적이 미즈시마 유이치로가 아닌 이상, 범인이 죽이려 한 사람은 나라고 생각하는 것이 타당하다. 집사를 노리지는 않았을 것이다. 왜냐하면 우리를 데려다 줄 당시, 집사가 아닌 원래 그 차의 운전기사가 핸들을 잡을 수도 있었기 때문이다. 범인이 그렇게 불확실한 방법을 택했으리라고 생각하기는 어렵다. 아마도 표적은 나였을 것이다.

그렇다면 범인은 어딘가에서 나를 지켜보다가 내가 자동차

로 떠난다는 사실을 알자마자 차를 조작해 놓았다는 얘기가
된다. 범인은 과연 언제부터 나를 노렸을까.

그 답은 거울에 새겨져 있던 글자에 이미 나와 있었다.

원래의 세계로 돌아가라. 이 한 문장에는 큰 의미가 담겨 있
다. 기묘하게 왜곡된 이 세계 어딘가에 내가 다른 세계에서
왔다는 것을 아는 자가 있다. 그자는 내가 여기에 온 순간부
터 나를 노렸을 것이다.

그가 쓴 마지막 문장이 내 가슴을 파고들었다.

'그렇지 않으면 죽음이다.'

2

다음 날. 아침 식사를 마치고 커피를 마시고 있는데 미도리
가 나타났다. 연녹색 원피스 차림이 잘 어울렸다.

"히다 슌스케 씨를 만나기로 했어요. 지금 바로 가야 해요."

"이렇게 갑자기?"

나는 서둘러 커피를 마셨다.

"인기 작가라서 약속을 잡기가 힘든가 봐요."

"흠, 좋은 일이로군."

커피를 다 마시고 자리에서 일어섰다.

"그 옷, 잘 어울리는데."

"정말요? 고맙습니다."

미도리는 그 자리에서 빙글, 한 바퀴를 돌아 보였다. 스커트 자락이 둥글게 퍼졌다.

우리는 호텔 앞에서 택시를 탔다.

"분리 지구의 빌라도 하우스로 가 주세요."

미도리가 운전사에게 말했다.

"빌라도 하우스?"

"히다 슌스케가 사는 집의 이름이에요."

"집 이름이라고, 맨션 이름이 아니라?"

"네, 집 이름이에요."

"흠, 집에 이름까지 붙어 있다니, 대단하네."

"그 근방에서는 명물이라네요. 히다 슌스케 혼자 사는 건 아니고요, 제자인 작가 지망생 젊은이들이 몇 명 같이 산대요."

"문하생을 다 두다니 상당히 여유로운 생활을 하고 있나 보군."

"인가 작가잖아요."

"하긴."

베스트셀러 작가 얘기를 듣는 건 그리 유쾌한 일이 아니다.

우리는 꼬불꼬불한 언덕길 중간에서 택시를 내렸다. 주변에 크고 작은 다양한 주택이 미로를 이루며 늘어서 있었다.

이 집들 역시 벽돌이나 돌로 지어져 있다. 내가 잘 아는 전형적인 일본식 가옥은 이곳에도 없었다. 그런데 이 기묘한 왜곡에 나는 서서히 익숙해지고 있다. 이곳은, 이런 곳이다.

빌라도 하우스는 큰길에서 한 블록 안쪽으로 들어간 곳에 있었다. 워낙 유명한 집이라고 해서 엄청 높은 건물을 상상했었는데 막상 와 보니 돌담으로 둘러싸인 2층짜리 건물이었다.

정면에는 커다란 철대문이 있었는데 지금은 닫힌 상태였다. 정면에 정원이 보이고, 그 정원을 둘러싸듯 'ㅁ' 자 모양으로 복도가 있다. 그 복도를 따라 방들이 늘어서 있는 것 같았다. 규모는 좀 작지만 쓰키무라 박사가 있는 시립 대학과 같은 구조다. 이것이 이 마을의 전통 건축 양식인지도 모른다.

문기둥에 부착된 인터폰을 누르자 곧 "네." 하는 무뚝뚝한 목소리가 들렸다. 젊은 남자인 것 같다. 나는 인터폰에 대고 신분을 밝혔다.

잠시 후 젊은 남자가 대문 안쪽에 나타났다. 날씬한 몸집에 키가 큰 남자였다. 도수 높은 안경을 끼었는데 안색이 별로 좋지 않았다. 어깨가 양옆으로 늘어진 스웨터를 입은 폼이 꼭 예전 재수생의 이미지다.

그는 경계하는 눈빛으로 나를 바라봤다.

"일행은 한 명뿐입니까?"

"그렇습니다."

나는 미도리를 돌아다보며 말했다.

날씬한 청년은 열쇠 꾸러미를 꺼내더니 대문 한쪽에 설치된 쪽문을 열었다. 우리가 안으로 들어가자 청년은 문을 도로 잠갔다.

"언제나 이렇게 문을 잠가 놓나요?"

"네, 대개는요. 집을 구경하려고 허락도 없이 마음대로 들어오는 사람들이 있어서요."

"유명인도 나름대로 고달픈 점이 있군요."

"네, 선생님 얘기지만요."

"제자이신가요?"

"네, 아오노라고 합니다."

그는 머리를 꾸벅 숙인 뒤 걸음을 옮기기 시작했다.

복도 가운데 있는 계단을 올라갔다. 2층에도 복도가 있고, 그 복도에 면한 형태로 방들이 줄지어 있었다.

"집이 무척 크군요. 방 배치는 어떤 식으로 되어 있습니까?"

"2층에만 방이 여덟 개 있는데 그 방들은 전부 선생님과 가족이 사용하고 있습니다. 우리 문하생들의 방은 1층에 있습니다. 1층 방은 모두 네 개인데 지금은 문하생이 세 명뿐이어서 하나는 비어 있습니다. 그리고 1층에는 서고와 우리들이 사용하는 공동 부엌 등도 있습니다. 선생님과 가족이 사용하는 방들에는 모두 부엌이 각각 딸려 있습니다."

"그런데 무척 조용하군요. 다들 자기 방에 있나 보죠?"

미도리가 작은 소리로 물었다.

"네. 그리고 부인과 따님은 해외여행 중입니다."

"흐음, 그래요."

한숨이 나왔다. 아무래도 돈이 남아도나 보다.

복도를 반 바퀴쯤 돌았을 때 아오노가 어느 문 앞에서 걸음을 멈췄다. 그리고 문을 노크했다.

"들어오세요."

낮은 목소리가 들려왔다.

아오노가 문을 열고 안으로 들어갔다.

"덴카이치 씨를 모셔 왔습니다."

"들어오시라고 하게."

아오노의 안내를 받아 안으로 들어가자 다소 어두운 방 저 안쪽에 어슴푸레하게 두 사람의 모습이 보였다. 한 명은 안락의자에 앉아 있고 또 한 명은 그 앞에 서 있었다.

"거기서 잠깐만 기다려 주세요."

안락의자에 앉은 인물이 이쪽을 향해 말했다. 아마도 그가 히다 슌스케인가 보다. 어깨에 닿을 정도로 긴 머리에 수염을 길렀다. 방 안이 이렇게 어두운데도 색이 들어간 안경을 끼고 있었다. 나이는 짐작하기 어려웠다. 헐렁헐렁한 검은색 승복 같은 것을 입고 있어 체형도 가늠하기 힘들다. 그가 '거기'라고 말한 곳은 출입문 바로 옆에 있는 긴 나무 의자인 듯했다.

벽에 붙은 책장에 히다 슌스케의 작품이 죽 꽂혀 있었다. 편집자가 오면 여기서 기다리게 하는 것일까. 나는 그 장면을 상상해 본다. 지금 히다 슌스케가 앉아 있는 곳 바로 옆에도 문이 있는데, 아마도 집필실로 통하는 문인 듯싶다.

"도대체 같은 말을 몇 번이나 해야 알겠나."

낮지만 가시 돋친 히다 슌스케의 목소리가 허공을 날았다. 그것은 앞에 서 있는 청년을 향한 것인 듯했다. 청년은 아오노와는 정반대로 살이 찌고 키가 작았다.

"자네의 소설은,"

히다 슌스케는 손에 들고 있던 종이 뭉치를 청년의 발밑에 내던졌다. 원고일 것이다.

"등장인물에게 피가 통하질 않아. 인간을 제대로 묘사하지 못한단 말이야. 모두 다 모조품일 뿐이야. 이건 소설이라고 할 수도 없어. 아니, 단순한 이야기 수준도 못 돼. 단순한 문자의 나열, 의미 없는 단어의 집합일 뿐이야."

"하지만 선생님께서 뭐든 쓰고 싶은 것을 쓰라고 하셔서……."

뚱뚱한 청년이 기어 들어가는 목소리로 변명했다.

"소설이라고 불릴 수 있는 것이라면 뭐든 쓰고 싶은 대로

써도 좋다는 얘기야. 하지만 자네가 쓴 건 소설이 아니야. 등장인물들의 심리도 이해하기 힘들고, 그러니까 당연히 그들의 행동도 이해할 수 없어. 비현실적인 설정만 잔뜩 있을 뿐 리얼리티라고는 조금도 느낄 수 없다고. 어떻게 이런 글에 감정 이입을 하라는 건가. 솔직히 끝까지 읽는 것 자체가 고통이었네. 도중에 몇 번이나 집어던지려고 했는지 몰라."

청년은 말이 없고 등만 가볍게 흔들렸다. 내 옆에 있던 미도리가 얼굴을 숙였다.

"하여간, 이건 얘기가 안 돼. 처음부터 다시 쓰든가, 아니면 당장 짐을 싸서 나가든가 해. 하지만 떠난다면 작가의 꿈은 단념하는 거야. 자네가 나가서 이상한 활동을 하면 내 명성에 금이 갈 테니까 말이지."

"다시 쓰겠습니다."

청년이 신음하듯 말했다.

"그래? 사실 나는 자네가 고향으로 돌아가는 편이 낫다고 생각하네만, 좀 더 노력해 보고 싶다면 한번 해 보게. 하지만 이런 쓰레기를 또 가져오면 그때는 이곳을 떠나야 할 걸세."

히다는 좀 전에 던졌던 원고를 발로 걷어찼다.

뚱뚱한 청년은 둔중한 동작으로 원고를 줍기 시작했다. 뺨에 경련이 이는 게 내 자리에서도 보일 정도였다. 매우 안쓰러운 광경이었다.

"그거 다 줍고 나서 서고 좀 정리하지."

히다가 차갑게 말했다.

"내 다음 작품에 필요한 자료에 관해서는 아까 메모해 줬지? 그걸 토대로 자료를 보기 쉽게 정리해 놔. 두 시간 내로 끝마치게."

"두 시간……요?"

"그래. 불가능한 일은 아니잖아. 전부터 얘기해 놓은 일이니. 알았어? 두 시간이야. 두 시간 뒤에는 일을 시작할 예정이니까."

"……알겠습니다."

"그건 그렇고, 아오노."

히다 슌스케가 우리를 안내한 청년에게 말했다.

"온다는 손님이 한 명 아니었나?"

"네? 아, 그러긴 했습니다만……,"

아오노는 우리 쪽을 신경 쓰며 말했다.

"또 한 분은 시장님 따님이어서 괜찮지 않을까 하고."

"누구라도 마찬가지지. 취재의 경우 한 명에 한해서야. 그렇지 않을 경우 앞으로는 모두 거절하게."

아무래도 미도리를 데려온 게 마음에 들지 않는 듯했다. 시장의 딸을 방해물로 여기다니, 자신을 엄청난 거물로 생각하는 것 같다.

"저, 저는 이만 실례하겠습니다."

참다못한 미도리가 말했다.

"제가 있어 봤자 도움도 안 될 것 같고."

어색한 침묵이 흘렀다. 아오노와 뚱뚱한 청년은 불필요한 말은 입에 담지 않겠다고 작심했는지 고개를 숙인 채 입을 꽉 다물고 있었다. 나는 미도리를 감싸 주고 싶었지만 히다 슌스케의 심기를 건드릴까 봐 나서지 않기로 했다.

그런데 히다 슌스케가 좀 전까지와는 전혀 다른 상냥한 말투로 미도리에게 물었다.

"아가씨, 책은 좋아하나?"

갑작스런 질문에 미도리는 잠시 놀란 듯하더니 이내 미소 띤 얼굴로 대답했다.

"엄청요. 읽는 건 물론이고 표지를 바라보기만 해도 좋아요."

"그럼 저 사람 좀 도와주지 않겠나?"

그러면서 그는 뚱뚱한 청년을 가리켰다.

"뭐, 그리 대단한 일은 아니야. 조건에 맞는 책들을 찾아 잘 분류하기만 하면 돼."

"네, 그럴게요."

미도리가 활기차게 대답했다. 그녀의 답변이 마음에 들었는지 히다 슌스케는 만족스럽게 고개를 끄덕이고는 뚱뚱한 청년에게 말했다.

"도움을 받게. 하지만 무거운 걸 들게 하면 안 되네."

미도리는 뚱뚱한 청년을 따라 방을 나갔다.

"덴카이치 씨에게 차라도 한잔 드리지."

"네."

아오노가 방 한구석에 있는 조그마한 조리대로 가서 물을 끓이기 시작했다.

"자, 그럼."

히다가 내 쪽으로 눈을 돌렸다. 정확히 말하자면 색이 든 안경을 내 쪽으로 돌린 것이지만.

"오신 용건을 말씀해 보시지요. 시장에게 연락받은 바로는 기념관과 관련된 일이라던데."

"그것도 있지만, 그 전에 한 가지 질문이 있습니다."

"뭐지요?"

"미즈시마 유이치로 씨에 관한 일입니다."

"아……."

히다는 고개를 들어 잠시 천장을 올려다보더니 머리를 흔들었다.

"들었어요. 놀랐습니다. 인간의 운명이란 전혀 예측할 수가 없어요. 정말로 현실이 소설보다 기이합니다. 아, 그러고 보니 덴카이치 씨도 우연히 현장에 계셨다고 하던데요. 사건을 멋지게 해결했다고요. 시장에게 들었습니다. 야, 대단해요."

"여러 가지로 운이 좋았습니다. 그건 그런데,"

나는 그의 얼굴을 보며 말했다.

"미즈시마 씨가 살해당하기 전날, 선생께서 그분을 만나셨다던데요. 그것도 일부러 집에까지 찾아가서."

질문을 한 순간 히다 슌스케의 얼굴에 낭패한 표정이 살짝 어렸다. 그리고 이어진 그의 대답 역시 무척 부자연스러웠다.

"내가 그, 그랬었나? 워낙 바쁘다 보니 언제 누구와 어디서 만났는지도 종종 까먹곤 합니다. 하하."

"요 며칠 전 일인데요?"

"며칠 전의 일은 잊어버려도 괜찮다는 게 제 주의입니다."

그러면서 히다는 입술의 긴장을 약간 풀었다.

"아, 생각났어요. 맞아요. 미즈시마 씨를 만났습니다. 보존위원회 일로 협의할 것이 좀 있었어요."

"시장님 얘기로는 위원회 건으로 두 분이서만 만날 일은 없을 거라던데요."

그렇게 말하자 히다는 소리 내지 않고 조용히 웃었다.

"히노 씨는 자신이 리더라고 생각하지만, 우리는 그의 편의대로 움직이는 사람들이 아닙니다. 각자 나름의 생각이 있어요."

"그 생각이라는 것이 무언지 물어도 되겠습니까?"

"죄송합니다만 그렇게 이것저것 떠들어 대서는 기념관 보존 위원회를 유지할 수 없어요. ……이봐, 차는 아직 멀었나?"

그가 아오노 쪽을 쳐다보며 재촉했다.

"네, 지금 갑니다."

아오노가 찻잔을 쟁반에 받쳐 들고 왔다. 컵에서는 민트향이 올라왔다. 나는 고맙다고 말하며 찻잔을 받아 들었다.

"혹, 밀실 살인이라는 표현을 아십니까?"

민트티를 한 모금 마시고 나서 물었다.

"밀실 살인이라."

히다는 그 말을 되뇌더니 고개를 저었다.

"모르겠는데요. 들어 본 적 없는 말입니다. 어떤 의미인가요?"

"출입이 불가능한 방에서 살인이 일어나는 것을 뜻합니다. 시체는 있는데 범인이 어떻게 탈출했는지 알 수 없는."

"마술이군요."

"뭐, 그렇게 볼 수도 있지요. 정말로 모르셨습니까?"

"몰랐어요. 그런데 그게 어쨌다는 건가요?"

히다는 차를 한 모금 마시더니 "좀 떫군." 하며 떨떠름한 표정으로 아오노를 봤다. 아오노는 죄송하다며 쟁반을 든 채 고개를 숙였다.

나는 히다의 관심이 내게 돌아오도록 헛기침을 하고는 말했다.

"미즈시마 유이치로 씨는 그런 마술 중 한 가지를 알고 있었습니다. 그리고 범인은 그것을 이용해 유이치로 씨를 살해했습니다. 마음에 걸리는 것은 누가 미즈시마 씨에게 그 마술을 가르쳐 주었냐는 겁니다. 그래서 미즈시마 씨의 스케줄을 점검하다 보니 선생님 이름이 나온 겁니다."

"그러니까, 내가 가르쳐 줬다? 미안하지만 그런 사실이 없어요. 나는 마술 따위에는 흥미가 없어."

그렇다면 미즈시마와 무슨 얘기를 나누었는지 물어보려다 그만두었다. 물어봤자 다람쥐 쳇바퀴 도는 꼴이 될 게 분명했기 때문이다.

나는 다시 민트티를 한 모금 마셨다.

"선생께서는 왜 보존 위원회에 들어가신 건가요?"

"글쎄요, 무엇보다도 호기심 때문이지요. 이런 직업을 가진 사람들의 특성입니다. 본능이라 해도 좋고요. 이 마을의 뿌리를 알고 싶다는 순수한 생각이 있었습니다."

"소설에 활용하려는 생각은요?"

"물론 있었지요."

"어떤 형태로 말입니까?"

"그건 말 못해요. 영업상의 기밀입니다."

히다 슌스케는 몸을 흔들며 웃었다. 질문의 방향을 바꾸기로 했다.

"선생께서 쓰시는 작품은 사회파 소설이지요?"

"그렇게들 말합니다."

"살인 사건을 다루는 경우도 있나요?"

"필요에 따라서는요."

"그럼 살인의 수수께끼를 테마로 한 소설을 고려해 본 적이 없습니까? 예를 들어 누가 살해했는지, 또는 어떻게 살해했는지, 그런 것을 추리하는 소설 말입니다. 저는 그런 것을 본격 추리 소설이라고 부릅니다만."

그런 적은 없어요, 라는 반응을 예상했는데 히다 슌스케는 그러지 않았다. 왠지 당황한 듯한 표정으로 아오노를 쳐다보더니 불안한 듯 허공을 바라봤다. 그리고 이렇게 물었다.

"그런 걸 왜 묻죠?"

"이 마을에는 그런 소설이 없기 때문입니다. 있어야 당연한데 어디에도 없습니다. 아무리 생각해도 부자연스러운 일입니다. 그래서 실제 작가에게 물어보는 겁니다."

히다 슌스케는 웬일인지 대답을 못하고 전전긍긍했다. 왜 그러는지 알 수가 없었다.

그때였다. 안쪽 방에서 전화가 울렸다. 히다 슌스케가 아오노에게 눈짓을 하자 아오노는 문을 열고 안쪽 방으로 사라졌다.

"재미있는 발상이군요."

히다는 내 얼굴을 바라보며 말했다.

"선생이 어째서 그런 생각을 하게 됐는지, 저는 오히려 그 점에 관심이 가는군요."

'그건 내가 다른 세계에서 왔기 때문이지.'라고는 차마 말할 수 없어 가만히 있었다.

옆방에서 아오노의 목소리가 들려왔다.

"그래, 시라이시. 지금 어디 있어? 아 그래, 잠깐 기다려."

그러더니 다시 문이 열리고 아오노가 얼굴을 내밀었다.

"시라이시 전화입니다. 선생님께 여쭤 보고 싶은 것이 있다 는데요."

"그럼 잠깐 실례."

히다는 내게 양해를 구한 뒤 옆방으로 들어갔다. 동시에 아 오노는 그 방에서 나왔다.

"시라이시라는 사람도 히다 선생의 문하생인가요?"

"그렇습니다. 저와 시라이시, 그리고 아까 여기 있던 아카 기, 이렇게 셋은 대학 문학 동호회의 멤버였습니다."

뚱뚱한 청년 이름이 아카기였군, 하고 나는 생각했다.

"아아 그래, 날세. 어때, 찾았나?"

히다의 목소리가 옆방에서 들려왔다.

"없어? 그럴 리가 있나. 좀 더 범위를 넓혀서 찾아보게."

"시라이시는 선생님 지시로 자료를 찾으러 나갔습니다."

아오노가 작은 목소리로 말했다.

"다음에 쓰실 소설 때문에요."

"댁들은 왜 히다 선생의 문하생으로 있는 거죠?"

"그야…… 물론 선생님의 팬이었기 때문이죠. 게다가 지금 제일 인기 있는 작가고 힘도 있으니, 선생님만 따라가면 작가의 길도 쉽게 열리지 않을까 싶어서……."

그렇게 말하는 그의 말투에서 뭔가 망설임이 느껴졌다.

남은 민트티를 마저 마시려 했을 때였다. 돌연 히다의 목소리가 높고 날카로워졌다.

"으악, 뭐야 너."

그러고는 쾅 하는 큰 소리가 났다. 바닥에 뭔가가 쓰러진 것 같았다.

"선생님!"

아오노가 문을 열었다. 하지만 그는 안으로 들어가려다 말고 입구에 선 채 "으악." 하고 소리 지르고는 뒤로 물러섰다. 아오노를 밀치고 방 안을 들여다본 나는 그 처참한 광경에 온몸이 얼어붙는 듯했다.

높이 쌓여 있던 책들이 무너져 바닥에 작은 산을 이루었고 그 위에 히다 슌스케가 쓰러져 있었다. 그의 이마에는 화살이

박혀 있고, 거기서 나온 엄청난 양의 피가 폭포처럼 그의 얼굴에 흐르고 있었다.

"선생님!"

"손대지 말아요."

나는 달려드는 아오노를 제지했다.

주위를 둘러보니 방 한쪽에 있는 유리문이 활짝 열린 채 흰 레이스 커튼만 바람에 날리며 흔들리고 있었다. 나는 급히 그쪽으로 달려갔다.

유리문 밖에도 복도가 있었다. 그 복도 역시 다른 2층 방들로 이어져 있는 것 같았다. 그리고 바닥에는 소형 석궁이 떨어져 있었다.

2층의 높이를 감안할 때 범인이 2층 복도에서 아래로 뛰어내리기는 힘들 것으로 판단됐지만 나는 바깥쪽에 펼쳐진 숲도 살펴봤다. 나무가 드문드문 심겨 있어 범인이 몸을 감추기 힘들 것 같았다. 그렇다면 범인은 유리문 밖 복도로 뛰어서 도망갔다는 얘기다.

나는 부리나케 유리문 밖 복도로 나갔다. 그때 뒤에서 아오노가 말했다.

"저도 가겠습니다."

"그러면 오른쪽으로 가세요. 저는 이쪽으로 가겠습니다."

그러면서 나는 왼쪽으로 돌아 달려갔다.

복도를 따라 달리며 그곳에 면한 창과 유리문을 일일이 점검했다. 모두 다 잠겨 있었다. 아마도 해외여행 중인 히다 슌스케의 가족이 떠나기 전에 문이란 문은 모조리 잠가 놓은 것 같았다.

복도를 좀 더 달리다가 아오노와 마주쳤다.

"아, 덴카이치 씨. 누가 있던가요?"

"아니, 아무도 없어요."

아오노의 표정으로 보아 그쪽이 어땠는지 물을 필요조차 없다고 생각한 나는 아오노가 지나온 길을 다시 한 번 점검했다. 하지만 역시 사람이라고는 그림자도 없었다. 이쪽 역시 열려 있는 창이나 문은 전혀 없었다. 결국 나는 원래 출발한 장소, 그러니까 히다 슌스케가 살해된 방으로 되돌아오고 말았다. 그 방을 가로질러 안쪽 복도로 나갔다.

"무슨 일 있습니까?"

아래서 목소리가 들렸다. 1층 복도에 아카기가 서 있었다.

"언제부터 거기 있었죠?"

"방금 전에 나왔습니다. 위에서 요란한 소리가 들려서 무슨 일인가 하고요."

"혹시 누구 지나간 사람 없어요?"

"없는데요."

아카기가 고개를 저었다.

그때 뒤쪽의 서고에서 미도리가 나왔다.

"무슨 일이에요?"

나는 대답하지 않고 안쪽 복도를 뛰어다니며 그곳의 문들을 하나하나 점검했다.

만일 바깥쪽 복도에 면한 창문 중 하나라도 잠겨 있지 않은 것이 있었다면 범인은 그곳을 통해 방 안으로 들어온 뒤 창문을 잠그고 방을 가로질러 안쪽 복도로 나올 수도 있었을 것이다. 그럴 경우 안쪽 복도에 면한 문은 잠글 수 없었을 것이고.

하지만 안쪽 복도에 면한 여덟 개의 문은 모두 잠겨 있었다.

"범인이 사라졌어······."

나는 더부룩한 머리를 벅벅 긁어 댔다.

3

사건 관련자의 증언을 다 듣고 난 오가와라 경감은 내 얼굴을 쳐다보며 긴 한숨을 내쉬었다.

"도대체 이게 무슨 일이야. 불과 며칠 사이에 살인 사건이 두 건이라니. 더구나 모두 자네가 찾아간 상대야. 이런 우연이 있을 수 있는 거야?"

"그렇게 말씀하시면 곤란하죠. 저도 이만저만 당황스러운

게 아니라고요. 괴롭습니다."

"정말 그래?"

경감은 의미심장한 표정으로 내 얼굴을 들여다봤다.

"아니면, 어떻다는 겁니까?"

"그거야 나도 모르지. 하지만 왠지 자네가 사건을 몰고 다니는 느낌이란 말이야."

"무슨 그런 말도 안 되는 소리를."

"나도 말이 안 된다고 생각은 해. 하지만 먼젓번 사건 때 깨달은 게 있어서 말이지."

경감은 턱을 문지르며 말했다.

"이 마을 사람들에게는 태어날 때부터 정해진 각자의 역할이 있다 이거야."

"저는 외부인인데요."

경감의 말을 일축하며 나는 살인 현장으로 통하는 문을 가리켰다.

"이제 들어가도 됩니까?"

"음, 그래."

현장에서는 사체를 처리하는 중이었다. 이마에는 여전히 화살이 박힌 채였다.

"잠깐만요."

나는 사체를 운반해 나가려는 경관을 불러 세웠다. 그리고 수염으로 덮인 히다 슌스케의 입 주위에 손을 대 보았다. 얼굴 가득 흘러내린 피가 이제는 꽤 굳어 있었다.

"이봐, 시체에 함부로 손을 대면 어떡해!"

"잠깐이면 돼요."

나는 히다의 입술에 붙어 있던 것을 손가락 끝으로 떼어 냈다. 하얗고 가느다란 솜털 같은 물체였다.

"뭐야, 그건?"

경감이 내 손끝을 들여다보았다.

"모르겠어요. 일단 조사를 좀."

그러면서 경감의 손바닥에 그 물체를 올려놓았다.

경감이 부하에게 조사하라며 건네주는 모습을 곁눈으로 보면서 나는 유리문 쪽으로 갔다. 석궁은 이미 경찰이 수거해 간 것 같았다.

건물의 담 너머는 숲이다. 그 숲 속을 수사관 여러 명이 샅샅이 훑고 있는 모습이 눈에 들어왔다. 간혹 누군가가 큰 소리를 지르기도 했다.

"숲 쪽으로 도망갔을 것이라고 보시나요?"

오가와라 경감을 돌아보며 물었다.

"당연하지. 자네들이 바깥쪽 복도 주위를 뒤졌지만 범인은 없었잖아. 그렇다면 시간적으로 볼 때 석궁으로 히다 씨를 쏜 뒤 복도에서 뛰어내렸다고 볼 수밖에 없지 않은가."

"하지만,"

나는 숲을 내려다보며 말했다.

"2층이긴 해도 여긴 제법 높아요. 이 복도에서 뛰어내리면 잘해야 삐는 정도고 잘못하면 부러져요. 그렇게 되면 도망가는 건 무리 아닐까요?"

"운이 좋은 놈인가 보지."

"아니요. 범인은 두려워했을 겁니다. 다치면 뛰어 도망갈 수 없다는 생각을 하지 않았을 리 없어요."

"생각이 얕은 놈이겠지."

"설사 무사히 뛰어내렸다고 해도 우리가 곧바로 창밖을 내다봤기 때문에 도망치는 걸 못 봤을 리 없어요."

"발이 빠른 놈이겠지."

경감의 경박함에 말문이 막혀 멍하니 있는데 부하 형사 하나가 들어왔다.

"경감님, 피살자의 문하생인 아오노가 흥미로운 얘기를 하는데요."

"뭐? 어서 데려와!"

형사는 밖으로 나가 새파랗게 질려 있는 아오노를 데리고 돌아왔다.

"무슨 얘기야?"

오가와라 경감이 소리치듯 묻자 아오노는 안 그래도 빈약한 어깨를 한층 더 움츠렸다. 그리고 덜덜 떨며 치켜뜬 눈으로 경감을 보더니 나를 한 번 쳐다보고 다시 경감 쪽으로 눈을 돌렸다.

"그게, 저…… 이 형사님이 뭔가 짚이는 게 없냐고 물으셔서…… 예를 들어 선생님에게 원한을 품은 사람이나……."

"그래서, 짚이는 게 있다는 말인가?"

"원한이라고 할 정도는 아니지만,"

그러고서 아오노는 또 나를 쳐다봤다.

"사실은 요즘 아카기 녀석이 술만 마시면 선생님을 죽여 버리겠다고……."

"뭐, 죽여 버린다고? 정말이얏!"

경감이 눈을 부라렸다.

"아카기란 녀석이 그 뚱뚱한 문하생이지?"

그 물음에 아오노는 가느다란 목을 움츠리며 고개를 끄덕였다.

"선생님께서 아카기의 소설이 형편없다고 호되게 나무라면서 당장 고향으로 내려가라고 하신 적이 있어요. 그래서 원한을 품었던 것 같습니다. 오늘도 새 작품을 보여 드렸는데 또 엄청 혼나고. 덴카이치 씨도 들으셨겠지만요."

"그렇게 한이 맺혔다면 문하생을 그만두면 되는 거 아닌가?"

경감이 너무도 당연한 말을 했다.

"그게 가능했다면 이렇게 고생할 필요도 없었겠죠. 그런데 전에 아카기가 혼자 힘으로 데뷔하려 했더니 선생님이 손을 써서 출판을 중지시켜 버렸습니다. 아카기는 이럴 줄 알았다면 문하생 따위는 하지 않았을 거라고 여러 번 말했어요. '독자였을 때는 존경했는데.'라면서요."

"음, 그 인내의 끈이 결국 끊어져 버렸다는 거군."

"네. 그리고."

아오노가 얘기를 계속했다.

"그 석궁은 1층 자료실에 있던 물건인 것 같습니다. 아카기는 사건이 일어나기 직전까지 1층 서고에서 책을 정리하고 있었고, 자료실은 서고 바로 옆에 있어서……."

"그거야!"

경감은 손뼉을 치며 부하에게 명령했다.

"아카기를 철저히 취조해 봐."

경감과 부하들이 밖으로 나간 후 나는 굳은 표정의 아오노에게 물었다.

"자네들은 동료 아닌가. 그렇게 고자질하고도 마음이 편해?"

"동료가 아닙니다. 라이벌이지."

"그리고, 아카기는 계속 미도리와 같이 있었잖아."

"그래도 마음만 먹으면 미도리 양 몰래 석궁을 훔치는 것쯤 식은 죽 먹기일 것 같은데요. 서고가 얼마나 넓은지 아세요?"

나는 한숨을 내쉬고는 다시 한 번 방 안을 둘러봤다. 여전히 책들이 어지럽게 흩어져 있었다. 하지만 왠지 모를 위화감이 느껴졌다. 처음 이 방에 들어와서 시체를 발견했을 때와는 뭔가가 다르다.

"저 책장 말이야, 저것밖에 없었나?"

"네? 무슨 말씀인지……."

"책장 말이야. 히다 선생이 쓰러져 있던 곳 조금 뒤에 있던 거. 아까 봤을 때는 책이 더 많이 꽂혀 있었던 것 같은데."

"그런가요?"

아오노는 별 관심 없는 얼굴로 책장을 바라본 뒤 "그랬었 나."라고 뜨뜻미지근하게 말했다.

나는 방을 나와 안쪽 복도를 돌아보았다. 만일 범인이 2층 어느 방인가의 열쇠를 갖고 있었다면 그 방으로 들어가 다시 바깥쪽 복도로 나와서 히다 슌스케의 집필실에 침입하는 것은 그리 어렵지 않은 일이다. 히다 슌스케를 살해한 후에는 자신이 나왔던 문으로 들어가 그것을 안에서 잠근 뒤 안쪽 복도로 나와 열쇠로 그 문을 잠그면 감쪽같을 것이다. 그럴 경우 안쪽 복도로만 나온다면 이 집을 탈출하는 게 가능할 것인가.

1층 서고에는 아카기와 미도리가 있었다. 아카기는 2층에서 떠들썩한 소리가 나자 바로 방에서 나왔다고 하니 범인이 안쪽 복도에 있었다면 그의 눈에 띄지 않을 수가 없다. 또 대문에 붙어 있는 쪽문은 늘 잠겨 있다. 문 안쪽에서도 열쇠로 열어야 밖으로 나갈 수 있다. 그러니 범인이 도망치려면 쪽문 열쇠도 갖고 있어야 한다.

나는 이런저런 생각을 하면서 1층으로 내려갔다. 1층에도 경찰과 형사들이 바쁘게 움직이고 있었다.

"저는 내내 여기 있었습니다. 정말이에요, 믿어 주세요."

서고 쪽에서 목소리가 들려 돌아보니 얼굴이 새빨갛게 된 아카기가 필사적으로 항변하고 있었다.

"책을 정리하고 있었다고요. 한 발자국도 밖으로 나가지 않았어요."

그는 속이 타는 듯 두 손을 휘휘 저어 댔다.

"사실인가요, 아가씨?"

오가와라 경감이 미도리에게 물었다.

그녀는 고개를 끄덕했다.

"사실이에요. 아카기 씨는 저와 쭉 함께 있었어요."

"음……."

경감이 떨떠름한 표정으로 형사를 노려봤다. 아오노의 말에 놀아난 꼴이 되어 모양이 우스워졌기 때문일 것이다.

그때 서고 한구석에 놓인 전화가 울렸다. 형사 하나가 수화기를 들고 두세 마디 하더니 오가와라 경감을 보고 말했다.

"경감님, 히다 씨 부인인데요."

그러자 경감은 더욱더 음울한 얼굴이 되어 전화기 쪽으로 다가갔다. 누구라도 피해자의 부인과는 얘기하고 싶지 않은 법이다.

나는 미도리에게 괜찮으냐고 물었다. 미도리는 파랗게 질린 얼굴로 고개를 끄덕였다.

"그럼 오늘은 이만 돌아가지. 시장님도 걱정하고 계실 테니."

그렇게 말하고 그녀의 등에 가볍게 손을 대려 할 때였다. 돌연 그녀가 내 얼굴을 올려다봤다.

"이건 저주예요."

"뭐?"

"저주라고요. 기념관에 봉인돼 있던 것이 풀리면서 모두에게 저주가 내리기 시작한 거예요. 그걸, 그걸 어떻게든 막아야 해요."

"미도리!"

"어떻게든 하지 않으면, 어떻게든 하지 않으면……."

그러더니 미도리는 인형처럼 스르르 눈을 감았다. 그녀의 온몸에서 힘이 빠져나가는 것이 느껴졌다. 나는 무너져 내리는 그녀를 간신히 부둥켜안았다.

4

정수리 부분에는 머리카락이 한 가닥도 없고 옆머리와 뒷 부분에만 백발이 수북한 의사는 시계를 보며 미도리의 맥박 을 잰 뒤 돋보기안경을 벗었다.

"잠깐 실신한 것 같군요. 걱정할 필요는 없지만 두세 시간 정도 재우는 게 좋겠습니다."

"폐를 끼치게 됐습니다."

히노 시장이 고개를 숙였다.

여기는 병실이다. 갑자기 기절한 미도리를 데리고 온 것은 약 30분 전. 그 사이 시장에게 연락해서 오라고 했다.

의사가 나가자 시장은 내게도 고개를 숙였다.

"이거 정말, 너무 큰 폐를 끼쳤습니다."

"무슨 말씀을요. 이틀 사이에 살인 사건을 두 번이나 겪었 으니 쇼크를 받지 않는 게 이상하죠."

"정말 충격입니다."

시장은 고개를 저었다.

"미즈시마 씨 얘기를 한 게 오늘 아침인데, 이번에는 히다 씨가……. 정말 믿어지지가 않습니다."

"미도리 양은 저주 때문이라고 하던데요."

미도리의 잠든 얼굴에 눈을 고정시킨 채 내가 말했다.

"아이의 생각일 뿐입니다."

시장은 쓴웃음을 짓고는 양복 안주머니에 손을 넣으려다가 멈칫했다. 담배를 꺼내려고 했던 것 같다.

"휴게실로 가시죠."

나는 시장과 함께 휴게실로 내려갔다. 하지만 그곳 역시 금연으로 되어 있는 것을 보고 시장은 매우 낙담했다. 우리는 자동판매기에서 인스턴트커피를 뽑아 질서 정연하게 배치되어 있는 테이블 중 한 곳에 가서 앉았다.

"이번 사건은 어느 범주에 넣을 수 있습니까, 역시 밀실인가요?"

시장은 흥미진진해하는 구경꾼의 얼굴로 물었다.

"범인이 어떻게 빌라도 하우스에서 탈출했느냐를 따진다면 밀실 사건이라고 할 수도 있겠죠. 하지만 실제로는 공간 자체가 상당히 오픈되어 있기 때문에 밀실이라는 말의 이미지와는 맞아 떨어지지 않습니다."

"그럼 뭐라고 불러야 할까요?"

"글쎄요……."

잠시 생각한 끝에 나는 이렇게 말했다.

"인간 소실 사건, 그렇게 부르는 것이 적절하지 않을까 생각합니다만……."

"인간 소실!"

182

시장은 이 단어를 몇 번 소리 내어 말하고는 입속으로도 몇 번이나 중얼거렸다. 그리고 빙긋 웃으며 고개를 끄덕였다.

"괜찮은데요."

감탄한 듯한 말투였다.

"건물을 둘러싼 복도에서 범인이 홀연히 자취를 감췄으니 그야말로 소실이지. 그거 괜찮은데."

나는 쓴웃음을 지으며 커피를 마셨다. 호칭 따위는 아무래도 좋다고 생각하면서도 나 역시 어쩐지 인간 소실이라는 표현이 마음에 들었다.

"그래서, 덴카이치 씨의 추리는?"

시장이 몸을 내 쪽으로 들이밀며 물었다.

"글쎄요, 지금부터 해 봐야지요. 하지만 범인이 복도에서 1층으로 뛰어내렸을 거라는 오가와라 경감의 주장에는 동의할 수 없습니다."

"동감이에요. 로프를 사용했다면 흔적이 남을 것이고, 또 탐정께서 그 모습을 보지 못했을 리 없어요."

"복도에서 뛰어내리지 않았다면 범인의 도주로는 하나밖에 없습니다. 안쪽 복도로 넘어간 뒤 아카기 군의 눈을 피해 1층으로 내려가 쪽문으로 탈출한 거죠. 담은 너무 높아서 뛰어넘을 수 없습니다."

"그렇다면 역시 2층에 있는 방들 중 하나를 가로질러 갔다는 얘기군요."

"그런데 아무래도 그건 불가능한 것 같습니다."

"왜요?"

"미도리 양이 쓰러지기 전에 해외여행 중인 히다 씨의 부인 한테서 전화가 왔습니다. 경감이 받았는데, 부인 말이 2층 방 열쇠를 다른 사람이 가지고 있을 가능성은 절대로 없다고 하더랍니다. 그렇게 부주의한 일은 있을 수 없다고요."

"그거야 본인들은 그랬겠지만, 범인이 틈을 보아 열쇠를 복제해 놓았을 수도 있지요."

"그렇다면 범인은 내부 사람이라는 얘기군요. 그렇지 않으면 그럴 기회조차 없을 테니까요."

내 지적에 시장은 허를 찔렸다는 듯 입을 반쯤 벌렸다. 그러더니 그 반듯한 얼굴을 서서히 웃음으로 무너뜨렸다.

"문하생들에게는 알리바이가 있지요?"

"히다 슌스케 씨가 살해될 당시 아오노 군은 저와 함께 있었습니다. 그리고 아카기는 미도리 양과 함께였던 것 같습니다."

"문하생이 한 명 더 있지 않나요?"

"네, 시라이시라는 친구인데 아직 만나지 못했어요."

"그 사람도 알리바이가?"

"히다 슌스케 씨가 살해되기 직전에 통화했던 상대가 시라이시 군입니다."

"그럼 알리바이가 있군요."

시장은 커피를 다 들이켜고는 한숨을 크게 쉬었다.

"무책임하고 경망스럽다고 할지 모르겠지만, 저 개인적으로는 탐정께서 이 수수께끼를 어떻게 푸는지, 참으로 관심이 많습니다."

"글쎄요. 과연 풀 수 있을지……."

"덴카이치 탐정이라면 할 수 있습니다. 범인이 만들어 낸 인간 소실이라는 수수께끼를 반드시 풀어낼 겁니다."

"최선을 다하겠습니다."

그러면서 나는 빈 종이컵을 오른손으로 꽉 쥐어 구겨뜨렸다.

"그건 그렇고, 히다 씨가 미즈시마와 만난 이유는 알아냈습니까?"

시장이 물었다.

"아니요. 결국 그 얘기는 듣지 못했습니다."

나는 히다 슌스케와 나눈 대화의 내용을 시장에게 자세히 보고했다.

"그랬군요."

히노 시장은 쓸쓸한 표정을 지으며 의자에 몸을 기댔다.

"그 사람들이 도굴과 관계가 있을까요?"

"그럴지도 모릅니다. 두 사람이 나눈 대화가 그것과 관련된 것이었는지도."

"그렇군요."

시장은 다시 양복 안주머니에 손을 넣으려다 그만뒀다. 니코틴이 몹시 부족한 것 같았다.

"빌라도 하우스로 돌아가 보겠습니다."

나는 그렇게 말하고 자리에서 일어섰다.

5

빌라도 하우스에 도착해 보니 문 앞에 사람들이 몰려서 있었다. 문 안쪽에 있는 경찰관에게 내가 누군지 설명하자 문을 열어 줬다.

히다 슌스케의 방에는 오가와라 경감을 비롯한 경찰 관계자들이 여태껏 남아 있었다. 경감은 한 젊은이와 얘기를 나누는 중이었다. 젊은이는 보통 체격에 흰색 셔츠를 입고 있었다. 빡빡 깎은 머리에 피부가 반들반들해서 삶아서 껍질을 벗긴 달걀이 연상되었다.

얘기를 마친 젊은이는 경감에게 인사를 한 뒤 고개를 푹 숙그리고 방을 나갔다. 이쪽으로는 눈길조차 주지 않은 채. 내 옆을 지나가는데 희미하게 비누 냄새가 났다.

"시장님 따님은 좀 어떤가?"

나를 본 오가와라 경감이 물었다. 불과 몇 시간 전까지 히다 슌스케가 앉아 있던 안락의자에 거만하게 앉은 채였다. 대담한 건지 둔한 건지 잘 모르겠다.

"지금 자고 있습니다. 가벼운 실신이라고 하네요."

"그래? 별일 아니어서 다행이군."

"그런데, 방금 그 사람, 혹시 시라이시라는 문하생인가요?"

"그래. 좀 전에 돌아왔기에 일단 얘기를 좀 들어 봤어. 사건이 발생한 시각에 고서점 거리에 있는 공중전화 부스에 있었다고 하더군. 히다와 통화하던 중에 갑자기 전화가 끊어졌는데 다시 걸었더니 아무도 전화를 받지 않기에 서둘러 돌아왔대."

"그 고서점 거리라는 곳은 여기서 얼마나 걸리나요?"

"차를 타면 10여 분. 하지만 시라이시는 자전거를 타고 왔다고 하더군. 그래서 한 시간이나 걸린 거겠지."

"사실인지 확인하기는 어렵겠군요."

"그건 그래. 하지만 피해자와 통화하면서 동시에 석궁을 쏠 수는 없겠지."

이 세계에는 휴대 전화라는 것이 없다는 사실을 나는 이미 알고 있었다.

그때 옆방, 즉 살해 현장이 된 히다 슌스케의 집필실에서 무슨 소리가 났다. 사람들의 말소리도 들려왔다.

"아직도 현장 검증 중인가요?"

경감은 고개를 살래살래 저었다.

"출판사 직원이라는 사람이 와 있어. 찾을 물건이 있다나봐. 형사 입회하에 찾고 있지."

"찾을 물건요?"

"원고래. 소설."

"원고……."

나는 얼른 문을 열고 안을 들여다봤다. 약간 뚱뚱한 남자가 셔츠 소매를 걷어붙이고 책상 서랍을 뒤지고 있었다. 옆에 서 있는 형사의 얼굴에 짜증이 가득했다.

"원고를 찾았나요?"

남자의 등 뒤에 대고 물으니 그는 뒤를 돌아보며 고개를 저었다.

"누구시죠?"

"아, 저는 덴카이치라는 사람입니다. 탐정이죠."

"덴카이치 탐정……."

확인하듯 되뇌며 남자는 고개를 갸웃거렸다.

"덴카이치……, 덴카이치? 어!"

"왜 그러시죠?"

"잠깐만요."

그는 옆에 있는 의자에 걸쳐 놓았던 웃옷 주머니에서 수첩을 꺼내 그 안에 끼워져 있던 흰 종이를 펼쳤다. 그리고 잠시 그것을 들여다보더니 "앗!" 하고 놀라는 소리를 내며 몸을 뒤로 젖혔다.

"왜 그러시죠? 제 이름에 무슨……."

"실례했습니다. 저, 이런 사람입니다. 히다 선생의 담당 편집자요. 아니, 편집자였습니다, 라고 하는 게 정확하겠군요."

그러면서 그는 명함을 건넸다. 모르는 출판사 이름 옆에 우도가와 나니가시라는 이름이 인쇄되어 있었다.

"원고를 찾으신다고요."

나는 네모난 명함과 우도가와의 둥그런 얼굴을 번갈아 보다가 그렇게 물었다.

"에에, 그렇습니다. 어딘가에 있을 거예요. 꼭 찾아야 하는데."

작가가 살해됐는데 원고부터 신경 쓰는 프로 의식이라니, 참으로 어처구니가 없다. 세계가 달라도 편집자의 체질은 똑같은가 보다.

"아하, 작품을 의뢰한 모양이군요. 하지만 다 쓰셨는지 어떤지는 모르지 않습니까?"

오늘이 마감일이라 하더라도 원고가 완성됐으리라는 보장은 없다는 것이 내가 전에 속했던 세계의 상식이다.

"아니요, 원고는 분명히 있을 겁니다."

우도가와가 단언했다.

"어떻게 확신하시죠?"

"어제 전화를 받았거든요. 꽤 많이 썼으니 2, 3일 있다가 써 놓은 부분부터 찾아가라고."

"그럼 완성 원고가 아니겠군요. 그래도 상관없나요?"

"물론입니다."

그는 편집자 특유의 표정을 지으며 말했다.

"히다 선생님이 돌아가셨기 때문에 다음 달 호는 분명히 추도 기획이 중심이 될 겁니다. 거기에는 반드시 선생님의 작품이 필요하고요. 미완성이라도 상관없습니다. 아니, 미완성 쪽이 더 드라마틱하지요. 설사 완성된 원고가 발견된다 하더라도 우선은 3분의 2 정도를 미완성 원고라면서 발표하고, 얼마 후에 '완성 원고 발견'이라는 제목을 내세워 다시 한 번 발표하는 방법을 사용하고 싶은데요."

"허어……."

어이가 없다 못해 감탄스럽기까지 했다. 정말 대단하다고 생각하며 편집자의 얼굴을 바라보았다.

"그러기 위해서는,"

우도가와가 주위를 두리번거렸다.

"무슨 일이 있어도 오늘 선생님의 원고를 찾아서 가지고 돌아가야 하는데······."

"원고 분량이 얼마나 되나요?"

"100매 이상은 된다고 하셨어요. 제복은 '사면관(斜面館) 살인 사건'이고요."

"살인 사건?"

마치 처음 듣는 단어인 양 신선한 느낌이 들었다.

우도가와는 좀 전에 펼쳐 보던 종이를 팔랑거렸다.

"이게 히다 선생님이 미리 보내 주신 소설 개요인데, 이렇게 쓰여 있습니다."

그는 종이에 적힌 내용을 읽어 내려가기 시작했다.

산 경사면에 세워진 서양식 건물이 무대. 어느 날 밤 이곳에서 파티가 열린다. 건물 주인의 오랜 지인과 지역 명사들이 모인 파티가 어느덧 막을 내리고 손님 대부분이 집으로 돌아간 후 가까운 몇몇 사람만 남아 다시 술을 마시기 시작한다. 그러던 중 그 건물과 마을을 연결하는 길이 누군가에 의해 파괴되고 전화선마저 절단되어 사면관은 완전히 고립된다. 거기에 폭설까지 내린 상황. 그런 가운데 손님 한 명이 행방불명된다. 한참을 찾아다닌 끝에 그 손님은 산꼭대기에서 살해된 채 발견된다. 건물에는 케이블카가 설치되어 있는데, 그걸 타면 산 정상에 올라갈 수 있지만 왕복하는 데만 수십 분이 걸린다. 손님 중 그렇게 긴 시간 동안 알리바이가 없는 사람은 없다. 그렇다면 범인은 누구인가. 도대체 어떻게 살해했을까…….

여기까지 단숨에 읽은 우도가와는 내 반응을 살피는 듯한 눈으로 나를 보았다.

이건 본격 추리 소설이다, 라는 생각이 들었다. 이 마을 도서관에는 단 한 권도 존재하지 않는, 그래서 본격 추리 소설이라는 개념조차 없다고 여겨지는 이 세계에서 히다 슌스케는 그런 소설을 쓰고 있었단 말인가. 사회파인 그가, 왜?

"그래서 말이죠, 이 수수께끼를 푸는 인물이 바로 주인공인데, 그 남자 이름이 이겁니다."

우도가와는 개요가 적힌 종이의 한 부분을 가리키며 나를 쳐다보았다.

거기에는 다음과 같은 문장이 있었다.

'마침 그 파티에 참석했던 탐정 덴죠이치(天上一)가 이 수수께끼에 도전한다.'

뭐? 나도 모르게 그 부분을 다시 읽었다.

"덴죠이치?"

"그러게 말입니다. 이름이 덴카이치(天下一)라고 하셨죠. 이건 단순한 우연이 아닙니다. 필시 탐정님의 이름에서 생각해냈을 겁니다. 히다 선생님과는 전부터 알고 지내던 사이였나요?"

"아니요. 오늘 처음 뵈었습니다. 만날 약속도 오늘 아침에야 했고요."

"그렇군요. 그럼 어딘가에서 탐정님 이름을 들으신 건가?"

우도가와가 고개를 갸우뚱거린다.

"그렇겠지요."

그렇게 말하고는 바로 생각이 났다. 신문이다.

히노 시장도 신문에서 나를 알게 되었다고 했다. 분명 이런 기사였을 것이다.

'덴카이치 탐정의 뛰어난 추리력으로 가베카미 가문 살인 사건 해결되다.'

이 기사를 히다 슌스케도 읽었을지 모른다. 그래서 본격 추리 소설을 쓰면서 내 이름을 살짝 고쳐 주인공으로 삼은 것이리라.

그런데 그 이야기를 해 주자 우도가와는 의아하다는 표정을 지으며 고개를 비틀었다.

"가베카미 가문 살인 사건이라, 그런 게 있었나? 저는 신문을 구석구석 꼼꼼히 읽는 편인데, 그런 기사는 기억나지 않는데요."

"하지만 저는 제 눈으로 분명히 봤습니다."

"그래요? 그럼 제가 빠뜨리고 못 봤나 보군요."

그러면서 우도가와는 여전히 납득이 가지 않는다는 표정을 지었다.

"그보다,"

내가 말을 이었다.

"히다 씨는 언제부터 그런 타입의 소설을 쓰게 된 거죠? 그러니까, 살인 사건에 얽힌 불가해한 수수께끼를 푸는 식의 소설 말입니다."

"그야 이번이 처음이죠. 그런 타입의 소설은 지금까지 그 어디에도 없지 않았습니까. 탐정님도 읽은 적 없으시죠?"

"그렇다면 히다 씨가 그런 종류 소설의 개척자인 셈이군요."

"바로 그겁니다."

내가 제대로 알아들었다는 듯, 그는 고개를 크게 끄덕였다.

"이 작품이 발표되면 세상이 깜짝 놀랄 겁니다. 완전히 새로운 소설의 탄생이니까요. 히다 선생님의 이름은 문학계에 오래도록 남을 겁니다."

여기까지 단숨에 내뱉은 뒤 우도가와는 갑자기 의기소침해졌다.

"아아, 그런데 선생님이 살해되시다니, 이게 도대체 무슨 날벼락입니까. 이건 엄청난 손실이에요. 정말이지 범인이 원망스럽습니다."

그는 히다의 책상을 바라보며 탄식했다.

"아니야, 이렇게 한탄만 하고 있을 때가 아니지. 한시 빨리 원고를 찾아내야 해. 선생님이 얼마나 획기적인 일을 하려 하셨는지 세상에 알려야 해. 덴카이치 탐정님, 탐정님이 등장인물의 모델인 것 같은데, 히다 선생님에게 작품에 대해 뭐 들은 얘기 없나요?"

"아니요, 전혀."

"그렇군요."

우도가와는 손목시계를 들여다보더니 쓸데없이 시간만 낭비했다는 듯 머리를 젓고는 다시 원고를 찾기 시작했다.

나는 히다 슌스케의 방을 나와 1층으로 내려갔다. 공동 부엌 옆에 문하생들의 방 세 개가 나란히 있다. 문 위쪽에는 이름표가 붙어 있었다.

아카기라고 쓰여 있는 문을 노크했다. "네." 하는 음울한 목소리가 들리더니 곧 빠끔히 열린 문틈으로 아카기의 불안해하는 얼굴이 나타났다. 나는 잠깐 물어볼 말이 있다고 했다.

"들어오세요."

그는 퉁명스러운 태도로 나를 안으로 들였다.

방은 상당히 좁았다. 세 평 정도 넓이에 침대와 책상, 생활 도구들이 꽉 차 있다. 나는 그가 권하는 대로 책상 의자에 앉았다. 그는 침대에 걸터앉았다.

"경찰에게 심문당했다면서요."

"네……."

"그래서, 혐의가 풀렸나요?"

"미도리 씨와 같이 있었으니까요."

"날벼락이었겠군요."

"그렇죠, 뭐. 하지만 경찰의 입장도 이해할 만한 게, 제가 선생님을 정말로 증오했거든요."

기가 약해 보이는 아카기가 '증오'라는 말을 거침없이 내뱉었다. 나는 그의 얼굴을 다시 한 번 찬찬히 뜯어보았다.

"선생이 당신 작품을 몹시 혹평하더군요."

그러면서 나는 히다가 아카기에게 퍼부어 대던 비난의 말을 떠올렸다.

"언제나 그랬는걸요. 선생님 말씀은 항상 똑같았어요. 인간에 대한 묘사가 부족하다, 이건 소설도 아니다, 포기하고 고향으로 돌아가라……. 수없이 많이 들은 말입니다."

"당신 작품만 그렇게 혹평했나요?"

"글쎄요. 다른 두 사람의 작품에 대해 선생님이 어떻게 말했는지는 모르겠네요."

"그럼 히다 씨가 아카기 씨의 작품을 그토록 혹평한 이유는 무얼까요. 정말로 작품의 질이 좋지 않아서일까요?"

그렇게 묻자 아카기는 둥근 어깨를 움츠려 보였다.

"제가 말해 봤자 설득력이 없겠지만…… 그렇지는 않을 겁니다."

"그럼 왜일까요?"

"제 생각엔 아마도……,"

아카기는 잠시 우울한 표정을 짓더니 말을 이었다.

"질투 때문이었던 것 같습니다."

"질투라니, 뭘 말입니까?"

"그러니까 즉,"

그는 양손을 펴 보이며 말했다.

"저의 재능이라든가 젊음을요."

'헉!'

설마 농담이겠지 생각했지만 본인은 진심인 것 같았다. 염치도 좋게 그런 말을 입에 올릴 수 있는 정신 상태가 이해되지 않았다.

"제가 자아도취에 빠져 있다고 생각하시겠죠."

아카기에게 내 생각을 읽힌 것일까.

"아니, 그런 건 아니지만 뭐랄까, 자신감은 대단한 것 같군요."

"소설의 세계에 혁명을 일으킬 겁니다."

그가 오른손을 꽉 쥐었다.

"철저한 허구의 세계, 모든 것이 작가의 창작물인, 그 속에서 일어나는 불가사의한 사건, 수수께끼에 도전하는 주인공, 그런 것을 확립하고 싶습니다."

나는 어딘지 모르게 어린 티가 배어 있는 그의 얼굴을 물끄러미 바라보았다. 이 청년도 본격 추리를 쓰려 한단 말인가.

"히다 씨도 그런 타입의 소설을 쓰고 있었다던데요. '사면관 살인 사건'이라던가요. 들어 본 적 있습니까?"

"아니요, 모르는 일입니다. 선생님은 그런 걸 쓰지 못할 텐데요."

아카기는 단호한 어조로 말했다.

"선생님의 재능은 이미 고갈됐다고 생각합니다."

아오노는 차갑게 말했다.

아카기의 방을 나와 이번에는 아오노의 방을 찾아가서 우도가와에게 들은 이야기를 해 주자 그가 보인 반응이다.

"상당히 신랄하군요."

"사회파 작가로서 일세를 풍미한 건 사실이고, 그 필력에 끌려 우리들도 문하생이 되길 희망했습니다. 하지만 최근 선생님의 작품은 형편없어졌어요. 야심적인 것, 실험적인 것은 전혀 시도하지 못했죠. 무엇을 써도 기존 작품의 재탕이고 자기 모방의 반복이었습니다. 그런 선생님이 탐정님 말씀과 같은 소설을 썼다는 건 믿기지 않는 일입니다."

"하지만 썼다고 합니다. 작품 개요도 남아 있고."

"만약 그게 사실이라면……,"

아오노는 잠시 주저하다가 다시 입을 열었다.

"누군가의 작품을 베낀 거겠지요."

"네에? 누구의 작품을요?"

"그야 모르죠."

"아오노 씨의 작품은 아니란 건가요?"

"네, 제 것은 아닙니다."

"아오노 씨는 그런 타입의 작품에는 흥미가 없나요?"

그러자 아오노는 내 눈을 응시하며 잠시 침묵하더니 책상 위에 놓여 있는 원고지 뭉치의 맨 첫 장을 내게 건넸다. 거기에는 소설의 제목이 적혀 있었다. '만가(卍家) 살인 사건'.

"앞으로는 이런 소설의 시대가 옵니다. 저는 이 소설로 혁명을 일으킬 겁니다."

그의 가느다란 몸이 일순 부르르 떨렸다. 흥분을 감추지 못하는 듯했다.

시라이시의 방에는 침대가 없었다. 잘 때는 요와 이불을 까는 것 같았다. 덕분에 낮은 상을 놓는 것이 가능해 그것을 사이에 두고 그와 마주 앉았다. 나는 책상다리를 했지만 그는 무릎을 꿇고 앉았다. 까까머리인 그에게는 그게 어울렸다. 깔

끔한 것을 좋아하는 성격인지 방 한쪽 구석에 수건걸이가 달려 있고 거기에 수건이 석 장 걸려 있었다.

"선생님의 글이 형편없어졌다고 생각하지는 않습니다."

그는 마치 수행 중인 승려처럼 등을 곧추세운 채 말했다.

"오히려 시대가 변했다고 하는 편이 옳지 않을까요? 독자의 요구와 맞지 않게 된 거죠."

"사회파의 시대가 갔다는 얘긴가요?"

"그게 아니라, 보여 주는 방식에 문제가 있다고 봅니다. 재료가 같아도 조리법에 따라 맛이 달라지니까요."

그의 또랑또랑한 말투에 나는 호감을 느꼈다. 히다 슌스케도 이 청년을 제일 마음에 들어 하지 않았을까 싶다.

"그럼 이번에 히다 씨가 썼다는 소설에 대해선 어떻게 생각해요? 지금까지와는 전혀 다른 것 같던데."

"읽어 보지 않았으니 뭐라 드릴 말씀이 없네요."

맞는 말이다.

"개요만으로는 선생님이 진정으로 의도한 게 무엇인지 알 수 없습니다. 거꾸로 말해, 개요 단계에서는 누구나 획기적인 것에 도전하는 법입니다. 문제는 과연 그걸 완성할 수 있느냐죠."

"그 생각에는 저도 찬성합니다. 유감스럽게도 원고는 아직 찾지 못한 것 같더군요."

"결국, 선생님은 쓰지 못하신 것 아닐까요."

시라이시는 냉정한 얼굴로 말했다. 그의 그런 표정을 무너뜨리고 싶다는 생각이 들었다.

"시라이시 씨라면 어떨까요. 그런 타입의 소설을 완성할 수 있을까요?"

그러나 이 질문에 시라이시는 낭패한 기색이라고는 조금도 보이지 않았다. 대신 말없이 일어나 노트 한 권을 꺼내 가지고 왔다.

"한번 봐 주세요."

나는 그가 내민 노트를 펼쳤다. 거기에는 가는 글자가 빼곡히 채워져 있었다. 아마도 소설인 것 같았다. '밀실'이라는 제목이 붙어 있었다.

"이 단어를 어떻게 알았습니까? 밀실이란 단어 말입니다."

그러자 시라이시는 가슴을 쫙 펴며 대답했다.

"제가 생각해 낸 단어입니다."

세 명의 문하생을 모두 만난 뒤 밖으로 나와 보니 경찰관은 몇 명밖에 남아 있지 않았다. 나는 주위를 둘러보며 오가와라 경감이 있는지 살폈다. 경감은 문 쪽에 서서 말단 경찰관에게 뭔가를 지시하고 있었다.

"경감님!"

나는 그를 큰 소리로 불렀다.

"이제 돌아가시려고요?"

"집에 가는 건 아니야."

그는 화난 표정을 지어 보였다.

"수사본부에 가는 거라고."

"단서는 좀 얻었습니까?"

"음, 뭐 이것저것. 하지만 자네에겐 안 가르쳐 줘. 초보 탐정에게 번번이 추월당할 수는 없잖아."

경감이 심술궂게 말했다.

"아직도 범인이 숲으로 도망갔다고 보세요?"

"글쎄다."

그러면서 그가 고개를 돌리는데 옆에서 보이는 코가 실룩실룩 움직인다. 천성적으로 거짓말을 못하는 사람이다.

"범인은,"

나는 그의 옆얼굴에 대고 말했다.

"집 안에 있던 사람이에요."

"뭐?"

경감의 얼굴이 험악해졌다. 그리고 곧 의심에 가득 찬 얼굴로 바뀌었다.

"거짓말. 허튼소리 하지 마!"

"거짓말을 뭐하러 합니까."

"하지만 말이야, 집 안에 있던 사람이래야 자네와 시장 딸, 그리고 문하생 세 명밖에 없지 않나. 가족은 모두 여행을 떠났으니."

"용의자가 그 정도면 충분한 거 아닌가요?"

"하지만 모두 알리바이가 있어. 잠시 아카기라는 녀석이 수상해 보이긴 했지만 아무래도 시장 딸과 내내 같이 있었던 것 같고."

"한 사람 한 사람에게 주목하면 안 됩니다. 이번 사건의 수수께끼를 풀려면 전체를 바라봐야 해요."

"전체를?"

오가와라 경감은 팔짱을 끼고 잠시 먼 곳을 바라보다가 "자네가 하는 말은 도무지 무슨 뜻인지 모르겠어."라며 투덜거렸다.

"하여간 사건은 해결된 거나 다름없습니다. 그래서 말인데요, 경감님께 부탁이 하나 있어요."

"뭔데?"

"실험을 좀 하려는데 도와주세요. 그리고 관련자들을 모두 히다 슌스케 씨의 방으로 모아 주세요."

"실험, 뭘 할 건데?"

"기대하세요."

나는 경감에게 윙크를 날렸다.

이 단계에 오면 늘 그렇듯 사건 관련자들이 현장에 모였다. 그런 가운데 탐정인 내가 수수께끼를 멋지게 풀어내는 전형적인 패턴이다. 탐정 소설에서 많이 나오는 이 익숙한 시추에이션이 나는 점점 좋아진다. 어쩐지 여기에 푹 빠질 것 같은 생각마저 든다.

"자,"

이렇게 입을 연 나는 모인 사람들의 얼굴을 죽 둘러봤다. 등줄기가 짜릿짜릿할 정도로 쾌감이 온다. 명탐정 포와로도 이런 기분에 수수께끼를 풀었겠지.

모인 사람은 문하생 세 명과 편집자 우도가와, 기운을 되찾은 미도리, 시장, 그리고 오가와라 경감을 비롯한 경찰들이다.

나는 심호흡을 크게 한 번 한 뒤 이야기를 시작했다.

"이번 사건에서 가장 불가사의한 점은 범인이 어떻게 도주했느냐, 바로 이것입니다. 오가와라 경감님은 바깥쪽 복도에서 숲으로 뛰어내렸다는 가설을 내세우고 계시지만, 저는 이 주장이 비현실적이라고 말씀드릴 수밖에 없습니다."

내 말에 경감은 불쾌한 듯 입언저리를 비틀며 고개를 돌렸다.

"그렇다면 복도를 통해 도망갔을까요? 아마 그랬다면 저와 아오노 씨 둘 중 한 사람에게 발각되었을 것입니다. 여기서 반드시 짚고 넘어가야 할 것은,"

이 부분에서 일단 말을 끊은 것은 연출 효과를 노려서다. 관객들이 충분히 주목하고 있다는 것을 확인한 나는 다시 입을 열었다.

"반드시 짚고 넘어가야 할 것은 이번 사건이 단독범의 소행이라고 단정할 이유가 하나도 없다는 점입니다. 공범이 있어서 범인의 도주를 도왔을 가능성이 충분히 있습니다."

"잠깐만요."

당연하게도 아오노가 한 발 앞으로 나섰다.

"지금 그 얘기는 내가 범인을 도피시키기라도 했다는 말처럼 들리는데요."

체격이 가냘픈 아오노는 목소리도 가냘프다. 그 목소리가 뒤집히면서 마치 비명처럼 들렸다.

"그럴 가능성을 배제할 이유가 없다고 말씀드린 겁니다."

"말도 안 돼. 내가 복도에서 범인을 발견했는데도 모른 척했다는 겁니까?"

아오노는 히스테릭하게 소리쳤다.

"생각해 보세요. 그때, 자신은 복도를 왼쪽으로 돌 테니 저보고 오른쪽으로 돌라고 한 사람은 당신 아니었습니까? 만일 당신의 지시가 반대였다면 범인은 당신에게 발견되었겠군요. 범인의 계획이 그렇게 허술했을까요?"

"그야 당치 않지요."

나는 고개를 저었다.

"범인의 계획이 허술하기는커녕, 실로 치밀하게 짜여 있었습니다. 물론 범인은 복도로 도주하지도 않았습니다."

"어이 이봐, 잠깐만."

이 지점에서 오가와라 경감이 끼어들었다.

"복도에서 뛰어내린 것도 아니고 복도를 통해 도망간 것도 아니다, 그럼 어디로 도망갔다는 거야. 도망갈 곳이 없지 않나."

"경감님, 이번 사건의 해답이 바로 그겁니다. 범인은 도주하지 않았습니다."

뭐? 하며 사람들이 웅성거렸다.

"그게 무슨 말인데?"

경감이 물었다.

"그보다, 말씀드린 실험을 먼저 하지요. 경감님, 그거 준비 됐습니까?"

"응, 여기 있어."

경감이 눈짓하자 부하가 석궁과 화살을 가지고 내 앞으로 걸어왔다. 나는 그것을 받아 들었다.

"이건 범행에 사용되었던 석궁과 화살입니다. 이걸 제가 한 번 쏴 볼까 합니다."

그렇게 말하고 나는 석궁에 화살을 얹었다.

"이봐, 위험하잖아."

경감이 엉거주춤한 자세로 말했다.

"여러분, 잠깐만 비켜 주세요."

나는 경감의 말을 무시한 채 석궁을 들고 유리문 있는 곳까지 물러난 뒤 반대쪽 벽을 향해 섰다. 그리고 발사 자세를 취했다.

"으악!"

사람들이 비명을 지르며 양쪽으로 흩어졌다. 나는 벽에 걸려 있는 로트레크의 포스터 조금 아래쪽을 겨냥해 석궁을 쏘았다. 날카롭고도 큰 충격이 팔과 어깨에 전해졌다. 동시에 캉, 소리가 울렸다.

화살은 로트레크의 포스터 한가운데를 명중시켰다. 석궁을 쏘는 것이 처음이니 이 정도 실수는 양해 바람.

나는 벽에 꽂힌 화살 쪽으로 다가갔다. 실험 결과는 예상대로였다.

"생각했던 대로입니다."

"뭐가, 뭐가 생각했던 대로라는 거야?"

오가와라 경감이 물었다. 나는 사람들의 얼굴을 둘러본 뒤 말했다.

"조금 전에 저는 유리문 바로 앞에서 석궁을 쏘았습니다.

한편 범인은 유리문 바깥쪽에서 쏜 것으로 여겨지는데, 히다 씨는 벽에서 약간 떨어진 곳에 서 있었으므로 지금 제가 쏜 거리와 범인이 쏜 거리는 거의 비슷하다고 봐도 문제가 없을 겁니다."

애기를 듣던 사람들 중 몇 명이 고개를 끄덕였다.

"그런데 이 화살을 자세히 보시기 바랍니다."

나는 벽에 꽂힌 화살을 가리켰다.

"좀 더 정확히 말해 화살의 꼬리 부분입니다. 이 부분에는 활시위를 걸기 위한 홈이 파여 있습니다. 석궁에 화살을 얹고 발사 자세를 취하면 이 홈은 지면과 평행이 됩니다. 그런데 지금 여기 꽂힌 화살의 끝 부분을 보면 홈이 수직으로 되어 있습니다. 왜일까요. 그건 화살이 공중에서 회전하기 때문입니다. 그렇게 되도록 깃털의 각도가 조절되어 있습니다. 그 목적은 방향성을 좋게 하기 위해서입니다. 탄환이건 화살이건 회전시키면 방향성이 좋아집니다. 자, 그런데 여기서 별로 유쾌하지 않은 사진을 한 장 봐 주셔야 할 것 같습니다."

그러고서 나는 오가와라 경감을 보았다.

"그 사진, 가져오셨습니까?"

"여기."

경감이 사진 한 장을 내밀었다. 폴라로이드 사진이었다.

나는 우선 거기에 찍힌 내용을 확인한 뒤 사람들을 향해 말했다.

"이것을 자세히 봐 주십시오."

모두들 목을 빼고 내 손에 든 사진을 기웃거렸다. 그 사진에는 이마에 화살이 박힌 히다 슌스케의 모습이 찍혀 있었다. 활시위를 걸기 위한 홈도 선명히 찍혀 있다.

"홈이 수평이야."

형사 하나가 내가 바라던 답을 내놓았다.

"말씀하신 대롭니다."

나는 정답을 말한 형사를 향해 고개를 끄덕였다.

"히다 씨의 얼굴을 정면에서 봤을 때, 이마에 꽂힌 화살 끝부분의 홈은 수평인 상태입니다. 정말 이상한 일 아닙니까. 방금 실험했듯이 만일 범인이 정말로 유리문 밖에서 쐈다면 화살 뒤쪽의 홈은 수직으로 되어 있어야 합니다."

"그럼 히다 슌스케가 얼굴을 옆으로 둔 채 전화를 받았다는 건가?"

헉. 오가와라 경감이 어처구니없는 발언을 했다.

"아니 그, 그게 아니라."

나는 들고 있던 석궁의 앞쪽을 경감의 머리로 향했다.

"너무 가까운 거리에서 쏘았기 때문에 화살이 회전할 시간이 없었다고 생각하는 편이 타당하지 않을까요?"

"너무 가까운 거리?"

"그렇습니다. 아마도 눈앞에서 화살을 쏘았을 거라고 추측됩니다. 사실 사체를 처음 봤을 때부터 의문이었습니다. 움직이는 사람의 이마를 화살로 명중시키는 건 쉬운 일이 아닙니다. 게다가 석궁은 첫 번째 화살이 실패하면 재시도가 거의 불가능합니다."

"하지만,"

시장이 끼어들었다.

"그 정도로 가까운 곳에서 쐈다면 범인이 실내에 있었다는 말 아닙니까. 그렇다면 더더욱 도주는 어려울 것 같은데요."

"그러니까 제가 아까부터 말씀드리지 않았습니까, 범인은 도주하지 않았다고요. 적어도 히다 씨를 죽인 직후에는 말이죠."

시장은 고개를 갸우뚱거렸다. 당연한 일이다. 다른 사람들도 모두들 이해가 안 간다는 표정이다. 이런 식으로 사람들을 애태우는 것도 탐정의 즐거움 중 하나일까.

"범인은 우리들 바로 곁에 있었습니다. 그걸 알아차리지 못하다니, 저도 정말이지 멍청하기 짝이 없었습니다."

"어디 있었다는 거야?"

오가와라 경감이 물었다. 나는 또다시 사람들을 둘러보며 시간을 끈 뒤 천천히 입을 열었다.

"바로, 책 속입니다."

"뭐라고?"

"책 속에 있었습니다."

나는 산처럼 쌓여 있는 책 더미를 가리키며 말했다.

"범인은 저 속에 숨어 있었습니다. 그리고 제가 바깥쪽 복도로 나갈 때까지 숨죽이고 기다렸던 것입니다."

"내 참, 기가 막혀서."

그 말을 내뱉은 사람은 까까머리 시라이시였다.

"탐정이라고 해서 기대했는데 별것도 아니군. 그렇게 설득력 없는 추리를 참 뻔뻔스럽게도 펼치시네. 당신 말대로라면 히다 선생님이 석궁을 들고 코앞으로 다가오는 범인을 멍하니 보고만 있었다는 거잖아요. 그리고 당신이 선생님 목소리를 듣고 달려올 때까지 단 몇 초 동안 범인은 책 더미 속에 숨으면서 동시에 석궁을 바깥쪽 복도로 내던졌다는 얘기잖아. 도대체 그게 가능한 일입니까? 경찰 관계자 분들의 의견을 듣고 싶군요."

시라이시는 오가와라 경감을 향해 돌아서며 강한 어조로 말했다.

경감은 다소 기가 꺾인 듯한 표정으로 나를 쳐다보며 "저 친구의 말도 일리가 있는데, 덴카이치."라고 말했다.

"눈앞에서 석궁을 겨누는데도 히다 씨가 도망가지도 소리를 지르지도 못한 것은 그럴 수밖에 없는 상태였기 때문입니다. 아마도 양손 양발이 다 묶이고 입에는 재갈이 물려 있었을 겁니다."

"바보 같은 소리 하지 말라고. 도대체 언제 그럴 여유가 있었다는 거야. 선생님은 살해당하기 직전까지 당신과 얘기를 나누고 계셨잖아."

시라이시가 독이 잔뜩 오른 목소리로 외쳤다.

나는 이쯤에서 일단 말을 멈추고 석궁과 사진을 형사에게 돌려준 뒤 시라이시를 보며 히죽 웃었다. 상대에게 불안감을 주려는 계산된 웃음이다.

"드디어 핵심에 다가왔군요. 문제는 바로 거기에 있었습니다. 이런 수수께끼를 풀 때 반드시 필요한 것 중 하나가 그 어떤 당연한 일이라도 일단은 의심해 보는 것입니다. 당연하다고 생각하는 일이 실은 엄청난 착각의 산물일 수도 있으니까요."

"그러니까 우리가 뭔가 착각하고 있다는 말인가요?"

시장이 물었다.

"네, 그렇습니다."

그렇게 말하고 나서 나는 시라이시 쪽으로 한 걸음 두 걸음 다가갔다. 그는 내 눈을 피하지 않았다. 나는 그 도전적인 눈을 보면서 말했다.

"제가 만나고 얘기를 나눈 히다 슌스케 씨, 그가 진짜 히다 슌스케라는 보장이 전혀 없습니다."

그 순간 장내가 쥐 죽은 듯 조용해졌다. 내 말의 의미를 파악하는 데 시간이 필요한 사람도 있을 것이고, 의미는 알지만 너무나 황당해 말문이 막힌 사람도 있으리라.

"뭐……라고?"

제일 먼저 입을 연 사람은 오가와라 경감이었다.

"진짜 히다 슌스케가 아니라니, 그럼 누구였다는 거야?"

"그 가짜 히다 슌스케는 아오노 군과도, 아카기 군과도 대화를 나눴으니 남은 건 한 사람뿐이지요."

"그게 저라는 겁니까? 내 참."

시라이시는 두 손 들었다는 자세를 취했다.

"당신은 체격도 히다 슌스케 씨와 비슷해. 가발을 쓰고 수염을 붙이고 거기에 색안경까지 쓰면 쉽게 변장할 수 있지. 나야 그때까지 히다 씨와 만난 적도 없고 사진조차 본 적이 없으니 속이는 건 간단한 일 아니겠나. 더구나 시체가 된 히다 씨의 얼굴은 이마에서 흘러내린 피 때문에 알아보기도 힘든 상태여서, 내가 그 시체를 보고 방금 전까지 이야기를 나눈 상대와 다르다는 사실을 알아차리기 힘들었어. 이마를 쏜 것도 그걸 노렸기 때문이겠지."

"잠깐. 하지만 시라이시 군은 히다 씨와 통화 중이었잖은가."

경감이 말했다.

"그런 걸로 되어 있지요. 하지만 그 전화를 정말로 시라이시가 걸었는지 어떤지는 알 수 없습니다. 전화를 받은 아오노 군이 그렇게 말했을 뿐이죠."

"그건 틀림없이 시라이시 전화였습니다. 정말입니다."

아오노가 역시 뒤집힌 목소리로 주장했다.

"만일 시라이시 군의 전화가 아니라면 전화를 건 사람은 도대체 누구였단 말인가요."

시장이 질문했다.

"그건 남은 한 사람, 당신이겠지."

나는 아카기를 가리키며 말했다.

"서고 안쪽에 전화기가 있어요. 경감님이 히다 씨 부인과 통화했던 바로 그 전화기요. 그걸 이용해서 이 방으로 전화한 겁니다. 걸기만 하면 되고 말은 할 필요가 없었기 때문에 미도리에게 들키지 않은 겁니다."

내 말에 미도리가 생각나는 게 있는 듯한 표정을 지었다.

"아아, 그러고 보니 책을 정리하던 도중에 아카기 씨가 구석으로 사라진 적이 있어요. 소동이 벌어진 건 그 직후고요."

"아니야. 나는, 나는……."

아카기가 고개를 흔들었다. 처진 볼도 함께 출렁거렸다.

"나는 전화 같은 거 한 적 없어."

그때 오가와라 경감이 앞으로 나서며 말했다.

"자, 잠깐. 잠깐만."

그는 사람들의 발언을 제지하려는 듯 두 손을 넓게 벌려 흔들었다.

"도대체 이게 무슨 얘기야. 도무지 이해가 안 되는데. 덴카이치 군, 뭐가 어떻게 됐다는 건지 처음부터 차근차근 설명해 봐."

"그러죠. 여러분도 우선은 제 추리를 들어 주세요."

나는 세 명의 문하생을 향해 말한 뒤 사람들을 둘러봤다. 그리고 심호흡을 했다. 시장이 담배를 꺼내는 모습이 눈 끝에 스쳤다.

"이번 사건은, 세 명의 문하생이 꾸민 계획 살인입니다. 그들이 노린 것은 하나, 세 명 모두의 알리바이가 성립되는 것이었습니다."

잘도 갖다 붙이는군, 이라고 내뱉으며 시라이시가 얼굴을 찌푸렸지만 나는 무시하고 계속했다.

"그러기 위해 이들이 이용한 사람이 바로 히다 씨를 만나러 온 두 사람, 즉 저와 미도리입니다. 우리가 가겠다고 연락한 것이 오늘 아침이니까 그때부터 부랴부랴 계획을 세웠다고 보기는 힘듭니다. 이들은 아마도 이전부터 계획을 짜 두고서 기회가 오기만을 기다렸을 겁니다. 계획을 주도한 사람이 셋

중 누구인지는 아직 모르겠지만."

아카기가 고개를 수그렸다. 이 뚱뚱한 청년의 아이디어일
지도 모르겠다.

"그들이 가장 먼저 한 일은 히다 씨를 묶는 것이었습니다.
좀 전에도 말씀드렸듯이 손발을 묶고 입에는 재갈을 물렸습
니다. 그리고 이 집필실로 데려왔습니다. 한편 시라이시 군은
변장을 시작했습니다. 미리 준비해 둔 가발을 쓰고 수염을 붙
인 뒤 히다 씨의 것과 똑같은 옷을 입었습니다. 남은 일은 석
궁을 준비하고 알리바이의 증인이 되어 줄 두 남녀가 오기만
을 기다리는 것이었습니다. 드디어 우리들이 도착했습니다.
아마도 그들에게는 저와 미도리가 멍청한 조역으로나 보였겠
지요. 우리를 본 아오노 군은 '일행이 한 명뿐이냐'고 확인했
습니다. 여기엔 의미가 있습니다. 나중에 설명을 들으면 아시
겠지만 만일 방문자가 세 명이었다면 이들은 계획을 실행하
기 어려웠을 겁니다."

이쯤에서 나는 세 사람의 반응을 살폈다. 아오노는 새파랗
게 질려 있고 아카기는 뺨이 붉게 물들었으며 시라이시는 김
샜다는 표정으로 고개를 돌리고 있었다.

"우리들이 들어왔을 때, 히다 씨로 변장한 시라이시 군은
아카기 군을 심하게 질책하고 있었습니다. 거기에는 나중에
경찰이 아카기 군 한 사람만 의심하도록 만들려는 저의가 있

었습니다. 그들은 한 명만 의심받게 되면 진상을 들키지 않을 거라고 자신했던 것입니다. 또한 사건 발생 후 아오노 군이 아카기 군을 범인 취급하는 발언을 했는데 그 역시 서로 사이가 나쁜 것처럼 보여서 자신들이 공범이라는 사실을 알아차리지 못하게 하려는 의도가 숨어 있었습니다. 그리고 히다 씨로 변장한 시라이시 군은 아카기 군더러 서고로 가라고 명령했습니다. 그러면서 미도리 양에게 도움을 청한 것 역시 계획대로였습니다. 거기에는 두 가지 목적이 있습니다. 하나는 미도리 양이 아카기 군의 알리바이를 증언하도록 만드는 것. 또하나는 시체가 발견될 때 외부인이 둘이나 있으면 곤란하기 때문에 한 사람만 남도록 만드는 것."

"외부인이 둘이면 왜 곤란한가?"

오가와라 경감이 물었다.

"그건 나중에 설명드리지요. 하여간 이런 식으로 무대와 인물을 배치한 후 마침내 범행에 들어간 겁니다. 그 시작은 당연히 전화."

나는 손가락으로 아카기를 가리켰다.

"서고에서 이 집필실로 전화를 겁니다. 벨이 울리는 소리를 듣고서 옆방으로 가 수화기를 드는 것은 아오노의 역할. 그는 되돌아와서 시라이시가 전화했다고 말합니다. 이에 히다 씨로 변장한 시라이시가 집필실에 들어가 거기서 마침내 살인을 저지릅니다."

내 손가락이 가리키는 방향이 차례로 아카기에서 아오노, 그리고 시라이시로 옮겨 갔다.

"그는 묶여서 옴짝달싹 못하는 히다 씨의 이마에 대고 석궁을 쏘아 일격에 그를 살해했습니다. 그런 다음 석궁을 창밖으로 던지고 히다 씨의 손발을 묶었던 수건과 재갈을 풀었습니다. 그리고 증거물들을 손에 든 채 책 더미 속에 숨었습니다. 물론 이 작업을 수행하는 동안에도 그는 마치 시라이시라는 문하생과 전화하는 것처럼 일인극을 했습니다. 그의 마지막 대사는 옆에 산더미처럼 쌓여 있던 책을 무너뜨리기 직전에 나왔습니다. '으악, 뭐야 너.', 그것이었습니다."

"아냐, 거짓말이야!"

시라이시가 외쳤다. 하지만 그 역시 침착함을 잃어 가고 있다는 것이 느껴졌다.

"소리를 들은 우리는 급히 이 방으로 달려왔습니다. 그때 방 안에 있던 사체가 그때까지 이야기를 나누던 상대와 다른 사람이라는 걸 알아차리지 못한 것은 저의 치명적인 실수였습니다. 덕분에 저는 바깥쪽 복도로 나가 정신없이 달리는 꼴사나운 행동을 하고 만 것입니다."

"그 사이에 시라이시는 도주했고?"

경감의 질문에 나는 고개를 끄덕였다.

"그는 이 방을 통과해 안쪽 복도로 도주했습니다. 그때 그는 책장에 있던 책을 뭉텅 뽑아 자신이 숨어 있던 책 더미 위에 던졌습니다. 책 더미의 높이가 낮아진 걸 감추기 위해서였죠."

사건 직후 책장의 책이 줄었다고 느낀 건 착각이 아니었던 것이다.

"안쪽 복도로 나온 그는 아마도 자기 방으로 돌아갔을 겁니다. 옷을 갈아입고 변장을 원래대로 되돌려야 했으니까요. 또 히다 씨를 묶는 데 사용했던 수건도 처리해야 했습니다. 서고에서 뛰어나온 아카기는 당연히 시라이시를 봤을 테지요. 하지만 못 본 척했습니다. 그리고 서고 입구를 막아서서 미도리 양이 밖으로 나오는 걸 방해했습니다. 한편 변장을 지운 시라이시는 저와 미도리의 눈을 피해 쪽문으로 달아났습니다. 쪽문 열쇠를 복제하는 것쯤 식은 죽 먹기였겠죠."

"그리고 시라이시는 우리들이 도착하고 나서 조금 있다가 서둘러 돌아오는 척하며 매우 당황한 표정으로 나타났단 말이지?"

"그렇습니다. 다만 그때 시라이시는 한 가지 실수를 했습니다. 분장을 지우기 위해 얼굴을 씻었는데 비누 냄새가 잔뜩 밴 겁니다. 히다 씨의 부탁으로 자료를 찾으러 나갔다 온 사람에게는 있기 힘든 일이죠. 제가 변장 가능성을 눈치 챈 것이 바로 그때입니다."

"음……."

경감이 신음하며 세 명의 문하생을 노려봤다.

"자네들, 할 말 없나? 내 생각에는 덴카이치의 추리가 일리 있는 것 같은데."

아오노와 아카기는 고개를 숙인 채 말이 없었다. 그러나 시라이시는 흥, 콧방귀를 뀌었다.

"일리만 있으면 그 추리는 다 옳은 건가요? 그럼 나도 일리 있는 얘기 한두 가지 만들어 내 볼까요?"

"증거를 대 보라 이건가?"

내가 물었다.

"뭐, 그렇다고 할 수 있죠."

나는 한숨을 내쉬고 경감에게 말했다.

"시라이시의 방 한구석에 달린 수건걸이에 수건이 석 장 걸려 있습니다. 그 수건의 감식을 의뢰해 주십시오."

"수건?"

"네. 아마도 그중 두 장은 히다 씨의 손발을 묶을 때 사용했을 겁니다. 나머지 한 장은 재갈용이고요. 틀림없이 거기에 히다 씨의 혈흔이 묻어 있을 겁니다. 그토록 피를 많이 흘렸으니 묻지 않을 수 없습니다. 시라이시가 이미 빨아서 널었지만, 그래도 혈액 반응은 나올 겁니다. 그리고 히다 씨의 입가에서 채취한 흰 솜털 같은 것, 그건 틀림없이 수건의 섬유일 겁니다. 그것도 감식반에 조사를 의뢰하면 바로 답이 나올 겁니다."

"과연!"

오가와라 경감은 즉시 부하에게 수건을 조사하라고 지시했다. 그러자 마침내 체념했는지 시라이시가 입술을 깨물며 나를 매섭게 쏘아보았다. 동시에 아카기가 바닥에 풀썩 주저앉으며 말했다.

"그러니까 내가 탐정 따위를 알리바이의 증인으로 끌어들이면 안 된다고 했잖아."

이 말이 그들의 죄를 인정한 셈이 됐다. 옆에 있던 아오노도 어깨를 축 늘어뜨렸다.

"선생의 가족이 여행 중인 지금이 더없이 좋은 기회였어. 편집자도 곧 원고를 가지러 올 예정이었고. ……하여간 지금밖에 없었어. 셋이 함께 결정한 일이니 이제 와서 이러쿵저러쿵하지 말자고."

시라이시만은 여전히 가슴을 펴고 등을 꼿꼿이 세우고 있었다. 하지만 얼굴에는 낙담한 기색이 역력했다.

"도대체 동기가 뭐야?"

경감이 그들에게 물었다.

"문하생에게 스승이란 존경의 대상 아닌가. 그런데 죽이기까지 하다니, 이유가 뭔가?"

셋이 서로의 얼굴을 번갈아 바라보다가 시라이시가 대표로 입을 열었다.

"새로운 세계를 지키기 위해서였습니다."

"뭐라고?"

"새로운 소설이라고 해도 좋겠지요. 작품의 주인공은 수수께끼 그 자체이고 등장인물들은 수수께끼를 구성하는 인자에 지나지 않는. 그리고 그 수수께끼를 멋지게 구축하고 연출함으로써 독자에게 감동과 로망을 선사하는, 그런 소설 말입니다."

나는 이것이 그들 나름대로 본격 추리 소설에 대해 정의를 내린 것이라고 해석했다.

"저희 셋 다 어린 시절부터 내내 그런 소설을 읽고 싶어 했습니다. 하지만 어디에도 그런 소설은 없었습니다. 살인 사건을 다루고 범인을 밝혀내는 소설이 없는 것은 아니지만 그것들은 하나같이 따분할 정도로 현실적인 환경과 상황에 둘러싸여 있습니다. 살해되는 사람은 기업의 비밀을 쥐고 있는 사원이거나 불륜에 빠진 여사원이고, 그런 살인의 배후에는 사회 문제라는 것이 가로놓여 있습니다. 결국 작가의 목적은 사회 문제를 지적하는 것이고, 살인 사건을 규명하는 일 따위는 부수적인 것에 불과합니다. 우리들은 그런 건 읽고 싶지 않았습니다. 수수께끼 그 자체를 즐기는 소설을 읽고 싶었습니다. 결국 우리는 똑같은 생각에 이르게 됩니다. 그래, 내가 직접 쓰자. 그러다가 우리 셋은 대학에서 만났고, 그런 생각을 가진 사람이 나 말고 또 있다는 사실에 크게 감격했습니다. 그리고 어떻게든 이 새로운 소설을 완성하자고 맹세했습니다. 하지만 힘없는 우리가 아무리 외쳐 대도 세상은 주목하지 않았습니다. 그래서 어쩔 수 없이 사회파 작가인 히다 선생의 문하생으로 붙어 있으면서 기회를 엿보기로 했던 것입니다. 히다 선생을 선택한 이유는 인기 작가라는 것 외에는 아무것도 없습니다. 솔직히 말해서 존경하지도 않았습니다."

"그럼 히다 씨는 자네들을 어떻게 생각했나?"

시장이 물었다.

"아마 아무 생각도 없었을 겁니다. 그 사람에게 문하생을 거느린다는 것은 패션에 불과했습니다. 우리들이 작가로 데뷔하건 말건 관심이 전혀 없었을 겁니다."

"그래서 죽였다는 말이야?"

경감이 물었다. 그 말에 시라이시는 희미하게 미소를 떠올렸다.

"아닙니다. 그런 이유로 죽이기까지야. 죽인 것은 새로운 소설을 지키기 위해서라고 말씀드렸잖아요."

그러더니 그는 내 쪽을 힐끗 한 번 쳐다보고는 다시 진지한 얼굴로 돌아갔다.

"사흘 전, 선생이 집필 중인 작품을 봤습니다. 그걸 본 순간 한시라도 빨리 죽여야 한다고 생각했습니다. 그 소설의 제목은 사면관 살인 사건입니다."

"어, 우리 원고다."

여태까지 침묵을 지키던 우도가와가 괴성을 질렀다.

"그 원고 어디 있어? 내놔, 돌려 달라고!"

그는 두 손을 앞으로 한껏 뻗고 미친 듯이 흔들어 댔다.

"안됐지만……,"

시라이시가 말했다.

"태워 없앴습니다."

"뭐라고!"

우도가와는 맥없이 그 자리에 주저앉았다.

"왜 그랬지?"

내가 물었다.

"그 소설은,"

시라이시는 침을 한 번 꿀꺽 삼키고 말을 이었다.

"사면관 살인 사건은 저희들이 목표로 하던 소설, 바로 그것이었습니다. 폐쇄된 공간, 뭔가 속사정이 있는 듯한 사람들, 그 가운데서 일어나는 불가사의한 범죄, 거기에 도전하는 천재적 두뇌의 탐정. 저희가 동경해 온 요소들이 가득했습니다."

"그러면 안 되는 건가?"

"저희들 입장에서는 안 되는 거였죠. 아까도 말씀드렸지만 그 작품은 히다 선생 스스로 쓴 작품이 아닐 겁니다. 아마도 어딘가 있을, 우리와 같은 사상을 지닌 작가의 작품을 베꼈을 걸로 생각합니다. 그걸 그냥 놔두면 선생은 자기 작품으로 발표할 것이 뻔했습니다. 우리들로서는 그것만은 무슨 일이 있어도 막아야 했습니다. 우리들이 동경하고 이상으로 삼았던 소설의 선구자가 히다 슌스케가 되어 버리는 사태만은 기필코 피하고 싶었습니다. 그렇지 않을 경우 우리들이 그토록 공들여 온 새로운 소설은 아류로 끝나 버리고 맙니다. 선구자는 새로운 세계에 걸맞은 작가여야 합니다."

시라이시가 목소리를 점점 높여 가면서 열띤 어조로 말했다. 모두가 그의 박력에 압도당했다.

"겨우 그런 이유만으로 살인을……."

경감이 중얼거렸다.

"우리들에겐 중요한 일이었습니다. 우리들이 지켜야만 하는 걸 지킨 겁니다."

시라이시는 한 치의 망설임도 없이 말했다.

아카기와 아오노는 동료의 얘기를 듣고만 있었다. 도중에 전혀 끼어들지 않았던 것은 이미 의사 확인이 이루어진 관계이기 때문이리라.

"드릴 말씀은 이게 전부입니다. 다른 두 사람은 어떤지 모르겠지만 저는 후회하지 않습니다."

시라이시의 말에 나머지 두 사람은 그제야 고개를 들었다. 그리고 약속이나 한 듯 이렇게 말했다.

"저희들도."

"후회하지 않습니다."

오가와라 경감은 '후우' 하고 긴 한숨을 내쉬었다. 그는 목 뒤쪽을 두세 번 두드린 후 부하들에게 눈짓을 보냈다.

형사들이 세 사람을 방에서 끌고 나가려 할 때였다.

"아, 참."

시라이시가 그 자리에 멈춰 서더니 뒤를 돌아 나를 봤다.

"제가 히다 선생으로 변장했을 때 탐정님이 제게 물으셨지요. 살인의 수수께끼를 테마로 한 소설에 대해 어떻게 생각하느냐고. 그리고 그런 소설이 존재하지 않는다는 게 이상하다고. 왜 그런 말씀을 하셨나요?"

"그거야……."

나는 머리를 긁적이며 생각을 정리하려 애썼다. 하지만 제대로 설명할 수 있을 것 같지 않았다. 그래서 어쩔 수 없이 이렇게 말해 버렸다.

"이유 따윈 없네. 그런 소설이 있어도 괜찮지 않을까, 그렇게 생각한 것뿐이야."

그러자 그는 빙긋 웃으며 말했다.

"탐정님도 우리들과 같은 세계에 사는 사람이군요."

대답할 말을 찾고 있는데 형사가 그들을 끌고 나가 버렸다.

                                    7

히노 시장은 박수를 쳤다.

"이야, 대단했어요. 이번 사건도 완벽하게 해결해 냈군요.
과연 명탐정이야!"

"운이 좋았을 뿐입니다. 그보다 도굴에 관해서는 이번에도
역시 아무런 단서를 얻지 못했습니다."

나는 책상 옆에 세워 두었던 지팡이를 잡고서 바닥을 콩콩
두드렸다.

시장, 미도리와 함께 빌라도 하우스를 나왔다. 사건이 해결
됐다는 소식이 전해졌는지 매스컴 관계자로 보이는 사람들이
모여들고 있었다. 이 세계에도 매스 미디어는 존재한다. 우리
는 시장 차에 올라탔고 시장이 차를 몰았다.

"아직도 미즈시마 씨와 히다 씨가 도굴에 관여했으리라고

생각합니까?"

잠시 말없이 달리던 시장이 내게 물었다.

"네, 틀림없습니다."

그러자 시장은 고개를 돌려 나를 보았다.

"꽤 단정적으로 말씀하는군요."

"두 사람이 살해된 건 완전히 별개의 사건이지만 공통점이 하나 있습니다. 뭔지 아시겠습니까?"

"아니, 모르겠는데요."

"뭐죠?"

뒷자리에 앉은 미도리가 궁금한 듯 물었다.

"살해된 두 사람 모두 어떤 트릭을 손에 넣었다는 점입니다. 미즈시마 유이치로는 밀실 트릭을 알았고, 그걸 실천하려다가 살해됐습니다. 히다 슌스케는 여태까지 한 번도 쓴 적이 없는 수수께끼 풀이 중심의 소설을 쓰려 했습니다. 이건 결코 우연이 아닙니다."

"우연이 아니라면?"

시장이 핸들을 잡은 채 그 예리한 눈을 순간적으로 내게 돌렸다.

"그건 아직 말씀드릴 수 없습니다. 하지만 하나만은 분명합니다."

"그게 뭡니까?"

"그건, 미도리 양이 옳다는 겁니다."

"미도리가 옳다?"

"네."

나는 뒷자리의 미도리를 잠시 돌아다본 후 다시 시장의 옆 얼굴에 시선을 맞췄다.

"저주는 존재합니다. 그리고 지금 급속도로 확산되고 있습니다."

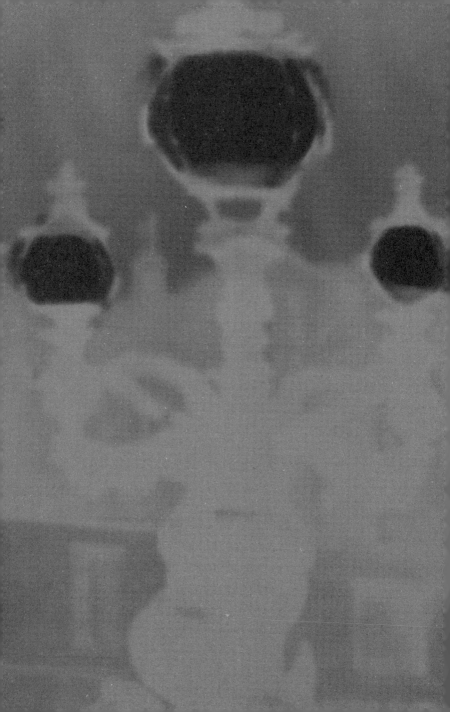

4

위

원

회

1

빌라도 하우스 살인 사건이 있은 다음 날 오후. 나는 또다시 시장이 운전하는 자동차 안에 있었다. 미도리가 호텔까지 찾아와서 자세한 설명은 생략한 채 '함께 갈 데가 있다'고만 하며 서두르기에 따라나섰더니 호텔 앞에 그녀의 아버지가 차를 세워 두고 기다리고 있었다.

어디로 가는 거냐고 묻자 시장은 "은신처로 갑니다."라고만 하며 히죽거렸다.

"누구의 은신처 말입니까?"

"물론 제 은신처죠. 이런 일을 하다 보면 머리를 식힐 장소가 필요한 법이죠."

"그런데 거긴 무슨 일로……."

"아, 미리 알면 재미가 없죠."

시장은 여전히 뭔가 꿍꿍이가 있는 듯한 미소를 띠고 있었다.

시가지를 벗어나자 전원 풍경이 잠시 이어지더니 곧 꼬불꼬불 S자로 굽어진 커브 길에 들어섰다. 몸이 이리저리 흔들렸다. 문득 고개를 들어 보니 산이 코앞에 다가와 있다. 길 아래쪽에는 강이 흐르고 있었다. 자동차가 강에 걸쳐 있는 작은 나무 다리를 건넜다.

주위에는 아름다운 자연이 흘러넘치지만 아쉽게도 날씨는 별로 좋지 않았다. 잿빛 하늘에는 층층이 쌓인 구름이 느리게 움직이고 있다. 마치 회색 비라도 뿌릴 것처럼 암울한 색을 띤 구름이었다.

마침내 아스팔트 포장이 사라졌다. 타이어가 털털거리며 흙길을 나아간다. 양옆에 원시림이 덮칠 듯 다가왔다. 그 어두운 숲의 터널을 빠져나가자 갑자기 시야가 넓어졌다. 왼쪽에 옅은 파란색 양탄자가 펼쳐져 있다.

"물망초예요."

뒷좌석에서 미도리가 알려 준다.

"이 일대는 전부 습지예요."

"굉장한데."

나는 넋을 잃고 그 광경을 바라보았다.

"이렇게 큰 군락지는 처음 보는군요."

"특이종입니다. 보통 물망초보다 꽃이 빨리 핀다고 하더군요."

시장이 핸들을 잡은 채 말했다.

"영어로는 Forget-Me-Not이라고 하죠. 나를 잊지 말란 뜻으로 독일의 전설에서 유래한 말이래요."

나는 그러냐며 고개를 끄덕였다. 물망초라는 이름은 영어를 그대로 번역한 것이리라.

"아빠, 잠깐 차 좀 세워 주세요."

미도리의 말에 시장이 브레이크를 밟았다. 그러자 그녀는 차에서 내리더니 습지 쪽으로 달려가 꽃을 몇 송이 따 왔다.

"자요."

그녀가 손수건 위에 꽃을 올려놓으며 보라고 했다. 담청색 꽃잎에 한가운데 노란 빛이 도는 예쁜 꽃이었다.

히노 시장이 다시 차를 출발시켰다. 산길을 달리던 차는 몇 분 지나지 않아 길이 끝나는 곳에서 멈춰 섰다. 눈앞에 고풍스런 서양식 저택이 위풍당당한 모습으로 서 있다.

"자, 다 왔습니다."

시장이 차에서 내렸다. 나와 미도리까지 내리자 저택의 정문이 양쪽으로 활짝 열렸다. 그리고 안에서 얼굴이 수염으로 뒤덮인 남자와 몸집이 작고 안경을 쓴 중년 여성이 나왔다. 남자는 본 적이 있는 사람이었다. 바로 기념관의 문지기였다.

"아이고 시장님, 어서 오십시오."

문지기가 손을 비비며 다가왔다.

"수고가 많네. 다른 사람은?"

"쓰키무라 관장과 기베 씨가 오셨습니다."

"그래? 이거 내가 기다리게 만들었군."

시장이 차 트렁크를 열고 가방 두 개를 꺼냈다. 검은 가죽 가방과 꽃무늬가 들어간 가방이다. 꽃무늬 가방은 미도리가 들었다.

"여기가 시장님 별장인가요?"

"별장이라고 할 정도는 아니고, 제 아버지가 빚 대신 받은 것이라고 합니다. 낡고 불편하지만 방이 많은 것이 장점이지요. 비밀 회합을 가질 때 이용하곤 합니다."

몸집이 작은 여인이 시장에게 다가와 꾸벅 머리를 숙였다. 코끼리 그림을 수놓은 앞치마를 두르고 있었다.

"오랜만에 오셨네요."

"아, 후미 씨! 잘 지냈어요?"

시장이 미소 띤 얼굴로 그녀에게 인사를 건네고는 고개를 돌려 내 쪽을 보며 말했다.

"이 집을 관리해 주는 후미 씨입니다. 이분이 여기서 지내기 때문에 이 집이 버티고 있는 셈이지요."

그러고는 다시 그녀를 보며 "이분은 어제 얘기한 덴카이치 탐정입니다."라고 나를 소개했다.

"후미라고 합니다. 잘 부탁드립니다."

그녀가 두 손을 공손히 모으며 내게 인사를 건넸다. 나도 잘 부탁드린다고 인사했다.

"저 사람 아시죠?"

시장이 문지기를 가리키며 물었다.

"네, 며칠 전에 봤습니다."

"그럴 필요가 있을까 싶긴 하지만 일단 모두 불렀습니다. 관계자 전원이 모이는 편이 좋을 것 같아서요."

"관계자 전원요?"

"네, 그렇습니다."

시장이 한쪽 눈을 찡긋했다.

건물 정면에 있는 돌계단을 오르자 현관이 나타났다. 조각이 새겨진 현관문이 양쪽으로 열리고 우리는 안으로 들어갔다. 로비 바로 안쪽에 널찍한 거실이 있었다. 2층까지 천장이 뻥 뚫린 구조였다.

"빨리 도착하셨네요."

난로 앞에 앉아 있던 여성이 우리를 보고 일어섰다. 기념관의 관장이자 고고학 박사인 쓰키무라 여사였다. 그녀 옆에는 양복에 조끼까지 갖춰 입은, 다소 살찐 체격의 콧수염 기른 남자가 앉아 있었다.

"죄송합니다. 준비하는 데 생각보다 시간이 많이 걸렸습니다. 게다가 덴카이치 씨도 모셔 와야 해서요."

시장이 고개를 꾸벅하며 그들에게 사과했다.

"지난번엔 폐가 많았습니다."

내가 쓰키무라 박사에게 말했다.

"요 며칠간 있었던 일은 들었어요. 탐정님께서 엄청난 활약을 하셨다고요."

"일이 우연히 그렇게 됐습니다."

내가 쓰키무라 박사와 이야기를 나누는 사이 콧수염 남자는 빙글거리며 나를 머리끝부터 발끝까지 노골적으로 훑어봤다. 그러고 나서 내게 자신을 소개했다.

"기베 마사후미라고 합니다. 신문을 만들고 있죠. 중앙에서는 이름도 잘 모르는 지방 신문이지만요."

"덴카이치입니다."

"예, 알고 있습니다. 방금 전까지 쓰키무라 선생과 함께 탐정님에 대해 얘기하고 있었어요. 그렇게 추리력이 뛰어난데 왜 탐정을 하느냐고. 다른 분야에서 그 재능을 살린다면 더 크게 성공할 수 있을 텐데 말입니다. 예를 들면 주식이라든가."

"그렇게 칭찬해 주시다니 영광입니다."

나는 형식적으로 답례했다.

기베는 시장과도 인사를 나누었다. 서로 꽤 가까운 사이라는 인상을 받았다.

"기베 씨도 보존 위원회 멤버입니다."

시장이 내게 말했다.

"그러면 관계자 전원이란 게……."

"그렇습니다. 그 사건의 관계자 전원을 의미합니다."

도굴했을 가능성이 있는 사람 전원이라는 의미겠지. 그렇다면 앞으로 올 사람들도 모두 보존 위원회 멤버일 것이다.

거실에는 팔걸이가 달린 나무 의자 일곱 개가 놓여 있었다. 그중 비어 있는 의자는 세 개. 미도리는 벽 쪽에 붙은 긴 의자에 앉았다.

"이곳에 의자가 일곱 개 놓여 있는 데에는 의미가 있습니다."

기베가 내게 말했다.

"기념관 보존 위원의 숫자에 맞춘 것입니다. 그렇지요, 시장?"

"일종의 장난 같은 거죠."

그러고서 시장은 얼른 담배를 입에 물었다.

"탐정님, 잠깐 일어나서 의자 바닥을 좀 봐 주세요."

기베의 말에 나는 일어서서 의자 바닥을 살폈다. 거기에는 WED라는 글자가 새겨져 있었다.

"이건, WEDNESDAY의 약자인가요?"

"맞습니다. 수요일이라는 의미지요. 이건 미즈시마(水島) 유이치로 전용 의자였습니다."

그렇게 말한 기베(木部)는 자리에서 일어나 자신이 앉았던 의자의 밑바닥을 보여 주었다.

"제 의자에는 THU라고 새겨져 있습니다. 말할 것도 없이 THURSDAY, 목요일의 약자입니다. 그렇다면 지금 쓰키무라 선생과 히노 시장이 앉아 있는 의자에 무슨 글자가 새겨져 있을지도 짐작하시겠지요? 그렇습니다. 쓰키무라(月村) 선생 의자에는 MON, 히노(日野) 시장 의자에는 SUN이 새겨져 있습니다."

그 말에 나는 나머지 세 개의 의자를 살펴봤다. 각각 TUE, FRI, SAT라고 새겨져 있다. TUE는 히다 슌스케(火田俊介)가 앉는 의자였을 것이다. 옆에서 시장이 말했다.

"보존 위원회 멤버들 이름을 보고 있다가 문득 깨달았습니다. 멤버들 이름의 머리글자를 따면 월, 화, 수, 목, 금, 토, 일이 된다는 사실을요. 그래서 이런 장난을 한 거지요. 멋 좀 부려 봤습니다."

"그럼 나머지 두 사람의 이름은?"

"가네코(金子)와 도이(土井)입니다."

"그렇군요."

그럴 만도 하겠다는 생각이 들었다.

설마 이런 장난을 하기 위해 이름에 그와 같은 글자가 들어간 사람들을 멤버로 끌어들인 것은 아니겠지. 아마도 우연일 것이다. 도저히 있을 수 없는 일 같지만 이 세계에는 이 정도 우연이 흔할지도 모른다.

나머지 두 사람이 도착한 것은 그로부터 30분쯤 후였다. 때맞춰 비가 내리기 시작했다.

가네코 가즈히코는 문화인류학자라고 자신을 소개했다. 갈색 베레모와 파이프가 그의 트레이드 마크인 듯하다.

"대개들 한눈에 저를 알아봅니다만,"

그는 내게 그렇게 말했다.

"TV에 자주 나오니까요. 덴카이치 씨는 TV는 잘 안 보시나 봅니다."

안 보는 건 아니지만 이 세계의 프로그램은 본 적이 없다.

"거의 보지 않습니다."

"그러시군요. 뭐, TV 좀 안 본다고 곤란할 일은 없지요."

가네코는 내가 자신을 유명인으로 대우하지 않는 것이 불만인 듯했다.

도이 나오미는 과학 저널리스트였다. 단발머리를 한 것은 지적인 이미지를 풍기기 위해서인 듯하지만 애석하게도 그런 시도는 불발인 것 같다. 아마도 내게 '인텔리는 야위어야 한다'는 고정관념이 있기 때문이리라. 그녀는 그와는 정반대 체형이었다. 어느 면으로 보나 사람 좋은 아줌마라는 느낌을 주는 여자다. 물론 그게 나쁘다는 말은 아니다.

"저는 논리적 사고를 하지 않는 사람과는 대화하지 않는다는 신념을 갖고 있어요."

그녀는 나와 얼굴을 마주하자마자 그렇게 말했다.

"탐정님은 최근 두 가지 사건을 해결하셨다고 들었는데, 백 퍼센트 논리로만 풀어낸 건가요?"

"뭐, 거의 그렇다고 할 수 있겠죠."

내 대답에 그녀는 고개를 크게 끄덕였다.

"탐정님과는 마음이 맞을 것 같군요."

"그러시다면 다행입니다."

이렇게 해서 관계자 전원이 한자리에 모였다.

2

보존 위원회 멤버 다섯 명과 나, 이렇게 여섯 명이 거실에 둥그렇게 둘러앉았다. 먼저 시장이 입을 열었다.

"오늘 여기 모이자고 한 것은 다름 아니라 기념관에 관해 중대한 보고 사항이 있기 때문입니다."

"크리에이터의 정체라도 밝혀졌나?"

기베가 히죽거리며 끼어들었다.

"설마, 역시 우리 선조가 크리에이터였다느니 어쩌느니, 그런 말을 하려는 건 아니겠지요?"

히노 시장의 부친이 그렇게 주장했다는 건 아마도 널리 알려진 사실인 듯하다.

시장은 쓴웃음만 지을 뿐 아무런 대꾸도 하지 않았다.

"실은 얼마 전 기념관 지하실에서 약간의 액시던트가 있었습니다."

그의 표정이 다시 진지해졌다.

"액시던트? 사고 말인가요?"

도이 나오미가 물었다. 완벽한 영어 발음이다.

"사고라고도 할 수 있습니다만,"

시장은 그녀 쪽으로 고개를 돌리고 말했다.

"인위적인 것입니다."

"뭔데요? 뜸 들이지 말고 얘기해 보세요."

가네코가 파이프를 돌려 물었다.

시장은 고개를 한 번 끄덕인 다음 지하실에서 발생했던 도굴 사건을 설명하기 시작했다. 쓰키무라 여사는 이미 알고 있는 일이기 때문에 별 반응을 보이지 않았지만 나머지 세 사람은 매우 당황한 듯했다.

"왜 그런 엄청난 사건을 지금까지 숨겨 왔나요?"

기베가 분노를 터뜨렸다.

"지하실을 발견한 건 우리 마을로서는 사상 최대의 사건입니다. 그런 만큼 신중히 조사하자는 거였습니다."

"좀 더 납득할 만한 설명을 듣고 싶은데요."

가네코도 한마디 했다.

"그렇고말고요. 대답에 따라서는 위원직을 사임할 수도 있어요. 그렇잖아요. 이렇게 엄청난 사건이 일어났는데, 우리를 무시한 거 아닙니까."

도이 나오미도 학부모회의 말 많은 엄마처럼 파르르했다.

그때 쓰키무라 여사가 입을 열었다.

"도굴 사건에 관해 여러분에게 알리지 말자고 한 사람은 접니다."

"에에?"

세 사람의 시선이 그녀에게 집중됐다.

"왜죠?"

도이 나오미가 물었다.

"그건,"

쓰키무라 여사는 잠시 주저하는 듯하더니 마침내 결심한 듯 말을 이었다.

"여러분 중에 도굴범이 있을 거라고 생각했기 때문입니다."

이 말에 기념관 보존 위원 세 사람은 거의 동시에 얼굴빛이 변했다.

"뭐라고?"

"무슨 말을 하는 거야!"

"어떻게 그런 말을!"

"자, 자자자. 얘기를 더 들어 주세요. 네, 네, 화내시는 게 당연합니다. 하지만 우선은 얘기를 좀 들어 보세요, 네?"

시장이 세 사람을 달래려는 듯 양손을 좌우로 크게 벌리며 말했다.

"하지만 도둑 취급을 받았잖아."

기베가 분노에 가득 찬 눈으로 시장을 노려보았다.

"압니다. 어떤 기분일지 잘 압니다. 하지만 저희 입장도 좀 이해해 주세요. 생각해 보십시오. 지하실을 발견했다는 사실 자체가 아직 공표되지 않았습니다. 즉, 일반인들은 거기에 지하실이 있는지, 또 미라가 잠들어 있는지조차 모릅니다. 그걸 모르는데 도굴할 생각을 할 수 있겠습니까?"

시장의 말에 세 명의 위원은 갑자기 할 말을 잃은 듯했다. 입을 열려다 말고 서로의 얼굴만 번갈아 마주 보았다.

"이제 아시겠습니까? 저는 일을 조용히 처리하려고 일부러 경찰에 신고도 하지 않고 여러분에게 알리지도 않은 겁니다. 그리고 도굴품의 행방에 대해서 여기 계시는 덴카이치 탐정에게 의뢰한 것입니다."

그러자 세 명의 시선이 일제히 내게 쏠렸다.

"그래서 뭘 좀 알아냈나요?"

가네코가 물었다. 내가 막 대답하려는데 시장이 말을 가로

챘다.

"덴카이치 씨는 우선 미즈시마 씨와 히다 씨를 만났습니다. 그런데 여러분도 잘 아시는 바와 같이 두 분이 연달아 살해되는 일이 벌어졌습니다. 물론 두 사건에 연관성은 없습니다. 각각 다른 범인에 의한, 전혀 별개의 동기에 의한 살인 사건입니다. 하지만 이 두 살인 사건을 해결하면서 덴카이치 씨는 하나의 결론에 도달했습니다. 그건, 미즈시마 씨나 히다 씨 모두 도굴에 관여하지 않았나 하는 것입니다."

여기서 시장은 고개를 돌려 내 쪽을 보았다.

"그렇지요, 덴카이치 씨?"

아직 나 스스로 명확한 결론을 얻지 못한 추리를 시장이 발표해 버리는 바람에 나는 적잖이 당혹스러웠다. 하지만 여기서 또다시 애매한 태도를 보인다면 모처럼 조성된 긴장감이 붕괴되고 만다. 하는 수 없이 나는 동의하기로 했다.

"그렇습니다."

내 대답에 안도한 시장은 다시 위원들 쪽으로 시선을 돌렸다.

"하지만 미즈시마 씨의 저택에도 히다 씨의 빌라도 하우스에도, 사건의 핵심인 도굴품으로 보이는 물건은 없었습니다. 덴카이치 씨의 추리에 따르면,"

여기서 시장은 또 한 번 나를 흘긋 보았다.

"그것은 이미 다른 사람 손에 넘어갔을 가능성이 있다는 겁니다. 그 후보자로 보존 위원회 멤버를 지목하는 것은 결코 터무니없는 일이 아니라고 생각합니다. 그런 관계로 오늘 이렇게 여러분을 모이시라고 한 겁니다."

"나는 모르는 일이오."

시장이 이야기를 끝내자마자 기베가 퉁명스럽게 내뱉었다.

"그리고, 대체 우리가 왜 도굴 따위를 하겠난 말이야."

"저도 몰라요."

"저도."

"정말입니까?"

시장이 세 명의 얼굴을 차례로 바라봤다.

"혹시 뭔가 숨기는 게 있다면 지금 말씀해 주세요. 시기를 놓치면 사태만 악화될 뿐입니다."

"뭐야, 지금 협박하는 거야? 뭐가 어떻게 악화된다는 거요."

신문사 사장이 몸을 크게 뒤로 젖히며 말했다.

"덴카이치 씨에 따르면,"

시장이 또 내 이름을 들먹였다.

"저주가 내린 거라고 합니다."

"저주?"

"즉, 살인 사건이 또다시 발생할 가능성도 있다는 겁니다."

그 말에 기베는 코웃음을 쳤다.

"무슨 얘긴가 했더니만."

"갑자기 이야기의 수준이 떨어지는군요."

그러면서 가네코도 의자에서 굴러 떨어지는 시늉을 했다.

하지만 그중에서도 가장 강하게 불쾌감을 표시한 사람은 과학 저널리스트 도이 나오미였다.

"왜 여기서 갑자기 그런 비과학적인 얘기가 나오나요? 덴카이치 씨, 방금 전에 백 퍼센트 논리만으로 해답을 이끌어 냈다고 하지 않으셨어요? 그런데 저주라니."

그녀는 단발머리를 절레절레 흔들더니 덧붙였다.

"실망이네요."

"하지만 미즈시마 씨와 히다 씨가 연달아 비극적으로 사망한 건 사실입니다. 그걸 단순히 우연으로만 볼 수는 없지 않겠습니까?"

시장이 말했다.

"단순한 우연이에요."

도이 나오미가 시장의 의견을 일축했다.

"아니, 어떻게 보면 우연이라고 할 수도 없지. 제가 들은 바에 의하면 두 사건 모두 범인이 피해자 주변 사람이었다고 하더군요. 다시 말해 미즈시마 씨나 히다 씨나 언제 살해돼도 살해될 상황이었다 이 말이에요. 두 번째 사건의 범인이 첫 번째 사건에 자극받아 범행을 저질렀다고 해석한다면, 우연이 아닌 필연이라는 느낌마저 드네요."

역시 과학적이다. 하지만 이 여성에게도 저주의 의미는 알려 주어야 할 것이다.

"저주라는 표현이 불만이시라면,"

내가 말했다.

"영향력이라고 해도 좋습니다. 제 생각에 도굴품은 뭔가 큰 영향력을 갖고 있는 것 같습니다. 그 영향력 때문에 미즈시마 씨나 히다 씨가 살해되는 사건이 일어났다는 게 저의 판단입니다."

"단어를 아무리 바꿔도 현실감 없는 얘기이긴 마찬가지군요."

가네코가 베레모 위로 머리를 긁으며 말했다.

"그 정도로 큰 영향력을 가진 도굴품이라는 게 대체 뭡니까?"

"그건 아직 뭐라고……."

"뭐야, 모르는 거야?"

기베는 노골적으로 경멸의 표정을 떠올렸다.

"그럼 이거 얘기가 안 되잖아."

"대략 짐작은 하고 있습니다만, 그걸 지금 여기서 말할 필요는 없다고 봅니다. 여러분 가운데 누군가는 그게 무엇인지 확실히 알 것이고."

"뭔 소린지 하나도 모르겠네."

가네코가 과장되게 머리를 가로저어 보였다.

"어쨌든 나는 도굴인가 뭔가와는 관계가 없으니까."

"나도."

도이 나오미도 딱 잘라 말했다.

"그래서 시장, 이제부터 어떻게 할 작정입니까?"

기베가 히노 시장에게 물었다.

"당신들은 우릴 의심하고 있는 것 같은데, 아무도 자백할 가능성은 없어 보이는군. 이렇게 얼굴을 맞대고 있어 봐야 아무런 진전이 없을 것 같은데."

"나도 일이 그렇게 쉽게 풀리리라고는 생각하지 않아요, 기베 씨."

시장이 여유 있는 태도를 보였다.

"이렇게 모인 김에, 아니 모처럼 이렇게 모여 주셨으니 기념관에 대해 이런저런 이야기를 나누어 보는 것도 좋지 않겠습니까? 소유권 문제도 있고, 지하실과 미라를 언제 발표할지에 관해서도 결정해야 합니다. 그리고 미즈시마 씨와 히다 씨를 대신할 새 위원도 서둘러 뽑아야 하고요. 오랜만에 후미 씨의 요리도 맛보면서 그런 문제들에 대해 찬찬히 논의해 봅시다. 그러는 사이에,"

시장은 다시 나를 쳐다보았다.

"덴카이치 씨가 우리의 얘기를 들으며 추리를 하는 겁니다. 물론 누가 도굴과 관련됐는지에 대해서 말이죠. 어떻습니까?"

나는 어이없는 표정으로 시장을 쳐다봤다. 하지만 이미 그는 다른 위원들 쪽을 향해 있었다.

"요컨대, 대화하는 도중에 누군가의 거짓말이 탄로 나길 기다리는 작전이군요!"

가네코가 익살맞은 짓이라도 했다는 듯 어깨를 움츠렸다.

"나는 좋아요. 탐정이 서투른 추리로 이상한 누명만 씌우지 않는다면."

기베가 자신만만한 태도로 말했다.

"나도 괜찮아요. 단,"

도이 나오미는 나를 잠시 바라보더니 내가 예상했던 말을 꺼냈다.

"그 추리는 어디까지나 과학적이어야 합니다."

"그건 제가 보증합니다."

시장이 또 멋대로 나섰다. 그때 후미가 조심스럽게 다가와 시장 귀에 뭐라고 속삭였다. 시장은 고개를 끄덕이고는 사람들을 향해 말했다.

"저녁 식사가 여섯 시부터라는군요. 아직 두 시간 이상 남

아 있으니까 우선 각자 자유롭게 쉬고 나서 나머지 얘기는 식
당에서 다시 나누도록 하죠."

그 말에 기베와 가네코와 도이는 서둘러 자리에서 일어났다.

"거참, 이런 모임이 될 줄은 꿈에도 몰랐네."

기베가 투덜거렸다. 그러자 가네코는 다소 무심한 얼굴로
기베를 보며 "뭐, 어쩌다 그럴 수도 있죠."라고 말하고는 어깨
를 들썩했다.

"아무리 어쩌다라도 저주니 뭐니 하는 말은 참기가 힘들군
요."

도이 나오미는 여전히 화가 풀리지 않은 듯했다.

세 사람은 거실 구석에 있는 계단을 올라갔다. 그 위쪽은 2
층까지 천장이 뻥 뚫려 있고, 난간에 면한 복도를 따라 방이
줄지어 있다. 세 사람은 기베, 가네코, 도이의 순으로 앞쪽 방
부터 한 사람씩 들어갔다. 아마 매번 각자 사용하는 방도 정
해져 있는 것 같다.

세 사람의 방문이 모두 닫힌 걸 확인한 나는 시장의 옆얼굴
을 보며 항의했다.

"갑자기 그런 부탁을 하시면 곤란합니다."

내 말에 시장이 빙긋 웃었다.

"잘못됐나요?"

"그럴 작정으로 저를 여기까지 데려오신 거라면 미리 알려

주셨어야죠. 그런 상황에서 갑자기 제게 추리를 맡기겠다고 선언하시면 어떡합니까."

"그랬나요? 이거 덴카이치 씨를 난처하게 만들었다니 정말 죄송합니다. 하지만 미리 상의했더라도 달라질 게 없지 않았을까요? 여기 오기 전까진 저 세 사람을 만나 볼 기회도 없었을 테고."

"그래도 마음의 준비라는 게 있지 않습니까."

그러자 "그건," 이라고 말한 시장은 집게손가락으로 나를 가리켰다.

"명탐정 덴카이치라면 문제없을 거라고 확신했기 때문입니다."

그 말에 나는 그만 맥이 빠져 의자 뒤쪽에 몸을 기대고 뻥 뚫린 천장만 올려다보았다. 그때 벽에 걸린 뻐꾸기시계가 눈에 들어왔다. 의외로 정확한 시각을 가리키고 있었다. 뻐꾸기시계란 으레 망가져 있기 마련이라고 생각했는데.

그건 그렇고.

나는 왜 이런 상황에 빠진 것일까. 보이지 않는 힘이 내가 이 마을에서 무언가를 하도록 조종하고 있다. 그게 대체 뭘까.

"도굴품에 대해 짐작 가는 바가 있다고 하셨는데 정말인가요?"

쓰키무라 박사가 내게 물었다.

"아직 확증은 없지만……."

"제게도 가르쳐 줄 수 없는 건가요?"

"죄송합니다. 확실하지 않은 것을 입에 올리고 싶지 않아서요. 하지만 이렇게 말씀드릴 수는 있습니다. 그건 이 마을에서 사라졌던 물건입니다."

"사라졌던?"

"그렇습니다. 원래는 이 마을에도 있었습니다. 아니, 이 마을에야말로 반드시 있어야 할 물건이었습니다. 그게 없으면 이 마을은 존재 이유가 없다고 할 정도로 중요한 겁니다."

"참 신경 쓰이네요. 그렇게 말씀하시니 더욱 궁금해지는군요."

쓰키무라 박사는 팔짱을 끼고 나를 쏘아보았다.

"자, 그만, 그만."

시장이 쓴웃음을 지으며 쓰키무라 박사를 달랬다

"덴카이치 씨가 머지않아 말해 줄 테니 그때까지 즐거운 마음으로 기다립시다."

"뭐, 어쩔 수 없겠죠."

쓰키무라가 그렇게 내뱉으며 한숨을 내쉬었을 때였다. 갑자기 창밖이 번쩍하더니 뒤이어 천둥소리가 울렸다.

"어, 봄 천둥이 치네!"

시장이 창 쪽을 바라보며 말했다. 그러자 미도리가 창가로

다가가 바깥을 내다보고는 돌아서며 말했다.

"비가 많이 오네요. 바람도 세고."

그 말이 끝나자마자 창문에 빗방울 부딪치는 소리가 투두둑투두둑 났다. 멀리서 짐승이 신음하는 듯한 바람 소리가 들린다.

"덴카이치 씨, 저녁 식사 때까지 방에서 잠깐 쉬는 게 어떻겠습니까?"

시장은 내게 그렇게 권하면서 "오른쪽 끝에서 첫 번째 방과 두 번째 방이 비어 있습니다. 어느 쪽이든 마음에 드는 방을 쓰세요."라고 말했다.

"그럼 제일 안쪽 방을 쓰겠습니다."

그 말과 함께 나는 자리에서 일어섰다.

"미도리, 안내해 드려라."

그녀는 "네."라고 대답하고는 앞서서 계단으로 향했다.

2층에 있는 일곱 개의 방 중 맨 안쪽에 있는 방문을 열자 나란히 놓인 침대 두 개가 맨 먼저 눈에 들어왔다. 옅은 어둠 속에 하얀 시트가 도드라져 보인다. 미도리가 방의 불을 켰다.

"죄송해요. 방이 좁아서요."

"아니야, 이 정도면 충분하지, 뭘."

방 안에는 옷장에 작은 책상까지 있었다. 이 이상을 바라는 건 사치일 것이다. 게다가 나는 여분의 옷도 가져오지 않았다. 어제 호텔 근처에 있는 잡화점에서 속옷을 사서 이 마을에 온 후 처음으로 갈아입은 게 전부다.

"방마다 제대로 된 자물쇠는 없고 걸쇠만 있으니까, 외출할 때는 방에 귀중품을 두지 않으시는 게 좋을 거예요."

미도리가 소곤거리며 말했다.

"그럴게."

여기 있는 사람들 중에 도둑질할 인물이야 없겠지만 그래도 나는 그녀의 충고에 따르기로 했다.

문 안쪽에 달려 있는 걸쇠는 평평한 금속 막대기를 문틀에 달린 고리 속으로 밀어 넣도록 되어 있는 간단한 구조로, 동서고금을 막론하고 탐정 소설에서 밀실을 구성하는 소도구로 수없이 등장한 물건이다. 물론 내가 전에 살던 세계의 이야기지만.

"그럼 저녁 식사 때 뵐게요."

그렇게 말하고 미도리가 나가자 나는 방문을 닫았다. 문 안쪽에 작은 팻말이 걸려 있는 게 눈에 들어왔다. 나무로 만든 팻말에 WED라는 글자가 새겨져 있었다. 거실 의자 바닥에 새겨진 것과 똑같았다. 그런데 글자 위쪽에 큼지막하게 X표가 되어 있다.

이곳이 미즈시마 유이치로의 방이었던가 보다고 나는 생각했다. 아마 다른 방들에도 이런 팻말이 걸려 있겠지. 그런데 저 X표의 의미는 무엇일까.

궁금해진 나는 방을 나와 살며시 옆방 문을 열어 보았다. 미도리가 말한 대로 잠겨 있지 않았다. 그리고 문 안쪽에는 역시 TUE라고 새겨진 팻말이 걸려 있는데, 거기에도 X자가 표시되어 있다.

나는 방으로 돌아와 한쪽 침대에 천장을 보고 누웠다. 어디선가 또 천둥이 쳤다. 비가 점점 더 세차게 내리는 듯하다.

왠지 불안한 기분이 들었다. 뭔가 준비가 착착 진행되고 있는 듯한 느낌이다.

3

저녁 식사를 시작할 무렵이 되어서도 천둥은 그칠 줄을 몰랐다. 아니, 오히려 조금씩 가까워지고 있는 듯하다. 비는 쉴새 없이 내리면서 대지와 건물을 두드리고 있다.

식당은 거실 바로 옆에 있었다. 우리는 열 명 정도가 한 번에 앉을 수 있는 기다란 테이블에 서로 마주하고 앉았다.

음식은 문지기가 날랐다. 시장의 말에 따르면 위원회 모임이 있을 때마다 그가 와서 잔심부름을 한다고 한다. 어쩐지 능숙하게 접시를 나른다 싶었다.

"아는 사람 중에 시계 회사 사장이 있는데, 기념관 보존 위원에 결원이 생기면 얘기해 달라고 했어."

기베가 문어 매리네이드 요리를 질겅질겅 씹으며 말했다

"위원을 시켜 주면 기념관에 커다란 시계탑을 기부하겠다나."

끼리끼리 모인다더니, 어쩐지 기베와 비슷한 타입의 남자일 것 같다. 나는 맞은편에 앉은 미도리를 보고 다른 사람들이 눈치 채지 못하게 슬며시 윙크하며 웃었다.

"그 시계 회사 사장은 왜 위원이 되려고 하는데요?"

가네코가 묻는다.

"그 이유가 걸작인 게, 광고에 이용하고 싶다는 거야."

"광고?"

"그렇다니까. 예를 들면 이런 식이지. 미라에 손목시계를 채운 다음, 미라가 눈을 뜨고 크게 하품하는 걸 특수 촬영하는 거야. 미라는 시계를 보고 이렇게 중얼거리지. '오! 150년 동안 내 시계는 1초도 틀리지 않았어.' 그런 다음 흐르는 카피 한마디. '당신의 추억을 저장해 드립니다. 쿼츠의 명가, XX시계!' 어때?"

"미라……라고?"

쓰키무라 박사의 눈이 빛났다.

"어떻게 그 사람이 미라에 대해 알고 있죠, 지하실 얘기를 한 건가요?"

"앗."

기베의 입이 크게 벌어졌다. 그리고 헛기침을 해 댔다.

"그, 그게…… 전부 다 얘기한 건 아니고, 미라 얘기만 조금 한 거야. 그러니까 그, 그 녀석이 알고 있는 건 그것뿐이야."

쓰키무라 박사는 진절머리 난다는 표정을 짓더니 고개를 살래살래 흔들었다. 그리고 화이트와인을 벌컥벌컥 마셨다.

"곤란한데요."

시장이 포크를 잡은 손을 테이블에 내려놓고 말했다.

"지하실이 발견됐다는 사실은 절대 발설하지 않기로 약속 했잖습니까."

"그러니까 죄다 얘기한 건 아니라니까요. 괜찮아요. 그 남자는 믿을 수 있어. 내가 보증해요. 그렇게 걱정되면 그 녀석을 멤버로 넣으면 되잖습니까. 돈도 많고, 이런저런 연줄도 있고."

"그 사람 말고 또 누구한테 얘기했습니까?"

시장은 기베의 말을 무시하고 물었다.

"없어요. 믿어 줘, 응?"

기베는 그렇게 말했지만 그의 말을 믿을 사람은 없었다. 아무도 그의 말에 맞장구쳐 주지 않는 바람에 분위기만 더 어색해지고 말았다.

"쓰키무라 선생, 지하실에 대한 본격적인 조사는 언제 시작할 예정인가요?"

도이 나오미가 옆 자리의 쓰키무라 박사에게 물었다.

"지금으로서는 도굴품을 되찾은 후에 하려고 생각하고 있지만……."

쓰키무라 박사는 나와 시장을 흘끗흘끗 바라보면서 말했다.

"만일 되찾지 못한다 해도 다음 주 후반에는 시작했으면 해요."

"조사의 첫 단계는 역시 미라인가요?"

가네코가 물었다.

"네, 지하실 전체에 대한 조사도 병행해야겠지만, 역시 미라를 최우선으로 해야지요."

"그 미라의 정체가 과연 무엇일지, 그게 문제야."

기베가 그렇게 말했을 때 샐러드와 생선 요리가 나왔다. 후미와 문지기가 사람들 앞에 접시를 놓아 주었다.

"DNA를 분석하면 누구의 조상인지 알아낼 수 있지 않을까요?"

도이 나오미가 과학 저널리스트다운 발언을 했다.

"가능하겠지요."

쓰키무라 박사가 동의했다.

"그와 관련해서 이미 전문 연구 기관에 조사를 의뢰해 놓았습니다."

"그것이 밝혀지면 크리에이터의 후손이 누구인지도 단번에 판명될까요?"

"아니, 그렇진 않을 거요."

가네코의 말에 기베가 반대 의견을 내놓았다.

"그 미라가 크리에이터라는 증거는 어디에도 없으니까. 쓰키무라 선생의 주장에 따르면 미라는 살해됐다고 하던데, 그렇다면 미라 외에 최소한 또 한 명이 있었다는 얘기 아닌가. 그쪽이 크리에이터일 수도 있지."

"크리에이터가 살인범이다?"

시장이 눈을 크게 뜨며 말했다.

"새로운 학설이로군요."

"크리에이터가 선량한 사람이었다고 단정할 만한 근거는 없잖아요."

"아니, 크리에이터란 그런 게 아니잖아요."

가네코가 반론을 제기했다.

"크리에이터란 한 개인을 가리키는 것이 아니라, 이 마을을 세운 사람들 전체를 상징하는 말이에요. 그렇다면 미라 역시 크리에이터라고 해도 문제가 없지 않을까요? 물론 미라를 살해한 범인도 마찬가지고요. 하여간 특정인을 지목하기는 어려워요. 일단은 미라의 후손들을 크리에이터의 자손이라고

칭해도 괜찮지 않을까 싶은데요."

"그 미라가 어떤 인간이었는지 전혀 밝혀진 게 없어요. 어쩌면 극악무도한 사람이었는지도 모른다고. 그래도 그 후손들에게 크리에이터 칭호를 부여할 건가?"

"어떤 사람인지 모른다면 문제가 없지 않을까요?"

"나중에라도 미라의 정체가 밝혀지면 그때는 어떻게 하느냐 이 말이지."

"그거야 그때 가서 생각하면 되죠."

"그러면 늦는단 말이오."

시장이 "자아, 자아." 하며 중재에 나섰다.

"미라에 대해 아직 아무것도 모르는 상황에서 논쟁을 벌여봤자 의미가 없습니다. 데이터가 조금이라도 나온 후에 다시 논의하도록 하죠. 어차피 그 데이터를 처음 보게 되는 건 우리들일 테니까요."

시장의 말에 기베와 가네코는 입을 다물고 불쾌한 표정으로 식사를 계속했다.

도이 나오미가 후후, 웃으며 내 쪽을 바라보더니 이렇게 말했다.

"어때요 탐정님, 이런 대화를 통해 뭔가 알아낼 만한 게 있나요?"

"에에, 물론입니다. 여러분의 인간성을 관찰하기에는 식사

중의 대화가 안성맞춤이죠."

"그럼 탐정 당신도 대화에 참여하지그래. 내가 관찰해 줄 테니."

커다란 브로콜리를 우적대며 기베가 말했다.

디저트와 함께 커피까지 마시고 나자 시장이 모두를 둘러봤다.

"그럼 이제 다시 거실로 나가 한잔 할까요?"

"좋죠."

그러면서 가네코가 제일 먼저 일어섰다.

"역시 스카치가 들어가지 않으면 혀가 잘 안 돌아간다니까."

기베의 말에 미도리는 내 팔꿈치를 찌르며 쿡쿡 웃어 댔다.

"다들 술을 엄청 좋아한다니까요."

"술을 못하는 사람은 없나 보지?"

"없어요, 저 말고는."

"그럼 나랑 주스라도 마시지."

그렇게 말하고 자리에서 일어서려는 순간, 어디선가 땅이 울리는 듯한 소리가 나면서 집 전체가 살짝 흔들렸다. 동시에 우리를 둘러싼 모든 빛이 한순간에 사라졌다.

모두가 놀라는 소리를 냈지만 당황해서 허둥거리는 사람은 아무도 없었다.

"정전이군요."

쓰키무라 박사의 목소리가 들렸다.

"근처의 전신주에 벼락이라도 떨어진 건가."

가네코가 낙뢰 가능성을 언급했다.

"여러분, 그대로 가만히 계십시오. 별일 없을 겁니다."

시장의 목소리다.

잠시 후 어디선가 빛이 비쳤다. 문지기가 손전등을 들고 나타난 것이다.

"자가발전으로 돌리게."

시장이 문지기에게 지시했다.

"안 그래도 지금 후미 씨가 작업하고 있습니다."

엔진 소리가 들린 것은 그 직후였다. 디젤 발전기일 것이다. 그리고 조금 후 빛이 되살아났다.

사람들의 위치는 불이 꺼지기 전과 달라지지 않았다고 나는 생각했다. 미도리 역시 의자에서 일어선 자세 그대로 있었다.

"이제 됐군요. 그럼 자리를 옮기도록 하죠."

시장이 사람들에게 말했다.

거실에 가 보니 조금 전까지 없던 원형 테이블이 방 한가운데 놓여 있고, 그것을 둘러싸고 의자 일곱 개가 똑같은 간격으로 배치되어 있다. 그리고 그와 조금 떨어진 곳에 사이드 테이블이 놓여 있고 그 위에 음료수가 준비되어 있었다. 브랜디, 스카치, 버번 등의 술과 주스, 그리고 각종 유리잔 외에 얼음이 가득한 통과 미네랄워터도 놓여 있다.

보존 위원회 멤버들은 저마다 자신의 전용 의자에 앉을 것이다. 나와 미도리는 이미 저세상 사람이 된 미즈시마 유이치로와 히다 슌스케의 자리에 앉을 수밖에 없었다. 그 두 의자는 나란히 붙어 있었다.

의자로 다가가던 나는 '어.' 하며 깜짝 놀랐다. WED라고 새겨진 글자 위에 X표가 커다랗게 쳐져 있었기 때문이다. 방에 걸려 있던 팻말에서 본 것과 같은 모양으로, 아까 이 의자를 봤을 때에는 분명히 없었던 것이다. TUE 의자는 어떤지 궁금했지만 이미 미도리가 앉아 있었기 때문에 볼 수는 없었다.

"자, 그럼 한잔 할까요."

기베가 서둘러 스카치에 물을 타기 시작했다. 그러자 다른 사람들도 모두 사이드 테이블 쪽으로 모여들었다. 나는 미도리와 얘기한 대로 주스를 마시기로 했다. 주스가 약간 미지근해서 컵에 얼음을 하나 넣었더니 미도리도 나를 따라 했다.

기베, 도이 나오미, 히노 시장은 스카치파였고, 쓰키무라 박사는 브랜디를 선택했다. 가네코는 버번을 온더록스로 마셨다.

"아까 시장도 이야기했지만, 미라의 정체가 판명되는 동안 결정해 두어야 할 것들이 많아요."

물을 타 묽게 만든 스카치가 든 잔을 천천히 돌리며 기베가 다시 이야기를 꺼냈다.

"예를 들면 기념관의 소유권 문제 말이오. 현재는 시청 소유로 되어 있다고 들었는데……."

"물론 그렇습니다."

"하지만 만일 미라의 정체가 밝혀져 그 후손이 누구인지 알 수 있게 되면 어떻게 되는 거지? 그치들이 기념관에 대한 소유권을 주장할 수도 있지 않소."

"그럴 수도 있겠죠."

가네코가 오른손에는 파이프를, 왼손에는 술잔을 든 채로 기베의 말에 동의했다.

"거기서 미라가 발견된 이상 건물 전체를 미라의 소유물로 간주하는 것도 부자연스럽지는 않으니까요."

"글쎄요, 정말 그럴까요?"

도이 나오미가 논쟁에 가세했다.

"그 건물의 지하실에 살았는지는 모르지만, 그렇다고 미라가 건물 전체를 소유했으리라고 단정할 수는 없지 않나요?"

"왜죠?"

"이건 제 느낌인데요, 그 지하실은 아무래도 주거 공간이었을 것 같지가 않아요. 그보다는 지하 감옥이라는 느낌이 강하죠. 입구가 교묘히 은폐돼 있던 것도 마음에 걸리고."

"동감이오. 그놈은 필시 갇혀 있었을 게야."

그렇게 말하고서 기베는 손에 들고 있던 술을 꿀꺽 들이켰다.

"쓰키무라 선생의 의견은 어떠신지."

"지하실이 일반적인 생활공간이 아니었던 것만은 확실해요."

그녀는 볕에 잘 그을린 손으로 브랜디 잔을 만지작거렸다.

"하지만 그게 뭐였든 그 집의 일부라는 사실에는 변함이 없잖아요. 그러니까 후손들은 당연히 소유권을 주장할 거예요."

그러면서 가네코는 무슨 이유에선지 히죽거렸다.

"아무리 그래도 시에서는 지금까지 해 오던 대로 할 수밖에 없습니다."

시장이 말했다. 그는 술 생각이 별로 없는지 테이블에 놓인 온더록스용 얼음이 다 녹을 때까지 술에 손도 대지 않았다.

"소송 사건으로 번질지도 모르겠네요."

가네코가 말했다.

"기념관이 자기 것이 될 수 있다면 그 정도 수고는 누구라도 기꺼이 할 테니까요."

"그렇게 되면 싸울 수밖에 없죠."

시장이 단호하게 말했다.

기베의 상태를 알아챈 건 그 직후였다. 표정이 왠지 이상하다고 생각한 순간 그가 얼굴을 일그러뜨리며 이를 악물더니 목을 쥐어뜯기 시작했다.

"아니, 왜 그러세요!"

옆 자리의 도이 나오미가 당황한 목소리로 외쳤다.

기베는 대답할 수 있는 상황이 아닌 듯했다. 경련하듯 몸을 크게 뒤로 젖히더니 그대로 의자에서 굴러 떨어졌다. 하지만 바닥에 부딪히는 고통쯤 지금의 그에게는 아무것도 아닌 것 같았다.

모두가 소리를 지르며 바라만 보고 있는 사이 그의 입에서 희고 가느다란 거품이 흘러나오기 시작했다. 부릅뜬 눈에는 흰자위만 가득했다. 그리고 기베는 불룩 나온 배를 위로 한 채 물고기처럼 두세 번 펄떡거리며 요동치더니 잠시 후 조용해졌다. 흰자위 가득한 눈을 부릅뜬 채였다. 입에서 나온 거품이 뺨을 타고 목으로 흘렀다.

"악."

도이 나오미가 비명을 질렀다.

"기베 씨, 기베 씨!"

시장이 황급히 자리에서 일어나 기베를 일으키려 했다.

"건드리지 마세요."

나는 시장을 제지하고 기베에게 다가갔다. 그리고 맥을 짚어 보고 동공도 관찰했다. 결과는 명백했다.

"사망했습니다."

"헉."

가네코가 짧게 소리를 내고는 망연자실한 표정을 지었다.

"어떻게 갑자기 이런 일이…… 심장 발작일까요?"

시장이 내게 물었다.

"아뇨, 그건 아닐 겁니다."

나는 기베가 마시다 내려놓은 테이블 위의 술잔을 봤다. 반 이상 비어 있었다. 내가 술잔을 바라보는 걸 알아챘는지 미도리가 그 술잔에 손을 뻗으려 했다. 그걸 본 나는 황급히 외쳤다.

"만지지 마."

그녀는 깜짝 놀라며 손을 움츠렸다.

나는 주머니에서 손수건을 꺼내어 지문이 묻지 않도록 술잔을 감싸 쥐었다. 냄새를 맡아 보았지만 스카치 향이 날 뿐, 외견상으로는 수상한 점이 없었다.

"어때요?"

내가 무슨 생각을 하는지 알아챈 도이 나오미가 나를 보며 물었다.

"모르겠습니다. 하지만 무색무취한 독약 같은 것도 얼마든지 있으니까요."

"독이라고?"

가네코가 뒤로 펄쩍 물러섰다.

"독이 어떻게 들어간 걸까요?"

그러면서 그는 자기 술잔을 내려다보았다.

바로 그 순간, 뻐꾸기시계가 울기 시작했다. 그렇지 않아도 긴장으로 가득한 방 안의 공기가 그로 인해 완전히 얼어붙었다.

"하필 이럴 때 울릴 게 뭐람."

가네코가 입술을 찡그리며 투덜거렸다. 그때였다.

"어?"

쓰키무라 박사가 눈을 크게 뜨더니 의자를 벽 쪽에 갖다 붙이고 위에 올라서 뻐꾸기시계로 손을 뻗었다. 그녀가 뭘 보고 그랬는지 금방 알 수 있었다. 뻐꾸기가 부리에 뭔가를 물고 있었던 것이다. 그것은 작게 접힌 하얀 쪽지였다. 쓰키무라 박사는 쪽지를 꺼내어 들고 의자에서 내려왔다.

그녀가 쪽지를 펼쳤다. 거기에 무언가 문장 같은 것이 적혀 있다는 건 그녀의 눈동자 움직임으로 알 수 있었다.

"여기요."

쓰키무라 박사가 쪽지를 내게 건넸다. 거기에는 자로 잰 듯 반듯한 글씨로 다음과 같은 문장이 적혀 있었다.

죄는 죽은 자의 책 속에 있다.

범인의 메시지였다. 뻐꾸기시계는 아홉 시 정각을 가리키고 있다. 범인은 그 시각까지 살인이 완료될 것을 예상하고 있었던 것이다.

"뭐야, 그럼 기베 씨도 살해됐다는 거잖아."

시장의 호흡이 거칠어졌다.

"하지만,"

도이 나오미가 고개를 저었다.

"누구에게요?"

"죽은 자의 책……, 그게 무슨 뜻일까."

내가 혼잣말처럼 중얼거리자 쓰키무라 박사가 말했다.

"기베 씨에게는 『승자의 경영학』이라는 저서가 있어요. 그걸 말하는 게 아닐까요?"

"혹시 그 책 가지신 분 없나요?"

"그런 책을 가지고 있을 사람은 아마 기베 씨 외에는 없을걸요."

가네코의 말이 끝남과 동시에 나는 계단을 달려 올라갔다.

기베의 방은 계단을 올라가자마자 맨 처음에 있었다. 문은 잠겨 있지 않았다. 나는 문을 열고 잠시 방을 둘러보았다. 기베는 두 개의 침대 중 한쪽에 짐을 풀어 놓고 있었다. 거기에 표지가 화려한 소프트커버 책이 놓여 있다. 나는 그것을 집어 들고 펼쳐 보았다.

"뭐 찾아낸 거 있어요?"

나를 뒤따라온 미도리가 물었다. 그녀에 이어 시장과 가네코, 쓰키무라 박사도 방으로 들어왔다.

"아니, 아직."

그렇게 말한 순간 책갈피 사이에서 종이쪽지를 발견했다. 거기에는 이런 글자가 적혀 있었다.

'그는 저주에 매료되었다. 금단의 책의 포로가 되었다.'

"금단의 책……."

"뭐라고 쓰여 있습니까?"

시장의 물음에 나는 말없이 그에게 쪽지를 건네줬다. 시장은 문장을 읽어 보고는 고개를 들어 나를 보았다.

"무슨 의미죠?"

"저도 좀 보여 주세요."

가네코가 시장의 손끝을 내려다보며 말하자 쓰키무라 박사와 도이 나오미도 쪽지를 보려고 목을 길게 뺐다.

나는 머리를 긁적거리며 방 안을 빙빙 돌았다. 그러다가 문득 생각나는 것이 있어 문 쪽으로 고개를 돌렸다. 거기에는 내 방에 있는 것과 똑같은 모양의 팻말이 걸려 있었다. 그리고 내 방의 팻말과 마찬가지로 THU라고 새겨진 글자 위에 크게 X표가 그어져 있었다.

4

천둥은 이제 울리지 않았다. 하지만 바람은 한층 거세졌고 격렬하게 쏟아지는 비도 전혀 공격을 멈출 기미가 보이지 않는다. 자가발전기라 용량이 그리 넉넉지 않아서인지 실내는 전체적으로 어둑어둑했다.

우리들은 거실에 모여 있었다. 기베의 시체는 남자들에 의해 그의 방 안으로 옮겨졌다. 지금 이 자리에는 히노 시장, 쓰키무라 박사, 도이 나오미, 가네코, 후미, 그리고 문지기와 나, 이렇게 일곱 명이 있다. 미도리는 자기 방에서 쉬고 있었다. 세 번이나 사체를 목격했으니 신경이 견뎌 내지 못하는 것이 당연하다.

살인 사건이 일어났음에도 우리들은 경찰에 연락할 수가 없었다. 전화선이 끊어져 있었기 때문이다. 그것이 아까 내리치던 벼락 때문인지 누군가 고의로 잘랐는지는 아직 모른다. 다만 나는 후자의 가능성이 높다고 생각했다. 이런 일은 결코 우연히 일어나지 않는다.

"우선 살해 방법에 대해 생각해 봅시다."

나는 미즈시마 유이치로의 의자, 즉 WED에 X표가 그어진 의자에 앉아 사람들을 둘러봤다.

거실에 돌아오자마자 나는 기베의 의자를 확인했다. 예상대로 THU 위에 X표가 되어 있었다. 아마도 내가 기베의 방에 있는 사이 범인이 틈을 보아 새겼을 것이다. 아니, 새긴다는 표현은 적절치 않은 것 같다. 실제로는 끝이 날카로운 물건으로 슬쩍 흠을 낸 것뿐이니 단 몇 초면 가능한 일이다. 그리고 그 끝이 날카로운 물건이 무엇인지에 대해서는 어느 정도 감을 잡고 있다. 사이드 테이블에 놓인 아이스픽에 미세한 나무 부스러기 같은 것이 묻어 있었기 때문이다. 좀 전에 미도리가 앉았던 히다 슌스케의 의자에도 TUE 위에 X표가 새겨져 있었다.

"방법은 독살이겠지요? 아까 당신이 그렇게 말했잖아요."

도이 나오미의 둥근 얼굴이 붉게 물들어 있었다.

"그렇습니다. 하지만 어떻게 술잔에 독을 넣었을까요?"

그러면서 나는 좀 전까지 기베가 쥐고 있던 술잔을 가리켰다.

"스카치 병에 들어 있지는 않았을 거예요. 저는 아무렇지도 않잖아요."

자신의 술잔을 바라보며 도이 나오미가 말했다. 말은 그렇게 하지만 나는 그녀가 조금 전부터 술잔에 입을 대지 않고 있다는 사실을 안다. 그리고 그건 다른 음료를 선택한 사람들도 마찬가지였다. 나 역시 더는 주스를 마실 생각이 들지 않는다.

"물이나 얼음에 독을 넣었을 수도 있지 않을까요?"

가네코가 말했다.

"그런데 얼음은 저도 사용했고, 물을 타서 마신 사람들도 있고요."

그러자 쓰키무라 박사가 자신도 물을 그대로 마셨다고 말했다.

"그러니까 술이나 얼음에 독을 넣은 것은 아니라고 생각하는 편이 옳겠군요."

그러면서 시장은 나를 바라봤다.

"술이건 물이나 얼음이건, 기베 씨만 노리기에는 불확실성이 너무 많으니까요."

"저도 동감입니다. 뭔지는 몰라도 좀 더 능란한 수법을 쓴 것 같습니다."

"음식에 뭔가가 들어 있었던 건 아닐까요?"

가네코가 그렇게 말하며 조급하게 파이프 연기를 뿜어 댔다.

"음식에 뭔가가 들어 있었다면 아마 좀 더 일찍 쓰러졌을 겁니다."

시장이 반대 의견을 내놓았다.

"아니, 그 문제는 어떻게든 해결할 수 있지 않을까요. 약효가 일어나는 시간을 조절한다든가 해서 말입니다. 예를 들면 캡슐을 사용한다든가."

"식사에 캡슐 같은 것이 나왔던가요?"

도이 나오미가 한심하다는 듯 말했다.

"캡슐적인 것이기만 하면 되죠. 예를 들어 껍질을 벗기지 않은 닭의 모래주머니에 독을 주사해 두는 겁니다. 너무 질겨서 씹히지 않으니까 그대로 삼키게 되지요. 위 속에서 소화되어 독이 퍼질 때까지 시간이 걸립니다."

"모래주머니는 안 나왔는데."

쓰키무라 박사가 말했다.

"예를 들면 그렇다는 겁니다. 제가 그걸 알 정돈데, 범인이야 조금만 머리를 굴리면 뭔가를 생각해 낼 수 있지 않을까요? 게다가 식사 때라면 기베 씨 하나만을 노릴 수 있는 기회가 많지요. 예를 들어 스테이크를 굽는 정도에 따라, 어느 접시가 기베 씨에게 갈지 대략 예상할 수 있잖아요."

"저, 그렇다면 제가 독을 집어넣었다는 말씀인가요?"

이제껏 아무 말 없이 손님들이 주고받는 대화를 듣고 있던 후미 씨가 더는 참을 수 없다는 듯 입을 열었다. 그러자 당황한 가네코가 허둥거리며 대답했다.

"아니 아니, 그렇게 말하지 않았습니다. 그런 뜻이 아니에요."

그리고 그는 멋쩍게 웃으며 덧붙였다.

"식사 때는, 그러니까……, 여러 사람이 바쁘게 움직이기 때문에 틈을 보아 기베 씨를 노릴 수도 있지 않겠느냐 이 말이지요."

급히 자신의 말을 얼버무리려 했지만 분명 아까와는 말투가 달랐다. 후미 씨는 치켜올린 눈썹에서 힘을 빼려 하지 않았다.

"제 생각에는 음식에 독을 넣었을 가능성은 낮은 것 같습니다."

나는 그렇게 말했다.

"호오, 왜죠?"

시장이 흥미 있어 하는 표정으로 물었다.

"만약 범인이 독의 효과가 지연되도록 장치를 해 놓았다면 뻐꾸기시계에 메시지를 감추는 짓 따위는 하지 않았을 겁니다. 소화 속도에는 개인차가 있어서, 시계가 울리기 전에 기베 씨가 죽는다는 보장이 없기 때문입니다. 물론 먼저 뻐꾸기시계가 울리고 나서 독이 효과를 나타내 기베 씨가 죽는다 해도 큰 문제는 없겠지만 그것은 범인이 의도한 바가 아니지 않을까요? 메시지 내용이 이미 살인이 완료됐다는 느낌으로 쓰여 있으니까요. 그리고 무엇보다 그럴 경우 시간을 지연시킬 필요가 없었을 겁니다. 기베 씨가 식사 도중에 쓰러진다 해도 범인을 지목할 수 없기는 마찬가지거든요."

"과연 그렇겠군요."

시장이 고개를 끄덕이고는 가네코를 바라보며 말했다.

"어떻게 생각하십니까?"

"무슨 말씀인지는 알겠는데요, 그럼 어떻게 술잔에 독을 넣었다는 건가요? 그것도 기베 씨 술잔에만요."

"어렵긴 하지만 방법이 전혀 없는 건 아닙니다."

내가 가네코의 질문에 대답했다.

"가장 단순한 것으로는 기베 씨가 술잔을 가지고 자리에 앉은 뒤, 틈을 봐서 그의 술잔에 독을 넣는 방법이 있죠."

"단순하기는 하지만 좀 무리가 아닐까요? 기베 씨는 시종일관 술잔을 들고 있었으니까 말이죠."

시장이 자신의 의견을 말했다.

"그러니까 순간적인 틈을 이용해서겠지요."

"그렇다면 바로 옆에 앉은 사람이 아니면 어렵겠네요."

가네코의 말에 도이 나오미가 눈썹을 갈고리 모양으로 치켜올렸다.

"어머, 그 말은 그러니까, 내가 의심스럽다 이건가요? 제일 가까이 있던 사람이 나잖아요."

"나는 덴카이치 씨의 설에 입각해서 의견을 제시했을 뿐이에요."

가네코가 나를 보며 그렇게 말했다.

"가능성의 하나로 생각해 볼 수 있다는 겁니다."

나는 도이 나오미에게 그렇게 설명했다.

"그럼 다른 가능성도 있나요?"

"네, 그렇습니다. 술이나 물, 얼음 등에 독이 들어 있는 경우가 그렇죠."

"아니, 그건 무리예요. 물이나 얼음은 다른 사람들도 사용했어요."

시장이 다시 반론을 제기했다.

"네, 맞습니다. 하지만 그중에 단 하나, 다른 사람들과 나누어 사용할 수 없는 게 있습니다. 바로 얼음입니다. 스카치나물에 독을 섞으면 불특정 다수가 마실 가능성이 있지만, 얼음한 덩어리에만 독을 넣는다면 그 얼음을 입에 넣게 되는 것은한 사람뿐입니다."

그렇게 말한 나는 눈앞에 있던 유리잔을 흔들었다. 거기에는 거의 녹아내린 얼음 한 덩어리와 옅어진 주스가 약간 들어있었다.

"하지만 기베 씨가 반드시 그 얼음을 집는다는 보장이 없잖아요."

예상대로 쓰키무라 박사가 의문을 제기했다.

"말씀하신 대롭니다. 그러니까 범인은 어떻게 해서든 그가독이 든 얼음을 선택하도록 만들어야 했겠죠."

그러자 가네코가 몸을 뒤로 젖히며 말했다.

"그게 어디 쉬운 일인가요."

"경우에 따라서는 불가능하지 않을 수도 있습니다. 예를 들어 기베 씨가 얼음을 집기 직전에 얼음 통에서 가장 집기 쉬운 위치에 독이 든 얼음을 놓기만 해도 성공률은 백 퍼센트에 근접합니다."

"하지만 분명 기베 씨는 맨 먼저 얼음을 집으러 갔을 거예요."

시장이 당시의 상황을 되짚는 듯한 눈으로 말했다.

"그렇다면 독이 든 얼음이 제일 위에 있었다는 말이 되는군요. 하지만 기베 씨가 맨 위에 있는 얼음을 집으리란 보장도 없지 않았을까요?"

가네코의 질문에 내가 물었다.

"다른 때는 어땠나요, 술이 준비되어 있는 경우 누구보다 먼저 술을 따르지 않았나요?"

"그런 경우도 있었지만 언제나 그랬다고는 할 수 없어요. 그리고 오늘은 술에 얼음을 넣어 마셨지만 스트레이트로 마시는 경우도 적지 않았습니다. 그렇죠?"

도이 나오미가 동의를 구하는 눈길로 바라보자 쓰키무라 박사와 시장이 대답 대신 고개를 끄덕였다.

"아무래도 얼음설 역시 문제가 있는 것 같군."

가네코가 입술을 일그러뜨렸다. 비웃으려는 의도였는지는 알 수 없다.

"그렇긴 하지만,"

쓰키무라 박사가 팔짱을 낀 채 사람들의 얼굴을 천천히 둘러본 뒤 말을 이었다.

"어쨌든 범인은 우리들 중 한 사람이군요."

모두가 짐작은 하고 있지만 그 누구도 입 밖에 내지 못했던 말을 박사가 하자 거실에는 일순 정적이 흘렀다. 누구 하나 이의를 제기하는 사람이 없었다. 가네코가 버번 잔에 손을 뻗으려다가 화들짝 놀라며 도로 거두어들였다.

"가능하면,"

시장이 침묵을 깨고 입을 열었다.

"지금 이 자리에서 스스로 밝혀 주었으면 좋겠군요. 용의자의 범위가 이렇게 좁으니 어차피 범인이 누구인지 금방 드러날 테니까."

"그런 식으로 말하는 사람이 제일 수상하다는 견해도 있죠."

쓰키무라 박사가 테이블에 눈길을 떨어뜨린 채 그렇게 말하자 시장은 양손을 펼치며 어깨를 으쓱했다.

"제겐 그럴 만한 동기가 없어요."

"그건 저도 마찬가지예요."

"저도요."

가네코와 도이 나오미가 거의 동시에 그렇게 말하자 쓰키무라 박사는 눈길을 내게 돌리며 말했다.

"탐정님의 의견을 듣고 싶군요."

"아직, 생각 중입니다."

"생각 중이라고요? 용의자가 몇 명이나 된다고."

"문제가 바로 거기 있습니다. 범인이 왜 굳이 이런 상황에서 살인을 저질렀는지 그걸 도무지 알 수 없어요. 물론 지금은 전화가 불통이고 날씨까지 매우 나빠 경찰을 부를 수 없습니다만, 얼마 안 있어 형사들이 달려올 것이고 수사가 벌어지게 됩니다. 그럴 경우 우리 모두 범인이 밝혀질 때까지 여기서 나갈 수 없습니다. 그건 결코 범인에게 유리한 상황이 아니죠. 그런데도 굳이 범행에 이르게 된 이유가 뭔지……."

"그러니까 부득이한 사정이 있었다는 말입니까?"

시장이 물었다.

"그건 아니라고 생각합니다. 범행 후 메시지를 남긴다는 것은 상당히 계획적인 행동입니다."

"그도 그러네."

시장은 입술을 깨물었다.

모두들 저마다의 생각에 잠겼다. 그러나 이들 중 적어도 한 사람은 다른 사람들과 전혀 다른 생각을 하고 있을 것이다.

사실 나는 범인이 이런 상황에서 살인을 저지른 이유를 짐작하고 있다. 하지만 그 이유가 너무나 불길해서 모두를 패닉에 빠뜨릴 우려가 있었기 때문에 입을 다물고 있는 것이다.

"그런데,"

나는 모두를 향해 말했다.

"기베 씨의 책에 꽂혀 있던 그 메시지 말인데요, 뭔가 짚이는 분 없습니까? '그는 저주에 매료되었다. 금단의 책의 포로가 되었다.', 이거 말입니다."

그러자 시장이 맨 먼저 고개를 저었다.

"모르겠는데요. 금단의 책이라는 게 대체 뭘까요?"

"쓰키무라 선생은 어떻습니까?"

"제가 아는 한, 그런 식으로 불리는 책은 없습니다. 종교나 성에 관한 책일지 모르겠네요."

"두 분은 어떻습니까?"

나는 가네코와 도이 나오미에게도 질문을 던졌다. 그러자 두 사람은 순간적으로 얼굴을 마주 보더니 동시에 고개를 살래살래 저었다.

"모르겠는데."

"저도 모르겠어요."

"그렇군요."

나는 고개를 끄덕인 뒤 깍지 낀 손을 테이블에 내려놓고 이야기의 순서를 머릿속에서 정리해 보았다. 그리고 잠시 후 이렇게 말했다.

"금단의 책이란 아마도 도굴품을 가리키는 것 같습니다."

사람들의 눈이 동시에 내게 쏠렸다. 나는 윗옷 안주머니에서 천천히 수첩을 꺼냈다.

"미즈시마 씨는 살해되기 전, 일기에 이런 글을 남겼습니다. '요즘 들어 내내 잠이 부족하다. 그 물건 때문에 잠을 못 이루는 밤이 계속되고 있다. 오늘 밤도 마찬가지겠지. 솔직히 이 정도로 골머리를 썩일 줄은 몰랐다. 이토록 나를 괴롭힐 줄은 생각도 못했다.', 여기서 그 물건이란 아마도 '금단의 책'일 것입니다. 즉 미즈시마 씨는 그걸 읽고는 포로가 돼 버린 겁니다. 그래서 잠을 이루지 못했던 거죠."

"무슨 의미죠, 그것의 포로가 되었다는 말은?"

시장이 내게 물었다.

"문자 그대롭니다. 그 물건에 마음을 빼앗겼다는 거죠. 즉, 그 정도로 금단의 책에 엄청난 매력이 있다는 말입니다."

"대단하군요. 도대체 어떤 책이기에."

나는 나를 바라보고 있는 눈들을 하나하나 응시한 뒤 천천히 입을 열었다.

"그건 아마도,"

그러고는 잠시 뜸을 들여 사람들을 조바심 나게 만든 뒤 덧붙였다.

"본격 추리 소설이라고 불리는 작품일 겁니다."

그 순간 실내의 조명이 다시 꺼졌다.

5

"이런, 또 정전이네."

시장의 목소리가 들렸다.

"이보게, 발전기 좀 살펴보지."

네, 라는 문지기의 대답에 이어 그의 발소리가 들렸다.

"손전등이 있을 텐데…… 어디였더라?"

가네코의 말에 쓰키무라 박사가 대답했다.

"계단 아래 있을 거예요."

"아, 찾았다."

도이 나오미의 목소리였다.

나는 움직이지 않고 그녀가 손전등을 켤 때까지 가만히 기다렸다. 하지만 불은 들어오지 않았고 잠시 후 쿵, 하고 무언가가 쓰러지는 듯한 소리가 들렸다.

"앗, 이봐, 무슨 일이야. 이봐요, 도이 씨!"

가네코가 다급히 외쳤지만 도이의 대답은 들리지 않았다.

"무슨 일이지?"

시장이 말한 순간 다시 불이 들어왔다. 동시에 후미가 "꺅"

비명을 질렀다.

계단 아래 도이 나오미가 엎어져 있었다. 나는 재빨리 달려가 그녀의 손목을 잡았다. 맥이 짚이지 않았다.

"이런……."

나는 우선 주변을 살펴보았다. 손전등이 바닥에 굴러 떨어져 있었다. 그것을 집으려다 말고 일단 자세히 살펴보았다. 그리고 뭔가 장치가 되어 있음을 알아챘다.

"이 손전등에 무슨……."

시장이 다가오며 말했다.

"만지지 마세요!"

나는 급히 시장을 제지했다.

"스위치 쪽에 침이 붙어 있습니다. 그 끝에 필시 강력한 신경 독소인 니코틴이 칠해져 있을 겁니다."

"엣!"

시장이 깜짝 놀라며 뻗으려던 손을 도로 거두었다.

"어? 이것 좀……."

가네코가 바닥에서 종이 한 장을 주워 올렸다. 그는 그것을 대충 훑어본 후 내게 건넸다. 그의 얼굴이 파랗게 질려 있었다.

죄는 죽은 자의 주머니에 있다.

나는 도이 나오미의 시체 옆에 도로 주저앉아 그녀의 윗옷 주머니를 뒤졌다. 왼쪽 주머니에 작게 접힌 종이가 들어 있었다. 그 내용은 예상했던 대로였다.

그녀는 저주에 매료되었다. 금단의 책의 포로가 되었다.

"더는 못 참아."

갑자기 가네코가 소리를 지르며 벽 쪽으로 물러섰다.

"다음은 나겠지? 나를 죽일 생각이지? 제발 그만둬. 나는 잘못한 게 없어. 아무 짓도 하지 않았단 말이야."

"가네코 씨, 진정하세요."

시장이 그를 달래려 했다.

"가까이 오지 마."

가네코가 비명 섞인 음성으로 말했다.

"경찰을 불러. 지금 당장 오라고 해."

"그러고 싶지만 전화가 불통이잖아요."

쓰키무라 박사가 거칠게 내뱉었다.

"그럼 내가 부르러 갈 거야. 내가 지금 마을로 돌아가서 경찰에 알릴 거라고. 차 좀 빌려 줘. 차 키를 달란 말이야."

그가 오른손을 내밀었다.

"이 빗속에서 그건 위험해요."

후미가 겁먹은 목소리로 말했다.

"이런 데 있는 것보단 훨씬 안전하겠지. 자, 빨리 줘. 차 키를 내놔."

가네코가 계속 부르짖었다.

시장과 나, 쓰키무라 박사는 순간 서로의 얼굴을 마주 보았다. 두 사람의 얼굴에는 '어쩔 수 없다'고 쓰여 있었다.

시장이 주머니에서 자동차 키를 꺼냈다.

"그럼 비포장도로가 많으니 조심해서 운전하세요."

"운전에는 자신 있다고."

가네코는 키를 빼앗듯이 받아 들고는 우리들로부터 멀찍이 떨어져 벽에 붙듯 걸으며 현관으로 향했다.

"가네코 씨!"

쓰키무라 박사가 가네코의 등에 대고 소리쳤다. 멈춰 선 가네코에게 그녀는 이렇게 말했다.

"당신이 범인일 수도 있어요. 그런 식으로 경찰에 알리러 가는 척하면서 그대로 도망칠 수도 있다고요."

가네코는 경련이 이는 얼굴에 미소를 띠었다.

"나 같은 유명인은 지명 수배 되면 그 즉시 잡힌다고."

"그것도 그러네."

시장이 양손을 주머니에 찔러 넣은 자세로 중얼거렸다.

"자, 그럼 난 갈 테니 다음 희생자가 나오지 않길 빌어."

가네코는 서둘러 현관 쪽으로 걸어갔다.

"어, 가네코 선생님. 어디에⋯⋯."

발전기를 점검하고 돌아오던 문지기의 목소리가 들렸다.

"마을로 돌아가네. 이런 데 있다가는 언제 죽을지 몰라."

"아이고, 날씨나 웬만해지고 나서 가시는 게 좋을 것 같습니다."

"괜찮아. 날 그냥 내버려 둬."

잠시 후 현관문을 거칠게 닫는 소리가 들렸다. 그리고 문지기가 어슬렁거리며 들어왔다.

"대체 무슨 일입니까?"

그러자 시장이 대답 대신 도이 나오미의 시체를 가리켰다. 그걸 본 관리인의 눈이 휘둥그레졌다.

"아니, 이게 대체 무슨 일입니까! 도이 선생님마저 돌아가시다니, 이런 어처구니없는 일이⋯⋯."

문지기의 말에 자극받았는지 후미의 눈에서 눈물이 뚝뚝 떨어졌다.

"어떻게 이럴 수가 있나요⋯⋯."

그 모습을 바라보던 나는 퍼뜩 정신을 차리고 문지기에게 물었다.

"정전의 원인은 알아냈습니까?"

"네. 배전반을 보려고 세면실에 갔더니 콘센트에 이런 게 설치되어 있었습니다."

그러면서 그는 작은 탁상용 시계 같은 걸 내밀었다. 그것은 아날로그식 타이머로, 거기에 연결된 출력 단자를 합선시켜 놓아 설정한 시간이 되면 차단기가 내려오도록 만든 장치였다.

나는 이런 장치를 사용할 수 있는 인물이 과연 누구일까 생각해 보았다. 하지만 가만 생각해 보니 그건 타이머를 화장실 콘센트에 꽂기만 하면 되는, 누구라도 쓸 수 있는 장치였다.

"우선 시체를 방으로 옮겨야 할 것 같아요."

쓰키무라 박사의 말에 나와 시장이 도이 나오미의 시체를 운반하기로 했다. 쓰키무라 박사가 먼저 가서 방문을 열어 놓았다.

"오가와라 경감이 알면 놀라 자빠지겠지요. 이렇게 살인 사건이 계속되고 있으니……."

침대에 눕힌 도이 나오미의 죽은 얼굴을 바라보며 히노 시장이 자학적으로 말했다. 아무도 그 말에 대꾸하지 않았다.

그러다가 나는 문득 어떤 생각이 떠올라 문 안쪽을 쳐다봤다. SAT라 적힌 팻말이 걸려 있었다. 그리고 이제는 마치 당연하다는 듯, 그 위에 X표가 그어져 있다.

나는 도이 나오미가 죽었을 당시의 상황을 떠올려 보았다. 아무리 생각해도 범인이 그녀를 일부러 노렸을 것 같지는 않다. 손전등에 닿을 가능성은 우리 중 누구에게나 똑같이 있었기 때문이다.

내 머릿속에서 하나의 결론이 급속히 정리되어 갔다. 그리고 그 결론이 막 형태를 드러내려는 순간, 창가에 서 있던 쓰키무라 박사의 목소리가 들렸다.

"이상하네요."

"뭐가요?"

시장이 물었다.

"차가 움직이질 않아요. 저거 시장님 차 맞죠?"

그러면서 그녀는 창밖을 가리켰다.

"네, 맞아요. 제 참니다. 그런데 가네코가 왜 저러고 있죠?"

히노 시장의 말이 떨어지기 무섭게 우리 셋은 서로의 얼굴을 쳐다보고는 서둘러 방을 나섰다.

"또 무슨 일이 일어났나요?"

우리들의 행동에서 이상한 낌새를 챘는지, 아래층에서 기다리던 후미가 굳은 표정으로 물었다. 하지만 누구도, 아무 대답도 하지 않았다. 설명할 여유가 없었다. 나는 현관으로 나와 문지기의 것으로 보이는 손전등을 손에 쥐었다. 거기에 독침 같은 것은 붙어 있지 않았다.

우산을 들고 현관 밖으로 나서자 비바람이 격렬하게 몰아쳤다. 생각했던 것 이상으로 날씨가 거칠었다. 순식간에 모두가 물에 빠진 생쥐 꼴이 되고 말았다. 하지만 우리는 개의치 않고 차로 다가갔다. 우산이 바람에 펄럭였고, 체중이 적은 쓰키무라 박사는 몇 번이나 비틀거렸다.

가까스로 차에 다가간 나는 손전등으로 차 안을 비추어 보았다. 가네코가 핸들에 엎드린 채 미동도 하지 않았다. 다른 두 사람도 상황을 알아챘지만 아무도 비명을 지르지 않았다.

6

차 밖에 선 채 가네코의 상태를 관찰했다. 외상은 전혀 없는 것 같았다.

"물러서세요."

나머지 두 사람에게 그렇게 말한 뒤 숨을 참고 차문을 활짝 열었다. 가네코의 몸이 데구루루 차 밖으로 굴러 떨어졌다. 가슴 쪽 주머니에 있던 파이프도 함께 굴렀다.

"옮깁시다."

시장에게 말했다. 그는 냉정을 되찾은 얼굴로 다가와 함께 시체를 들었다.

비에 흠뻑 젖은 채 우리는 가까스로 가네코의 시체를 집 안으로 옮겼다. 현관에 나와 있던 후미는 제3의 시체가 등장하자 그만 그 자리에 주저앉아 버렸다.

"사인이 뭘까요?"

시장이 물었다.

"독가스일 겁니다. 아마도 청산 가스 같아요. 청산가리와 산을 섞어 차 안에 놔두면 이내 독가스가 가득 차게 됩니다. 그걸 조금만 들이마셔도 곧바로 황천길이죠."

시장이 겁먹은 표정으로 말없이 고개만 흔들었다. 가만 보니 몸까지 덜덜 떨고 있다. 비에 젖었기 때문만은 아닐 것이다.

"어, 이게 뭐죠?"

쓰키무라 박사가 좀 전에 주운 파이프 끝 부분에서 동그랗게 말린 종이를 잡아당겨 끄집어냈다. 그녀는 그것을 펴서 내게 보여 주었다.

죄는 죽은 자의 침대 밑에 있다.

박사가 "보고 올게요."라며 2층으로 올라갔다. 그리고 채 1분도 안 되어 돌아왔다.

"찾았어요."

그녀는 종이 한 장을 내게 내밀었다.

그는 저주에 매료되었다. 금단의 책의 포로가 되었다.

예상대로다. 이제는 놀랍지도 않았다.

"일단 시체를 방으로……."

그렇게 말했을 때였다. 인기척이 느껴져 복도 쪽으로 고개를 돌렸다.

미도리가 서 있었다. 그녀는 마치 유령처럼 보였다.

미도리는 가네코의 시체를 보며 파랗게 질린 얼굴을 고통스럽게 일그러뜨렸다. 그리고 아버지인 시장을 향해 말했다.

"그러니까 역시 그런 짓을 해서는 안 됐던 거야. 저주는 미신이 아니었어. 모두 다 죽어 버리고 말았어. 나 때문에…… 이런 일이…… 너무해, 너무해!"

미도리는 울면서 그대로 바닥에 무너져 내렸다.

"무슨 말을 하는 거야. 허허, 내가 뭘 어쨌다고. 도무지 알 수 없는 말을 하는군."

시장은 미도리의 등을 어루만지며 나를 보고 어색하게 웃었다.

"너무 놀라서 헛소리를 하는 것 같군요."

물론 나는 시장의 말을 믿지 않았다. 미도리가 무언가 중대한 진실을 알고 있다고 확신했다.

"어쨌든 거실로 가시죠."

나는 그렇게 말했다. 가네코의 시체는 일단 현관에 그대로 놔두기로 했다.

주인 잃은 의자가 줄지어 있는 거실에서 우리들은 마지막 대화를 나누게 되었다. 도이 나오미와 가네코의 의자 바닥에 쓰여 있는 SAT, FRI 글자에 X표가 되어 있는지는 굳이 확인하지도 않았다.

"미도리 양의 얘기를 들어 보기 전에 분명히 해 둘 게 있습니다."

그리고 나는 한 사람의 얼굴을 바라보며 말을 이었다.

"당신은 왜 이런 일을 저질렀습니까? 당신이 살인마라는 사실이 도저히 믿기지 않습니다."

내 시선의 끝에는 쓰키무라 박사의 가면 같은 얼굴이 있었다. 그녀의 입 끝이 움찔거렸다.

"제가 범인이라는 증거라도 있나요?"

"모든 측면에서 이번 사건을 재검토한 결과, 당신이라고밖에는 생각할 수 없었습니다."

"재미있네요. 좀 더 자세히 듣고 싶은데요."

쓰키무라 박사는 팔짱을 끼고 다리를 꼬았다. 머리카락이 젖어 있었지만 거기에는 신경도 쓰지 않았다.

"이번 사건의 핵심은, 범인이 실은 특정인을 노리지 않았다는 데에 있었습니다. 범인은 누가 죽든 상관없었기 때문입니다."

"설마……."

시장이 이해가 안 간다는 표정을 지었다.

"하지만 살인 후에 발견된 메시지를 보면 범인이 노린 대로 죽었다고 생각할 수밖에 없잖습니까."

"바로 그 점이 트릭입니다. 저도 하마터면 속을 뻔했습니다."

나는 다시 쓰키무라 박사를 보았다.

"예컨대 가네코 씨의 경우를 생각해 봅시다. 그 차는 시장님의 것입니다. 자, 그렇다면 범인은 과연 가네코가 그 차에 타리라고 예상했을까요? 억지로 떼까지 써 가면서 시장 차를 빌릴 것이라고요? 저는 불가능한 일이라고 생각합니다. 도이 씨의 경우도 그렇습니다. 그녀 아닌 다른 사람이 손전등을 건드렸을 가능성도 충분히 있었습니다. 범인은 그래도 상관없었던 것입니다. 누가 피해자가 되건 그때마다 적절히 대처하기만 하면 됐으니까요."

"하지만 살인이 일어날 때마다 메시지가……."

"방금 전 일을 생각해 보세요. 가네코 씨의 파이프에서 종이를 끄집어낸 건 쓰키무라 박사였습니다. 하지만 정말로 그 종이가 파이프 속에 들어 있었을까요. 손에 몰래 갖고 있던 것을 마치 파이프 속에서 발견한 것처럼 연기한 게 아닐까요."

"그러고 보니 가네코 씨 침대 아래서 메시지를 꺼낸 사람도 쓰키무라 박사였어요. 하지만 도이 씨의 경우는 어떻게 설명해야 할까요? 그녀의 주머니에서 메시지를 꺼낸 사람은 덴카이치 씨였는데요."

"맞습니다. 하지만 그때도 그에 앞서 '죄는 죽은 자의 주머니에 있다.'고 쓰인 종이가 바닥에 떨어져 있었습니다. 그 종이를 떨어뜨린 건 물론 쓰키무라 박사고요. 박사는 손전등에 달린 독침에 의해 죽은 사람이 도이 씨란 걸 안 순간, 미리 준비해 둔 몇 장의 종이 중에서 도이 씨용 종이를 골라 바닥에 떨어뜨린 거지요."

"도이 씨용 종이?"

"만약 죽은 사람이 시장님이었다면,"

내가 말을 이어 갔다.

"시장님용 종이가 떨어져 있었겠지요. 그건 어떤 내용이었을까요? 예컨대 '죄는 죽은 자의 베갯머리에 있다.'였을 수도 있겠지요. 그래서 베갯머리를 찾아보면 '그는 저주에 매료되었다. 금단의 책의 포로가 되었다.'라고 쓰인 종이가 발견되었을 거고요."

"베갯머리?"

"예를 들면 그렇다는 겁니다. 쓰키무라 박사는 사전에 미리 사람들 주변 어딘가에 그런 문구를 적은 종이를 숨겨 놓았던 것입니다. 시장님이나 미도리, 그리고 제 주변 어딘가에도 틀림없이 그런 글이 적힌 종이가 감춰져 있을 겁니다. 도이 씨의 경우 윗옷 주머니에 슬쩍 집어넣을 기회가 있었겠지요. 가네코 씨의 경우에도 아마 실제로 침대 밑에 미리 감춰 뒀을 겁니다. 기베 씨의 경우는 그의 저서 안이었지요. 기베 씨를 사망케 한 독은 역시 얼음 안에 들어 있었습니다. 물론 그 얼음을 누가 먹게 될지 쓰키무라 박사는 알지 못했습니다. 그걸 알게 된 것은 기베 씨가 쓰러진 순간이었죠. 모두들 허둥대는 동안 그녀는 냉정하게 다음 행동에 들어갔습니다. 즉, 기베 씨용으로 준비한 '죄는 죽은 자의 책 속에 있다.'고 쓰인 종이를 골라 손에 감춘 겁니다. 그리고 아홉 시가 되어 뻐꾸기시계가 울자 부리에 뭔가 끼워져 있는 것을 발견한 척하면서 부리에 끼워진 종이와 미리 준비한 종이를 몰래 바꿔치기한 겁니다. 애초에 부리에 끼워져 있던 것은 아마도 백지였을 겁니다."

"그랬군."

시장은 당시의 상황이 생각난 듯 몇 번이고 고개를 끄덕였다.

"맞아. 쓰키무라가 뻐꾸기시계에서 종이를 빼냈어. 그래, 생각해 보니 간단한 일이야."

"거기에 당신은 약간의 잔재주를 더 부렸지요."

나는 쓰키무라 박사를 향해 말했다.

"문 안쪽에 걸려 있던 팻말, 살해당한 사람의 팻말에 X표를 한 것 말입니다. 마치 사전에 살해 대상이 결정되어 있던 것처럼 보이기 위해 그런 트릭을 썼겠지만, 알고 보면 그것 역시 간단한 일이었습니다. 그 팻말은 앞뒤 양면에 같은 글자가 새겨져 있었습니다. 그리고 당신은 미리 모든 팻말의 뒤쪽에 X표를 해 두었습니다. 그러니까 살인을 저지른 뒤, 사람들의 주의가 산만한 틈을 타 팻말을 뒤집어 놓기만 하면 되었던 거죠. 생각해 보니 당신에게는 그럴 기회가 있었어요. 도이 나오미의 시체를 방으로 옮길 때도 일부러 먼저 가서 문을 열어 놓는 척하면서 팻말을 뒤집은 겁니다."

설명을 마친 나는 마지막으로 쓰키무라 박사에게 어떻게 생각하느냐고 물었다. 무표정하게 듣고 있던 그녀는 내 말이 끝나자 손가락 사이에 담배를 끼운 모양을 하고 시장을 쳐다봤다. 시장이 안주머니에서 담배를 꺼냈다.

"좀 축축한데……."

"괜찮아요. 연기만 나온다면."

그녀는 담배를 입에 물고 시장이 건넨 라이터로 불을 붙였다. 습, 하고 빨아들인 뒤 가느다란 연기를 뿜어냈다. 그리고 잠시 후 알 듯 모를 듯 한 미소를 지었다.

"멋지군요. 한 사람씩 사라져 가다 보면 언젠가는 들통 나리라고 생각은 했어요. 하지만 예상보다 빨리 덜미가 잡혔군요."

"왭니까, 왜 이런 짓을?"

"마을을 지키기 위해서."

"마을을? 무엇으로부터?"

"물론,"

그리고 그녀는 후우, 연기를 내뿜었다.

"저주로부터."

"저주, 그 저주 말인가요?"

"그래요, 그 저주."

박사가 머리를 끄덕였다.

"저주 때문에 미즈시마 씨도, 히다 씨도 죽임을 당했죠. 그냥 두면 사람들이 속속 죽게 될 거예요. 그것도 예사로운 죽음이 아니라 모두가 기묘한 방법으로 살해당할 겁니다. 출입이 불가능한 방에서 목매달린 채로 죽거나, 의문의 문자를 남기고 죽거나, 시체가 순간 이동을 한다거나, 범인이 사라지는 등. 저는 그런 어처구니없는 사태로부터 마을을 지키고 싶었어요."

"그래서 동료들을 죽였단 말인가요?"

"다른 방법이 없었어요. 그들도 저주의 포로가 되어 버렸으니. 결국에는 미즈시마 씨나 히다 씨처럼 그들도 저주에 의해 살해됐겠지요. 그렇게 되면 저주는 더욱더 확산될 게 분명했어요. 그래서 그런 일이 벌어지기 전에 내가 손을 쓰기로 했던 거예요."

"당신은 이 집에 있던 사람들을 전부 다 죽일 생각이었나요?"

"그래요."

"하지만 그건 최대의 수수께끼를 남기는 셈이 됩니다. 시체만 있고 범인이 없는. 그것이야말로 저주라고 생각하지 않습니까?"

"내가 유서를 써 두면 수수께끼 따위는 남지 않아요. '그리고 모두 사라지고 말았다.' 어쩌고 하는 일은 벌어지지 않습니다."

그러고서 그녀는 느닷없이 입에 무언가를 집어넣었다.

"이런!"

나는 자리에서 벌떡 일어섰다. 하지만 이미 늦었다. 쓰키무라 박사는 눈을 휘둥그렇게 뜨고 나를 바라보더니 갑자기 테이블 위로 푹 엎어졌다.

"쓰키무라 씨!"

"박사님!"

나와 시장이 거의 동시에 쓰키무라 박사에게 달려들었다. 하지만 이미 모든 것이 끝나 버린 뒤였다.

갑자기 미도리가 큰 소리로 울부짖기 시작했다.

"내 잘못이야. 내가 나빴어. 내가 그런 짓만 하지 않았어도……. 모두 죽어 버렸어, 죽어 버렸다고!"

그녀는 목에서 피를 토하듯 절규했다. 시장이 그녀를 안고 달랬지만 울음은 그치지 않았다.

"이 아이를 방으로 데려가도 될까요?"

시장이 물었다.

"그게 좋겠지요. 하지만 그러고 나서 시장님께 자세한 얘기를 듣고 싶군요."

"알았습니다."

7

넓은 거실 한가운데에서 나는 커다란 원탁을 사이에 두고 시장과 마주 앉았다. 바로 옆에는 쓰키무라 박사의 시체가 담요에 덮여 있었다.

"여섯 명이군요."

히노 시장이 그렇게 말하며 깊은 한숨을 내쉬었다.

"마을에 도움이 될 거라 생각했는데 설마 이런 결과를 가져올 줄이야……. 제 생각이 짧았던 것 같습니다."

"도대체 무슨 생각으로 어떤 일을 벌이신 겁니까?"

그러자 시장은 고뇌에 찬 표정을 지었다.

"미도리의 장난이 계기였습니다."

"장난?"

"도굴…… 말입니다."

그 말에 나는 몸을 뒤로 휙 젖히고 시장의 얼굴을 뚫어져라 쳐다봤다.

"그럼, 도굴범이 따님이었습니까?"

"모두 다 제 불찰입니다."

그러면서 그는 이마를 북북 긁었다.

"제가 가지고 있던 기념관 열쇠를 사용했던 것 같습니다."

그랬군. 그렇다면 문지기가 멍청하게 열쇠를 도둑맞은 것은 아닌 모양이다. 그에게 미안한 마음이 들었다.

"덴카이치 씨도 눈치 채셨을 테지만, 도굴품은 한 권의 책이었습니다."

"네, 알고 있었습니다."

"그렇겠죠. 그건 아주 불가사의한 책이었습니다. 사람이 살해되는 이야기만 가득하고, 하나같이 불가해한 수수께끼가 서두에 나오고……. 거기에 빠져들어 책장을 끝까지 넘기지 않을 수 없었습니다. 좌우간 재미있었어요. 그런 재미는 지금까지 이 세계에서는 느낄 수 없었던 것이었습니다. 저도 모르게 푹 빠지고 말았습니다. 그 바람에 미도리를 나무라야 한다는 사실을 그만 잊고 말았습니다."

여기까지 말한 시장의 얼굴에 슬며시 미소가 떠올랐다가 이내 심각한 얼굴로 돌아갔다.

"저는 미도리를 나무라고 책을 원래 있던 장소에 되돌려 놓든가 쓰키무라 박사에게 넘겨줘야 했습니다. 하지만 그렇게 하지 않았습니다. 왜냐하면 책을 읽고 난 후, 이 책을 통해 마을 사람들을 눈뜨게 해 주고 싶다는 생각이 들었기 때문입니다."

"그게 무슨 뜻인가요?"

"전부터 내내 생각해 오던 것인데, 이 마을에는 뭔가가 부족했습니다. 가장 중요한 뭔가가 빠져 있었습니다. 그런데 그게 무엇인지 마침내 알아냈다고 생각했습니다. 그 책에 묘사된 것과 같은 사건들이 이 마을에서도 일어나야 한다고 생각한 겁니다. 아니, 이런 마을에서야말로 그런 사건이 일어나야 했습니다. 왜냐하면 이 마을은 그런 사건들을 위해서 만들어진 마을이었기 때문입니다. 사람들은 그 때문에 존재했고, 시간도 그 때문에 흘러가고 있었습니다. 저는 그걸 깨닫게 되었습니다."

그의 말투가 차츰 열기를 띠어 갔다. 선거 유세를 연상시킬 만큼 박력이 있었다. 그는 입술을 핥고 나서 심호흡을 한 차례 한 후 이야기를 계속했다.

"하지만 그것은 그야말로 쓰키무라 박사가 저주라고 부를 만한 것이었습니다. 일찍이 누군가가 그 저주를 봉인하기 위해서 그 책을 미라의 발밑에 묻어 두었던 것입니다. 과연 그 저주를 부활시켜도 괜찮을지 어떨지 저는 잠시 망설였습니다. 하지만 결국은 책을 통해 마을을 되살릴 수 있다는 유혹을 떨쳐 버릴 수 없었습니다. 그건 제가 시장이기 때문이라고 생각하셔도 크게 틀린 말은 아닐 겁니다. 저는 우선 그 책을 히다 슌스케 씨에게 보여 줬습니다. 그 이유는 아실 거라고 생각합니다. 그 책에서 발췌한 몇 개의 이야기를 그의 이름으로 발표함으로써 그 책의 매력을 널리 알리려고 한 것입니다."

그것이 '사면관 살인 사건'이었군, 나는 그렇게 이해했다. 예상했던 일이다.

"히다 씨는 제 생각에 찬성했습니다. 뿐만 아니라 그 책의 매력에 관해 침묵할 수 없게 된 것 같았습니다. 그는 내 허락도 없이 미즈시마 씨와 기베 씨, 그리고 도이 씨와 가네코 씨에게까지 책을 읽게 해 버렸습니다. 그 결과, 모두가 그 책의 포로가 된 겁니다. 종이에 적힌 메시지 그대로입니다. 저주의 노예가 된 것입니다. 저는 이 마을이 변하기 시작했다는 걸 직감했습니다. 사실 그건 시간문제일 뿐, 제가 기대하는 사건이 틀림없이 일어날 거라고 생각했습니다. 하지만 그 전에 해결해야 할 문제가 하나 있었습니다. 뭔지 아시겠습니까?"

"탐정이 없다는 것."

"바로 그겁니다."

그는 고개를 크게 끄덕였다.

"사건이 일어나도 탐정이 없다면 얘기가 안 됩니다. 그런데 무엇 때문인지 이 마을에는 탐정이 없었습니다. 반드시 있어야 하는데 말입니다. 그래서 나는 부르기로 했습니다. 땅속에 묻혀 있던 책의 주인공, 덴카이치 탐정을."

"어떻게요?"

내 물음에 그가 빙글, 웃음을 지었다.

"별로 어려운 일은 아니었습니다. 책에 적힌 주소로 편지를 보냈을 뿐입니다."

"그것뿐이었습니까?"

"그것뿐이었습니다. 그 결과, 당신이 이 세계에 나타났습니다. 우리 곁에 와 주었습니다."

그런 식으로 나는 이 세계에 불려 온 것인가.

"단, 문제가 하나 있었습니다. 그건, 당신은 와 있는데 당장 의뢰할 사건이 없다는 것이었습니다. 그래서 당신에게 도굴에 대해 이야기하고 그 범인을 찾아 달라고 부탁했던 겁니다."

그 얘기에 나도 모르게 머리를 절레절레 흔들었다.

"그런데 미도리 양이 범인이었다니……."

"속인 건 죄송합니다. 제게는 이 마을을 소생시키겠다는 마음 하나뿐이었습니다. 또 하나 사과해야 할 게 있습니다. 처음에 당신에게 보여 드렸던 그 신문. 그것도 실은 가짜입니다."

"가베카미 가문 살인 사건을 보도한 신문 말입니까?"

"가베카미 가문 살인 사건 역시 그 책에 나오는 이야기 중 하나입니다. 그걸 참고해서 그 신문을 만들었습니다. 그렇게 하지 않으면 우리가 어떻게 당신의 존재를 알고 있고 왜 당신에게 사건을 의뢰하려는 것인지 설명할 방법이 없었습니다."

"그랬군요. 하지만 지나쳤어요."

"당신이 의심해 버리면 모든 것이 수포로 돌아가니까요."

그러면서 시장은 두 손을 살짝 펼쳐 보였다.

"이럭저럭하는 사이에 드디어 사건이 발생했습니다. 밀실 살인에다 범인이 사라지는 사건. 당신은 모두 멋지게 해결해 냈습니다. 그건 기대했던 대로였습니다만, 희생자가 모두 기념관 보존 위원회의 멤버란 점이 마음에 걸렸습니다. 저주가 그 책을 읽은 사람에게 미친다는 점을 고려해야 했는데 말입니다. 저는 이렇게 된 이상 어쩔 수 없다고 생각했어요. 그런데 미도리는 그럴 수 없었나 봅니다. 그 아이는 자기가 책을 끄집어낸 탓에 비극이 잇달아 일어나기 시작했다는 생각에 괴로워했습니다. 그래서 저는 이쯤에서 일단락 지어야겠다는 생각에 다들 모이라고 한 겁니다. 표면상으로는 덴카이치 씨에게 도굴범을 찾아내게 한다는 형식을 취하고서요."

"그런데 뜻밖의 결과가 벌어졌군요."

"쓰키무라 씨가 그런 일을 꾸몄을 줄은 꿈에도 생각지 못했습니다. 그 사람에게는 도굴의 진상을 얘기해 주지 않았는데, 이미 눈치 채고 있었던 거지요. 무서운 사람이야."

시장은 천장을 올려다보며 긴 한숨을 내쉬었다.

"제가 드릴 수 있는 말씀은 이 정돕니다. 그 밖에 궁금하신 점이라도?"

"글쎄요……."

잠시 생각한 뒤 나는 고개를 저었다.

"아니, 그걸로 충분합니다. 사실 아직 석연치 않은 것들도 있습니다만 거기에 대해서는 아마 시장님께도 대답을 듣지 못할 것 같습니다. 그건 오롯이 제 자신의 문제니까요."

"탐정님께는 큰 폐를 끼쳤습니다. 일껏 여기까지 오셨는데, 면목이 없습니다."

시장은 내게 머리를 숙였다.

"아, 사과하실 필요 없습니다. 다만,"

나는 허공을 보며 말했다.

"정말로 먼 곳까지 와 버린 것 같습니다."

8

저택에는 불길한 기운이 감돌았다. 하지만 이 밤중에 다른 곳으로 가기도 그렇고 해서 오늘 밤은 여기서 묵기로 했다. 비바람은 조금 잠잠해진 것 같다.

침대에 누워 나는 이런저런 생각을 했다. 시장이 한 이야기, 지금까지 일어났던 사건들, 시체들, 트릭, 그리고 나 자신. 생각해야 할 것이 산처럼 많았다. 몸은 손가락 하나 까딱할 수 없을 정도로 피곤한데 눈은 말똥말똥했다.

나는 전에 살던 세계에서 내가 해 왔던 일에 대해 생각해 보았다. 대체 무엇을 그리도 열심히 해 온 것일까. 소설을 통해 매력적인 세계를 구축해 보려 했지만, 매력적이란 게 과연 무엇일까. 내 스스로 만족할 수 있는 세계? 그렇다면 언제쯤 만족하게 되는 걸까.

꽤 오래전, 나는 내 마음에 드는 세계를 만들려고 했다. 그것이 행복이었다. 그 세계가 다른 사람들에게 어떻게 보일지에 대해서는 관심 없었다. 나 자신이 기분 좋게 놀 수 있는 곳이기만 하면 그만이었다.

그런 감정을 잊어버린 게 언제부터인지 생각해 보았다. 너무도 아득한 옛날의 일이라 정확히 기억나지 않는다. 하지만 분명 나에게도 그런 시절이 있었다. 모래사장에 성을 쌓고 있는 아이들은 다른 아이들의 눈 같은 건 개의치 않는다. 그 아이의 성은 그 아이에게만 보이는 것이다.

나는 지난날 내가 만들었던 몇 개의 모래성을 떠올렸다. 슬프게도 나는 그 성들을 모조리 내 발로 밟아 무너뜨렸다. 그때 내가 내뱉은 말들이 지금도 기억난다.

"이 형편없는 것들, 이 유치한 것들, 이 비현실적인 것들, 이 부자연스러운 것들……."

그렇게 고함쳤다. 나는 내 스스로 애써 만든 성을 마치 과거의 수치인 양 느꼈다. 그리고 나 자신의 모습까지도 모두 잊어버리려고 애썼다.

문득 정신을 차려 보니 나는 눈물을 흘리고 있었다. 그 순간 나는 깨달았다. 여기서 이렇게 울기 위해 나는 이 세계로 보내어진 것이다.

무슨 소리가 들린 건 바로 그때였다. 귀 기울여 보니 누가 옆방 문을 억지로 열려고 하는 것 같았다. 옆방이라면 WED의 방이다. 원래 내가 묵기로 했던 방.

그렇다. 나는 지금 TUE의 방에 있다. 이상한 예감이 들어 아무에게도 말하지 않고 방을 옮겼다. 그러면서 한 가지 조작을 해 놓았다. WED 방의 문고리를 실을 이용해 밖에서 걸어 둔 것이다. 밖에서 문을 열려고 하는 사람이 있을 경우, 내가 안에 있으리라고 믿도록 하기 위해서였다. 지금 그 문을 열려는 사람이 바로 그랬을 것이다.

나는 지팡이를 손에 들고 천천히 침대를 빠져나왔다. 방문을 열고 막 복도로 나오려는 찰나, 마침내 옆방 문이 열리는 소리가 들렸다.

그리고 두 발의 총성.

공포에 순간적으로 다리가 얼어붙었지만 있는 힘을 다해 복도로 나와 옆방 쪽을 바라봤다. 문의 경첩이 떨어져 나가 있었다. 나는 문 안쪽을 들여다봤다.

검은 그림자가 침대 곁에 서 있었다. 그 침대는 마치 사람이 누워 있는 것처럼 이불이 부풀어 올라 있지만, 내용물은 미리 넣어 놓은 베개와 모포였다.

그림자는 나를 발견하자 그 즉시 창문을 향해 몸을 날렸다. 와장창 유리 깨지는 소리에 이어 창 바로 밑에 있는 아래층 지붕에 무언가가 떨어지는 소리가 들렸다. 나는 급히 창문으로 달려갔다. 검은 그림자가 트럭에 올라타는 것이 보였다.

내 방으로 돌아와 재빨리 옷을 입고 현관으로 달려갔다. 누군가가 부르는 것 같았지만 대답할 여유는 없었다.

밖으로 나와 보니 다행히 비는 거의 그쳐 있었다. 헛간 옆에 낡은 오토바이 한 대가 방치되어 있는 것을 발견했다. 왠지 어디로 가야 할지 알 것 같았다.

얼마 후, 나는 기념관 입구에 서 있었다. 낡은 수수께끼의 작은 집은 줄곧 내가 오기를 기다리고 있었던 것처럼 보였다.

집 정면에 있는 낡은 나무문으로 다가갔다. 거기에 붙어 있어야 할 투박한 자물쇠가 지금은 없다. 나는 문을 밀치고 안으로 들어갔다.

어슴푸레한 실내에 사람의 모습은 없었다. 지하실로 내려가는 비밀의 문을 보았다. 문은 열려 있고 그 안으로 계단이 어둠을 향해 이어져 있다. 나는 몸을 굽히고 손으로 더듬으며 지하로 내려갔다.

다 내려간 후 천장에 달려 있는 램프에 불을 붙이자 지하실 벽에 그림자가 일렁였다.

미라가 있는 방 쪽으로 걸음을 옮기려는 순간이었다.

"마침내 여기까지 왔군."

어둠 속에서 목소리가 들려왔다.

9

"역시 내 목숨을 노린 건 자네였군."

나는 어둠 속에 어렴풋이 떠오른 사람 그림자를 향해 말했다.

"자네, 쓰키무라와 공범이었지? 서로 공모해서 나를 죽이려 했어. 쓰키무라 박사의 자살마저도 나를 방심하게 하려는 복선이었고."

그러자 어둠 속에서 그림자가 서서히 앞으로 나왔다. 램프의 희미한 불빛에 코, 눈, 이어 얼굴 전체의 윤곽이 드러났다. 내가 생각했던, 바로 그 얼굴이었다.

"과연 명탐정이군."

그의 목소리가 들렸다.

"명석한 두뇌를 가졌어. 믿기지 않을 정도로. 김이 다 새는군. 다만 그 추리의 예리함이 편의주의적이라 그렇지."

"그런 예리함을 좋아하는 사람도 많아."

"그런 대사를 자네 입에서 듣게 되다니."

그, 즉 기념관 문지기가 총구를 내게 겨눈 채 다가왔다.

"나를 죽여서 어쩌자는 거지?"

"당신을 죽여? 천만의 말씀. 내가 죽이려는 건 탐정 덴카이치야. 당신은 덴카이치의 저주에서 벗어나 원래 세계로 돌아가게 되는 거고. 그로써 모든 것을 원만하게 수습한다는 게 내 계획이지."

"자네는 모든 걸 알고 있었군."

내 말에 관리인은 코웃음을 쳤다.

"당연하지. 내가 언제부터 여기 있었다고 생각하나?"

"전에 탐정을 죽였을 때부턴가, 저 미라가 된 탐정을?"

"말해 두겠는데, 저 탐정을 죽인 건 내가 아니야."

"알고 있어."

내가 고개를 끄덕이며 말했다.

"모든 걸 알게 됐어."

"정말 안단 말인가?"

"그래…… 알게 됐어."

나는 주위를 한 번 둘러본 뒤 말을 이었다.

"여긴, 소설 속의 세계야."

"일반적인 소설은 아니야."

"물론 그것도 알지. 여기는,"

나는 재차 주위를 둘러봤다.

"본격 추리 소설의 세계였어."

그러자 문지기는 입 끝에 기분 나쁜 미소를 흘리며 말했다.

"좋군, 그 과거형 말투. 본격 추리 소설의 세계였다, 흠……
그래. 그건 과거의 일이야. 지금은 다르지."

"내가 추리 소설을 쓰기 시작할 무렵, 아니 추리 소설이라
는 것에 흥미를 갖기 시작할 무렵 내 머릿속에 있던 세계야.
그 세계를 무대로 얼마나 많은 소설을 썼는지 몰라. 덴카이치
는 그때 내 소설에 등장하던 탐정의 이름이었어."

"그때 당신은 젊었어. 아니 어렸지. 그래서 이런 시시한 세
계를 만들게 된 거야."

"그렇지만 이건 마음의 놀이터였어."

흥, 관리인이 콧방귀를 뀌었다.

"누구라도 나이를 먹으면 지난날의 놀이터가 그리워지는 법이지. 하지만 그뿐이야. 그보다 나는 네가 기억해 냈으면 해, 그 놀이터를 버린 건 다름 아닌 너였다는 사실을. 누가 명령해서 한 일도 아니야. 네가 자신의 뜻에 따라 결정한 것일 뿐."

"잊지 않았어. 그렇게 한 걸 후회하지도 않아."

"그래? 안심이군."

"나는 이 세계에 대해 뭔지 모를 부족함을 느꼈어. 나에게는 이 세계 외에 하고 싶은 것, 해야 할 것들이 많다는 걸 깨달았어. 그런데 그러려면 여기서 나가야만 한다는 걸 알게 됐지."

"그로부터 너는 밀실로 대표되는 본격 트릭을 버렸어. 본격 추리 소설이라는 것 자체를 회피하기 시작했다고."

그러고서 관리인은 킬킬거리며 이렇게 말했다.

"밀실로 작가 데뷔를 한 주제에 말이지."

"나에 대해 아직도 그런 이미지를 가진 사람이 많아."

"이미지 변신은 힘든 일이지."

관리인은 고개를 끄덕였다.

"하지만 나는 나름대로 협력해 왔다고 생각해. 전에 당신이 이곳을 빠져나가면서 나와 쓰키무라에게 이 마을을 저주로부터 지키도록 명령했지. 본격 추리의 저주로부터 말이야. 그래서 봉인된 당신의 소설을 줄곧 감시해 왔어. 그런데 그 계집아이가 쓸데없는 짓을 하는 바람에 마을이 순식간에 저주에 휩싸이고 만 거야. 밀실 살인, 사라진 범인……, 추억의 본격 추리가 되살아난 거지."

"그래도 그 덕분에 이 마을 사람들은 자신들의 존재 가치를 깨달았어."

"그건 부정할 수 없지."

문지기가 어깨를 으쓱했다.

"본격 추리의 저주를 봉인한 결과 이 마을은 어중간한 세계가 되어 버렸거든. 기묘한 형태의 저택도, 복잡한 인간관계도 모두 본격 추리적인 사건이 일어난다는 걸 전제로 창조된 것이니까. 그런데 본격 추리가 사라지는 바람에 그들은 어떤 이야기도 만들어 낼 수 없게 된 거야. 그렇지만 말이지, 그건 어쩔 수 없는 일이야. 그들의 임무는 끝난 거니까."

문지기의 말에 반론을 할 수 없었다. 아마도 그의 말이 옳을 것이다.

"오랜만에 이 세계에 돌아와 보고 새삼 느낀 게 있어."

"뭔데?"

"이곳은 이제 나와는 맞지 않는 세계라는 것. 격리된 공간, 인위적인 설정, 그리고 체스의 말과도 같은 등장인물들……,

그런 것들이 내게 맞지 않게 된 거야."

"당연하지. 그건 당신에게도 다행한 일이야."

"다시는 이곳으로 돌아오지 않을 작정이야."

"그렇다면,"

문지기는 총구를 내게 겨누었다.

"더는 미련이 없겠지. 명탐정 따위의 우스운 캐릭터는 이쯤
에서 죽어 줘야겠어."

"잠깐. 물론 나는 다시 이곳에 돌아오지 않을지 몰라. 그래
도 내 마음속에만은 이 세계를 남겨 두고 싶어."

이해하기 힘들다는 듯 문지기가 고개를 흔들었다.

"왜지? 누군가의 말처럼, 여기가 미스터리의 고향이기 때문
인가?"

"그런지도 모르지. 하여간 이번에는 전처럼 여기를 봉인하
고 싶지 않아. 언제라도 돌아올 수 있는 나만의 놀이터로 남
겨 두고 싶어."

문지기가 또다시 고개를 흔들었다.

"정말 이해가 안 되는군. 그러니까 여기로 돌아오고 싶다는
거야, 오고 싶지 않다는 거야?"

"잰 체하려는 건 아냐. 나는 이 세계를 증오하지 않아. 언제
라도 떠올리고 그리워하고 싶어."

문지기가 크게 한숨을 쉬더니 졌다는 듯 양손을 들어 올렸

다. 순간 그의 눈에 따스함이 살짝 스쳐 지나갔다.

"좋아. 그럼 그렇게 하지. 그런데 나는 어떡하면 좋을까, 이 기념관을 지킬 필요도 없어졌으니, 어디론가 사라져야 하나?"

"자네는 여기 있어 줘. 그래서 이 세계를 지켜 주면 좋겠어."

"또 무거운 짐을 남기는군."

"자네라면 할 수 있을 거야."

"그럼…… 한번 해 보지, 뭐."

그제야 문지기는 총을 거뒀다.

"그러면 당신은 이제 어떻게 할 건가, 떠나겠나?"

"그래야지."

"배웅 같은 건 그만두겠어. 여기서 이별하자고. 돌아가는 방법은 알고 있지?"

"그래, 알아."

그와 악수를 하려다 나는 그만 손을 거두었다. 그가 고개를 옆으로 돌리고 있었기 때문이다. 그런 그의 곁을 지나 비좁은 계단으로 향했다.

1층으로 나온 뒤 사다리를 타고 2층으로 올라갔다. 앞에 보이는 저 문이 분명 내가 돌아갈 세계의 입구일 것이다.

2층 구석에 놓인 침대에서 미도리가 뒹굴거리고 있었다. 아

마도 시장이 데려다 주었을 것이다. 그녀는 나를 보자 팔딱
일어났다.

"여기 있었어?"

그녀에게 말을 걸었다. 그녀는 내 눈을 응시한 채 굳은 표정
으로 다가왔다. 가슴에 낡은 책 한 권을 꼭 껴안고 있었다.

"미안해요."

그러면서 그녀는 책을 내게 건넸다.

책을 받아 든 나는 첫 장을 펼쳤다. 등장인물을 해설한 도표
와, 기괴하게 생긴 저택의 도면이 눈에 들어왔다. 나도 모르
게 쓴웃음이 나왔다. 내가 지난날 이 마을을 무대로 쓴 본격
추리 소설이었다. 밀실 트릭, 사라진 시체, 암호 트릭, 1인 2
역······. 본격 추리의 온갖 요소가 다 들어 있는 작품이다. 미
라의 발아래 묻혀 있던 것은 바로 이 책이었다.

"처음부터 훔칠 의도는 아니었어요."

미도리가 말했다.

"뭐가 묻혀 있는지 신경이 쓰여서 슬쩍 보기만 할 생각이었
어요. 그랬는데 책이 나오기에 좀 읽어 보려다가 그만 빠져들
어서······."

"그렇다면 읽고 난 다음 도로 갖다 놓았으면 좋았잖아."

"그러려고 했는데, 그만 알아 버리게 된 거예요."

"뭘?"

"이 마을을 위해서는 저주의 봉인을 푸는 편이 좋다는 걸. 이 마을에 책에 쓰여 있는 것과 같은 세계가 부활해야 한다고 생각하게 됐어요."

진지하게 호소하는 그녀의 눈을 나는 똑바로 쳐다볼 수 없었다. 본격 추리의 등장인물로 탄생한 캐릭터가 그에 걸맞은 무대를 요구하는 건 당연한 일 아닌가.

"그리고,"

그녀가 말했다.

"본격 추리의 세계가 부활하면 반드시 덴카이치 씨가 나타나리라고 생각했어요."

"뭐?"

나는 놀란 눈으로 미도리를 바라봤다. 그녀의 볼이 살짝 붉어져 있었다.

"만나고 싶었으니까."

그녀가 속삭이듯 말했다.

"그렇게 말해 줘서 고마워."

나는 잠시 생각한 후 갖고 있던 책을 미도리에게 돌려줬다.

"이거 미도리에게 줄게."

그녀는 긴 속눈썹을 몇 번이나 깜빡이더니 내게 물었다.

"그래도 돼요?"

"그러는 게 좋을 것 같아."

그러자 미도리는 책을 받아 들고 좀 전에 그랬던 것처럼 꼭 껴안았다. 그리고 작은 목소리로 "고마워요."라고 말했다.

나는 미소로 답하고 나서 뒤쪽을 돌아다봤다. 수수께끼의 문이 거기 있었다.

"자, 그럼."

"돌아가실 건가요?"

그렇게 말하는 미도리의 목소리가 젖어 있었다.

"응."

"이제 이곳에는 안 오시겠죠, 절대로?"

"그래도 이곳 사람들은 잊지 않을게. 그리고 밀실에서 벌어진 일도, 기념관의 일도."

"잊지 마세요."

그녀의 가녀린 몸이 떨고 있었다.

나는 다시 문 쪽으로 고개를 돌렸다. 그리고 'WHO DONE IT?'이라고 새겨진 문구를 유심히 바라봤다.

'살인범은 누구인가?'

살해당한 건, 말할 필요도 없이 그 미라다. 그리고 그 미라의 정체는 다름 아닌 명탐정 덴카이치다.

전에 이 세계를 떠나면서 나는 그를 죽였다. 그때 내가 내뱉은 대사를 지금도 선명히 기억해 낼 수 있다.

"명탐정 따위는 필요 없어."

나는 그에게 그렇게 말했었다. 그러고 나서 그의 이마에 총을 쐈다.

'WHO DONE IT?'이라는 문구 아래에는 또 한 줄의 알파벳이 새겨져 있다. 나는 조심스럽게 나 자신의 이름을 손가락으로 따라가며 더듬었다. 덴카이치가 아닌 나의 본명.

마지막 글자에 손이 닿았을 때 변화가 일어났다.

문 가장자리가 빛나기 시작한 것이다. 그리고 손잡이 부근에서 철커덕, 소리가 났다. 나는 손잡이를 쥐었다.

그것을 잡아당기기 전에 다시 한 번 뒤를 돌아다보았다. 미도리가 책을 껴안은 채 한 손을 살랑살랑 흔들고 있다.

나는 문손잡이를 잡아당긴 후, 그 건너편으로 걸음을 내디뎠다.

건너편으로 내디딘 내 발에 낯익은 양말이 신겨 있었다. 발 아래에는 엷은 자줏빛 카펫이 깔려 있다.

등 뒤에서 탕, 문 닫히는 소리가 났다. 나는 뒤를 돌아봤다. 닫힌 것은 내게는 매우 익숙한, 늘 봐 왔던 문이다.

지금 내가 서 있는 곳은 집필실로 사용하는 방이다. 책장에는 책들이 무질서하게 들어차 있고, 책장과 책장 위쪽에도 각종 자료와 잡지, 내용을 알 수 없는 종이들이 한가득 쌓여 있다. 컴퓨터 데스크 위에는 마지막으로 이 방을 나가면서 뭉쳐서 버린 휴지가 놓여 있었다.

나는 창문을 열고서 밖을 내다봤다. 아스팔트 도로가 집 앞을 달리고 있고, 그 옆 보도에는 운동복 차림의 할머니가 시베리안 허스키를 데리고 산보를 하고 있다. 도로 맞은편에는 유명 건축 회사가 지어 파는 주택들이 줄지어 있다. 물론 건너편에서 보면 이쪽 풍경도 크게 다르지 않을 것이다.

파제로와 구형 스카이라인 GTR 차량이 집 앞을 통과하고 있었다. GTR에서는 헤비메탈의 드럼 소리가 들렸다.

창문을 닫고 컴퓨터 데스크 앞 의자에 앉았다. 양팔을 머리 뒤로 돌리고 다리를 뻗으며 몸을 쫙 폈다. 체크무늬의 구겨진 양복 같은 건 입고 있지 않았다. 안경도 끼고 있지 않다.

컴퓨터 옆에 놓인 전화가 울렸다. 나는 평소보다 한 템포 늦게 전화를 받았다.

전화한 사람은 오랫동안 알고 지낸 편집자 쓰노야마 군이다. 이번에 그가 있는 출판사에서 연재를 시작하기로 했었다.

"말씀하신 교통경찰을 만나기로 했습니다."

그가 속사포처럼 말했다.

"정말이에요?"

나는 자리에서 일어나 볼펜을 집어 들고 메모지를 한 장 찢었다.

"바쁜 사람이라 비어 있는 날이 별로 없더라고요."

"저는 언제라도 상관없어요. 제가 그쪽에 맞추죠."

달력을 보면서 취재 일정을 잡았다. 사실 내 스케줄도 간단치는 않지만 투정 부릴 형편이 아니다.

"그 외에 또 조사해야 할 것이 있나요?"

쓰노야마가 물었다.

"아니, 나머진 제가 해결할 수 있을 것 같아요."

"그렇습니까? 그럼 무슨 일 있으면 또 연락드리겠습니다."

그렇게 말하고 그는 전화를 끊었다.

나는 벽에 걸려 있는 화이트보드에 취재 일정을 적었다.

쓰노야마가 있는 출판사와 시작하려는 작품은 교통경찰을 다룬 추리 소설이다. 전에도 이 테마로 단편을 쓴 적이 있지만, 이번에는 좀 더 본격적으로 다뤄 보자고 이야기가 됐던 터였다. 교통 문제는 예전부터 관심을 가져 왔던 테마였다.

쓰노야마와 협의하면서 나눴던 대화가 생각난다. 나는 이렇게 말했다.

"리얼리티, 현대적 감각, 사회성. 이 세 가지를 큰 축으로 삼고 싶어요. 그러지 않으면 앞으로 추리 소설계는 살아남을 수 없어요. 트릭이라든지 범인 알아맞히기 따위로는 어렵습니다."

"동감입니다."

쓰노야마도 맞장구를 쳐 주었다.

이후로 그와 주고받은 말들을 생각하니 쓴웃음이 나온다. 쓰노야마와 나는 요즘 인기 있는 젊은 작가들이 쓴 클래시컬한 본격 미스터리들을 신이 나서 깎아내렸던 것이다. 시대에 뒤떨어졌다느니, 외국에서는 성인들은 읽지 않는다느니 하면서.

나는 또 아까처럼 의자에 앉아 몸을 쫙 폈다. 그리고 무심히 책장으로 눈을 돌렸다. 한 권의 책에 눈길이 머물렀다. 그건 내가 예전에 썼던 소설이다. 이상하다는 생각이 들었다. 그 당시의 책들은 모조리 상자에 넣어 창고에 보관해 두었을 텐데.

그 책을 뽑아 들고 훌훌 책장을 넘겨 보았다. 그건 다름 아닌 그 불가사의한 마을에 봉인돼 있던 책이었다.

책장 사이에 뭔가가 꽂혀 있었다. 나는 그것을 끄집어냈다. 엷은 파란색의 작은 꽃이었다.

물망초.

습지에 무리를 이루며 피어 있던 물망초의 모습이 나의 뇌리에 되살아났다. 그리고 마지막에 미도리가 했던 말, '잊지 마세요.' 도.

정신을 차려 보니 꽃은 사라지고 없었다. 주위를 둘러보았지만 어디에도 떨어져 있지 않다.

나는 책을 덮고 눈을 감았다. 그리고 언젠가 다시 그 세계를 소설로 쓰면 좋겠다고 생각했다.

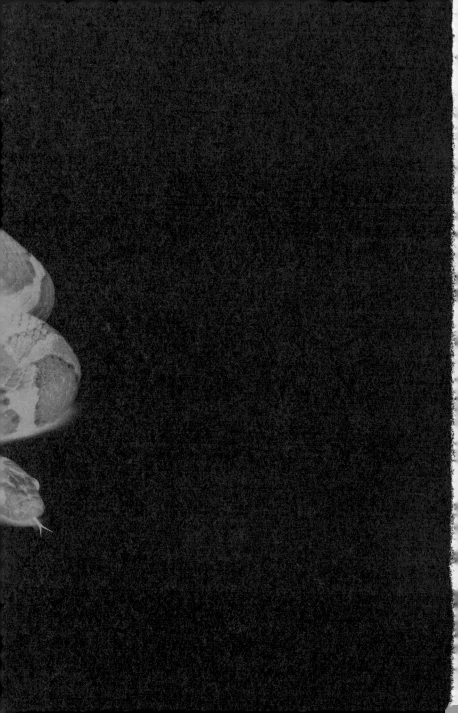